書下ろし

春雷抄

風の市兵衛⑪

辻堂 魁

祥伝社文庫

目次

綾瀬川
陣屋（代官所）
（小菅村）
隅田川
向島
吾妻橋
（大川橋）
浅草寺
浅草
奥戸村
一色村
小松村
御用屋敷
横川
本所
両国橋
両国
酒造元「河合屋」
（小松川村）
小松川
中川
竪川
中川番所
馬喰町
新大橋
三ツ俣
大川
小名木川
十万坪
酒造元「亀田屋」
（船堀村）
一之江村
二之江村
永代橋
仙台堀
亥の堀
富岡八幡宮
砂村川
宇喜田新田
深川
波除け新田
砂村新田
六万坪
一膳飯屋「喜楽亭」
（深川油堀）
酒問屋「白子屋」
（永代寺門前町）
蓬莱橋
米問屋「千倉屋」
（門前東町）

『春雷抄』の舞台

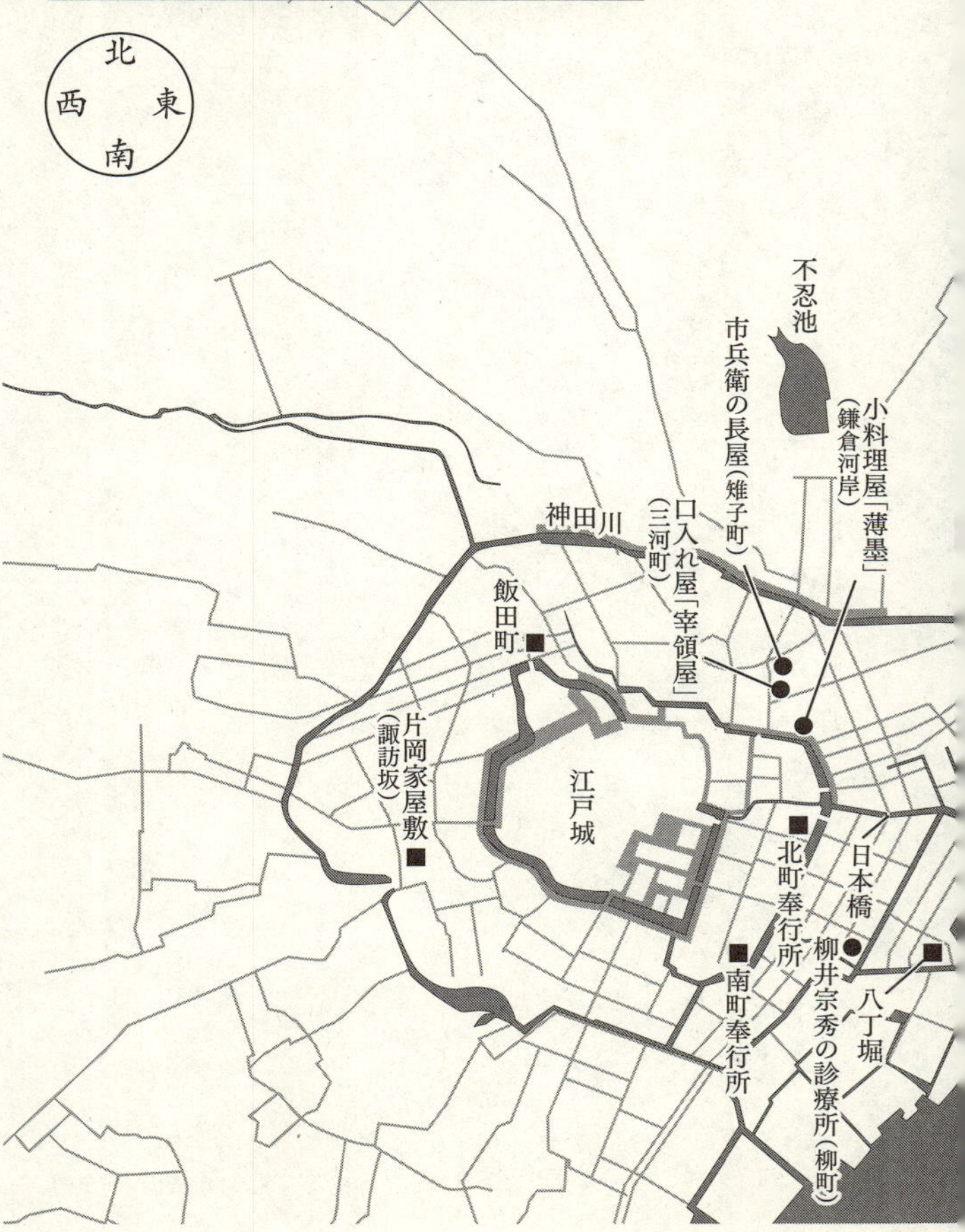
北
東
南
西
不忍池
市兵衛の長屋（雉子町）
小料理屋「薄墨」（鎌倉河岸）
神田川
口入れ屋「宰領屋」（三河町）
飯田町
片岡家屋敷（諏訪坂）
江戸城
北町奉行所
日本橋
南町奉行所
柳井宗秀の診療所（柳町）
八丁堀

序章　正月節

一

　その夕刻、霙《みぞれ》の降り始めた西小松川村《にしこまつがわ》の野道を、菅笠《すげがさ》と黒の廻《まわ》し合羽《がっぱ》に身を包んだ四人の侍が、東方の小松《こまつ》川堤の方角へ足早に歩んでいた。

　小松川は葛飾《かつしか》郡を北から奥戸《おくど》、一色《いっしき》、小松、小松川の田野《でんや》を蛇行し船堀《ふなぼり》へそそぐ小河川である。

　小松川が船堀に流れ入る河口の河岸場《かしば》には、中川《なかがわ》番所の河岸場とをつなぐ船渡しがある。

　西小松川村の南はずれの小松川に、東西に渡す橋が架《か》かっている。欄干《らんかん》もない木組みだけの小橋である。

橋の東袂《たもと》より、東小松川村と西船堀村の田畑を潤《うるお》す用水が分かれている。

東袂から北方は、小松川に沿って東小松川村の集落が始まり、南へほんの数町《ちょう》（数百メートル）ばかりとった先には、西船堀村の集落が雪まじりの雨の煙《けぶ》る中に眺められた。

黒い田面《たづら》の続く彼方《かなた》には、森影や集落はずれの民戸がぽつりぽつりと点在し、厚い雨雲に覆《おお》われた空に、とき折り、村の犬の鳴き声が寂《さび》しげに響き渡った。

黙々と歩む侍たちの黒の脚絆《きゃはん》に黒足袋草鞋《たびわらじ》を履《は》いた足下《あしもと》は、雨の飛沫《ひまつ》に早や濡《ぬ》れそぼっていた。そして、今にも凍りそうな白い息を繰《く》りかえし吐いていた。

田野にはほかに人影がなく、鉛色《なまり》の景色がただ森閑《しんかん》と打ち広がっている。

小松川の土手と田んぼひとつ隔《へだ》てた田野に、土塀《どべい》に囲われた一軒の百姓家が建っていた。

侍たちは、その百姓家の茅葺《かやぶき》屋根の門の中へ吸いこまれていった。

門を入った広い庭の片側に茅葺屋根の主屋《おもや》、片側にはそれも茅葺屋根の大きな土蔵が建っていて、主屋の庇《ひさし》の下で、五、六羽の鶏《にわとり》が餌《えさ》をついばんでいた。

鶏は庭へ入ってきた四人を見つけ、ぐるる、と訝《いぶか》しむように鳴いた。

侍たちが主屋の腰高障子《こしだかしょうじ》を開けると、内庭《うちにわ》の土間に真っ赤な襷《たすき》で袖《そで》を絞《しぼ》り、思い思いの長着を尻端折《しりっぱしょ》りに、股引《ももひき》脚絆、素足に草鞋履き、同じく真っ赤な鉢巻を締《し》め、腰に脇差《わきざし》、手には竹槍《たけやり》を携《たずさ》えた男たちがぞろりと居並んでいた。

男たちの数は二十数名ほどで、竈《かまど》のある内庭に続く板敷には、砂村《すなむら》川は蒟蒻《こんにゃく》橋の鉄蔵《てつぞう》、この家の主《あるじ》で西小松川村の貸元《かしもと》・軍次郎《ぐんじろう》、同じく西小松川村の酒造元・河合屋《かわいや》主人の錫助《すずすけ》が、囲炉裏《いろり》を囲んで酒を酌《く》み交《か》わしていた。

鉄蔵と軍次郎は綿羽織の下を男らと同じ赤襷に尻端折り、股引脚絆、黒足袋に拵《こしら》えているが、河合屋の主人は羽織と下に寛《くつろ》いだ着流しの旦那風体《だんなふうてい》で、ひとり物々しさがなかった。

土間の一隅に酒の四斗樽《しとだる》が三つ並べられ、鏡割りのときを待っていた。

見かえった男たちがいっせいに、「お疲れさまでごぜいやす」と、四人の侍へ低くとどろかせた。

四人の侍は、菅笠と廻し合羽から雫《しずく》を垂《た》らしたまま、男たちが左右に開いた内庭を囲炉裏のある板敷の前まで無言で通った。

「武智《たけち》さま、お待ちしておりやした」

鉄蔵が言い、軍次郎、錫助と共に立っていき、板敷の上がり端《はな》に膝《ひざ》をついた。

「お上がりなすって。酒を用意いたしておりやす」

武智と後ろに従う三人は、それでも廻し合羽どころか菅笠さえとらなかった。

竈には火が焚《た》かれ、湯鍋が湯気を立てていた。台所の片隅《かたすみ》では、端女《はしため》が握り飯を拵え、竹皮に包んでいる。

武智は上がり端の三人から、握り飯を拵えている端女、酒樽《さかだる》、そして内庭にそろった二十数人の男らへ頭を廻《めぐ》らせた。

「少ないな。これだけか」

土間に立ったまま、武智が最初に言ったのはそれだった。

「いえ、ご心配なく。あいにくの天気、納屋《なや》に二十人ばかり待機させておりやす。どうぞ、ひとまず上へ」

「こちらはわが師・桜田淳五《さくらだじゆんご》どの、門弟の宮園壮平《みやぞのそうへい》、同じく門弟の川勝十郎《かわかつじゆうろう》だ。師は申すまでもなく、門弟の両名とも一門屈指の使い手だ。今宵《こよい》の助勢をお願いした。ときが惜しい。さっさと片づけよう」

武智は直截《ちよくせつ》に言った。

「おお、そいつは心強《づよ》え。しかし、相手は一之江《いちのえ》の小金治《こきんじ》ひとり。老いぼれがどれだけ助っ人を集めたところで、高が知れておりやす。ほんのひとひねりでさあ。なんなら、一気に亀田屋《かめだや》まで押し潰《つぶ》すこともお望み次第でやす。まあ、武智さまと先生方は、ゆっくり見物をなさっていてくださいやし」

鉄蔵が自信たっぷりに、一重瞼《ひとえまぶた》に頰骨《ほおぼね》の張った役者顔をゆるませた。

「まことに先手必勝。小金治は今宵限り。小金治の後ろ盾《だて》がなくなれば亀田屋は裸同然。鉄蔵親分と軍次郎親分が手を組んで一之江村から小松川村まで縄張りがひとつになり、わたしども河合屋は心おきなく梅白鷺《うめしらさぎ》造りに励む。そのための、今宵は大きな一歩になりましょう」

錫助が武智にへつらうように言って、甲高《かんだか》い笑い声をふりまいた。

「われらが高みの見物をしてすむのであれば、それにこしたことはない。やくざ同士の縄張り争いが民の生業《なりわい》に害をおよぼさぬ限り、多少の死傷者が出ても陣屋はやくざ同士で始末をつけよという対応で臨《のぞ》む」

それから武智は、菅笠から雨の雫が垂れるのもかまわず、鉄蔵の高い頰骨の間の眼鼻の目だつ役者顔へ息がかかるほど顔を近づけた。

「ただしだ、鉄蔵。これが続くのはまずい。元締《もとじめ》さまの裁量ではすまなくなる。勘定所に知れ、江戸のお代官さまのお指図が入る事態になれば、事を面倒にする。おまえに十手《じって》を持つことを許しているのは、そういう不測の事態を防ぐためだ。今宵限りでおさめるように、と勝《かつ》さまのご伝言だ」

と、ささやき声になった。

「へえ。お任せを。小金治の老いぼれに、ご陣屋の十手の威力を見せつけてやりやす。よし、女ども。みなに握り飯をさっさと配れ。段平《だんぺい》、納屋の者も庭に勢ぞろいだ。かねての通り、先陣はおめえだ。手柄あ、たてろ」

鉄蔵の指図に、「へい」と威勢よく答えた段平という男が、内庭の男らへ、

「みな、握り飯を持って庭に勢ぞろいだ。いけいけいけえっ」

と、喚《わめ》いた。

それからほどなく、灰色の暮色に染まった小松川の西堤を、段平を先頭に手下や助っ人の総勢五十人近い隊列がざわざわと足音をたてていた。

霙は降り止《や》まず、堤の松や楠《くすのき》、欅《けやき》などの木々の黒い影を重たげに濡らし、そして黙々と歩む男たちが手にする竹槍の林を濡らしていた。

男たちの中には、歩きながら震える手で握り飯に喰《く》らいついている者もいる。

春の宵の霙は冷たかったが、緊迫のときと昂揚《こうよう》が男らの身体《からだ》を火照《ほて》らせていた。

川沿いの彼方の集落や田面に散在する民戸では、明かりがぽつぽつと寂しく灯《とも》り始め、灰色の雲のすぐ下に烏《からす》の影が鳴きながら飛んでいく様子が眺められた。

鉄蔵と軍次郎は隊列の中ごろを進み、武智と三人の侍の黒い廻し合羽姿は隊列の最

後尾に従っていた。

松明《たいまつ》は用意しているが、ひと塊《かたまり》になった隊列の影は、迫る夕闇《ゆうやみ》にまぎれこもうとするかのように明かりを持たなかった。

やがて、小松川を東へ渡る木橋の袂へ出た。

木橋をこえたところから川は西側へくねり、それからまた南へと蛇行して流れていく。川の流れが西へくねってゆく瀬に水草が広がっていて、浅い流れが乱れた音をたてていた。

東西に架かる橋の東詰にも小松川と分かれる用水の堤にも、人の気配はなかった。

「ふん、小金治の野郎、やっぱり今夜の出入りに気づいちゃいねえようだ。今ごろは正月気分で酔っ払っていやがるんだろう。間抜けが。兄《あに》さん、小金治にひと泡吹かせ、一気に息の根を止めてやりやすぜ」

軍次郎が鉄蔵に呟《つぶや》きかけた。

「ああ。頼んだ、軍次郎。始末がついたら、おめえは、小松川、船堀、一之江を全部仕きる大親分だ」

鉄蔵が低くかえした。

「兄さん、任せてくだせえ。ぬかりなくやってみせやすぜ」

先陣をきる段平が橋板を鳴らし始めた。

ぞくぞくと男らが橋を渡り始める。橋の下の川面《かわも》は黒ずみ、流れの音だけが聞こえている。

「段平、真夜中までに決着つけろ」

軍次郎が後続の隊列の中から、声を響かせた。

「へい」

先陣の段平が数間《けん》の橋の中ほどで、従う男らを見廻した。

「野郎ども、このまま突っ走るぞ」

顔を戻し、駆け出したときだった。

ひゅうん、ひゅうん……と夕暮れの空が続け様《さま》に鳴った。

「あたたっ」

と叫んだ段平が、顔を両手で覆った。

足をもつれさせ、次の瞬間、欄干もない橋から足を踏みはずした。

そうして、黒い小松川へ棒きれみたいに転落していった。

ひと声の間だった。

途端、橋を渡りかかっていた隊列は、ばらばらっと降ってきた石礫《いしつぶて》を浴びた。不意の石礫に、男たちは慌《あわ》てて足並みを乱した。

ばらばら、ひゅん、ひゅん、かつん、ぱしん、からから……

「わわわあ」

と、喚きたてた。

ひとり二人と、段平に続いて橋から転落する者が出た。

濡れた橋板に足をすべらせ転倒したり石礫を浴びてうずくまる者が、喚きながら折り重なった。

逃げ出した者と後ろから押す味方同士が衝突してもみ合い、隊列はたちまち混乱に陥《おちい》った。

と、橋の東堤に十数名の影が躍《おど》り上がり、影はつかんでは投げつかんでは投げの仕《し》種《ぐさ》を繰りかえし、雄叫《おたけ》びと共に途ぎれなく石礫の雨を浴びせかけてきた。

石礫は橋にかかった男らへ集中し、二体、三体の倒れた者を残して西詰へ隊列が後退すると、今度は川ごしに後続へ襲いかかった。

ひゅん、ひゅん……

西堤の後続は、間断なく飛んでくる石礫に完全に進撃をはばまれた。

しかし鉄蔵は怯《ひる》まなかった。

「ここらは浅《あせ》え。軍次郎、いっせいに押し渡ってやつらの後ろをつけ」

と、周りの男らを駆りたてた。

「いくぞ。おれについてこい」

軍次郎が真っ先に堤を河原へ飛び下りた。

顔面を守って左腕を掲《かか》げ、右手には抜き放った長どすをかざし、浅瀬へ飛びこんでゆく。

竹槍の十四、五人の後続が喚き、河原を鳴らし、水草をかき分け踏み潰して軍次郎を追って浅瀬に飛びこんだ。

跳ね散る水飛沫《みずしぶき》と降りそそぐ霙に、男たちはずぶ濡れになって対岸へ突進した。

そこへ石礫が襲いかかり、突進する者たちの周りに、どぼん、どぼん、と不気味な水柱を幾《いく》つも立てる。

三人ばかりが川の途中で倒され、悲鳴と水飛沫を上げた。

それでも軍次郎らが川を渡った途端、石礫が止んだ。

堤は二駆けもすれば駆け上がれる。

「敵は小勢だ。いけえっ。押し潰せえっ」

そこへいきなり、小松川と分かれる用水の出水口の水草の中にひそんでいた男ら七名が、竹槍をかざし横合いから攻めかかってきた。

伏兵に気づいたときは遅かった。

竹槍は突くよりも叩《たた》きつけて打撃を与える。突くのは弱った相手に止《とど》めを刺すときである。

軍次郎たちは横合いからの新手と、堤上の小勢と侮《あなど》っていた男らの浴びせる竹槍の痛打に打ちすくめられた。

上と横からの打撃を防ぐのが精一杯だった。

打ち鳴る竹槍と罵声《ばせい》が飛び交い、軍次郎の周りで仲間が次々と倒されると、もう堪《こら》えきれなかった。

軍次郎らは算を乱して逃げ出し始めた。

川の流れへ逃げる軍次郎たちの背中へ、追い打ちの竹槍が叩きこまれ、突かれ、竹槍が割れると次に長どすに斬り刻《きざ》まれた。

逃げ遅れた者が流れの中へぐったりと倒れこみ、そこへ竹槍の止めが突きこまれたから、雨と水飛沫と、悲鳴と恐怖の狂乱が交錯《こうさく》した。

かろうじて西堤へ渡河したとき、軍次郎の周りには数名の男たちしか残っていなかった。

追手は七名でも、軍次郎らよりは逆に多勢になっていた。

軍次郎は必死に助けを呼びながら長どすをふり廻したが、土手を背に三方より打ちかかられた。

軍次郎らが用水の出水口にひそんでいた新手の逆襲を受けたそれを合図に、橋の上でも小金治ひきいる男らが西詰へ襲いかかっていた。

「小松川村をとるぞおっ。押し渡れ」

親分の小金治が太刀《たち》をかざし、叫んでいた。

小金治は六十をすぎていたが、意気軒昂だった。

一旦怯んで乱れた敵の隊列に、小金治らの攻めは勢いづいた。

「敵はわずかだ。逃げるんじゃねえ」

鉄蔵が喚き、長どすをふり廻す左右を、もみ合い圧《へ》し合いしつつ男らが逃げ出していた。そんな混乱の中へ、竹槍が叩きこまれ、突き刺され、長どすの斬撃が見舞われた。男らは次々と薙《な》ぎ倒され、くずれるのはまたたく間だった。

「男見せろ」

そう叫んで雲に濡れた役者顔をひとぬぐいしたとき、鉄蔵の前にもう味方はいなくなっていた。いつの間にか鉄蔵が先頭に立っていて、竹槍をかざし突進してくる白襷白鉢巻の男しか見えなかった。

小金治の手下らは、白襷に白鉢巻である。

「鉄蔵っ」

竹槍の男が喚いて、牙《きば》を剝《む》いて襲いかかってきた。

鉄蔵は竹槍の突きを懸命に払ったが、払われた竹槍が打ちかえしてくるのを、身体に抱えこんでかろうじて防いだ。

「くそがあっ」

「死ねえ」

つかみ合い押し合い、喚きながら鉄蔵と男は堤下の田んぼへ転げ落ちた。

泥まみれで転がった末、相手が鉄蔵の上にのしかかった。

竹槍の鋭利な先が、喉《のど》へ押しつけられてきた。

鉄蔵は上からのしかかる圧力を懸命に押し戻し、手足をじたばたさせてあがきながら叫んだ。

「わわわ、誰か、た、た、助けてくれえっ」

「鉄蔵、これまでだあ」

のしかかった男の泥まみれの顔の中に白い歯が見えた。

竹槍のきっ先が突きこまれてきた。

ぎゃあ——と、悲鳴を上げた途端、泥まみれの中の白い歯の間から血が噴《ふ》き出た。

男は、ことん、と首を折り、身体の力を失って鉄蔵へ倒れかかってきた。

うなじから噴き上げる血が、そぼ降る霙とまじって男の下になった鉄蔵の役者顔へ降りそそいだ。降りそそいだ血が生《なま》ぬるかった。

菅笠に黒い廻し合羽の武智斗馬《とうま》が白刃《はくじん》を垂らし、霙の薄闇の中に物《もの》の怪《け》のように佇《たたず》んでいた。

「た、武智さま、おたおた、お助けええ……」

武智は鉄蔵の上でぐったりしている男を、蹴《け》り落とした。

「うろたえるな。われらが加勢する間に、たて直せ」

と、冷徹に言い放った。そこへ、

「親分……」

と、鉄蔵一家代貸《だいがし》の元吉《もときち》が駆け寄り、鉄蔵を助け起こした。

「元吉、たて直せ、たて直すんだ」

鉄蔵は元吉の肩にすがり、喚きたてた。

堤上の味方が再び勢いをとり戻し始め、堤上でも田んぼでも泥まみれになって白襷の男を追い廻していた。

一瞬目を離した隙《すき》に武智の姿は消えていた。そのとき、

「わあああ……」

と、絶叫とも喚声ともつかぬ声が、霙空へ響き渡った。

橋では桜田淳五を先頭に左右を宮園壮平、川勝十郎が固め、三人の縦横《じゆうおう》にふるう白刃が、小金治らを押し戻し、さらに襲いかかっていた。

侍と小金治らの、腕が違いすぎた。

先頭の集団にまじって指図をし橋を渡りかけた小金治の眼前に、逃げる鉄蔵の手下らの間をぬって菅笠黒合羽の、得体の知れぬ三人の侍が突進してきたのだった。

やっちまえ、と思ったのは一瞬だった。

菅笠の下の目が凍りつくような冷たい光を放ち、小金治に肉薄した。

刹那《せつな》、身体がぞくりとした。

先頭の侍の提《さ》げた白刃が、狂いもなく小金治の前にいた代貸を目がけて斬り上げられた。

ぶん、と音が聞こえたとき、小金治は代貸の腕と長どすが、夕闇に包まれていく川

筋にくるくると舞っているのを見た。

そうしてもう一度、ぶん、と音を聞いた次の刹那、代貸の首が夕空を舞い、橋に残った胴体がゆっくりとかしいでゆくのを見たのだった。

代貸は餓鬼《がき》のころに小金治の子分になり、長い間一家を支えてきた男だった。

まさに刹那、頼りにしていた代貸の腕と首と胴体が……

小金治の左右にいた男らは、宮園と川勝の斬撃を浴び、絶叫を残し、真っ二つになった竹槍と共に橋から転落していった。

続く男は顔面を割られ、なで斬られた男の首が操《あやつ》り人形みたいに折れ曲がった。

あまりの光景に怯んだ手下らへ、侍たちは瞬時の間もおかず、激烈を極《きわ》め容赦《ようしゃ》ない斬撃を浴びせかけた。

竹槍が折れ、どすが竹とんぼみたいに空を舞い、腕が飛び、首を落とされ、雨煙まじりの血飛沫を噴き上げ、ある者は橋の下へ転落し、ある者は橋板を転がっている身を串刺《くしざ》しにされ、たちまち地獄の様相を呈した。

三つの黒い合羽が叫喚《きようかん》の中を烏の羽《はね》のように翻《ひるがえ》り、小金治一家の勢いはまたたく間に打ちくだかれた。

小金治はほんの一瞬の動きの差で、侍らの斬撃から逃れた。

侍らの後ろからは、鉄蔵一家が勢力を盛りかえし、橋を押し渡ってくる。

小金治は何も考えず逃げた。

小松川と分かれた用水堤を一目散に走って逃げた。

息が乱れたが、あんな化物《ばけもの》みたいな侍を相手にできるわけがなかった。背後の阿鼻《あび》叫喚の声が小さくなっていくにつれ、
はひい、はひい……

と、自分の吐息が悲鳴みたいに聞こえた。

が、そのとき、すぐ背後に迫っている足音に気づいて小金治は戦慄《せんりつ》した。

堤道を走りながらふり向くと、菅笠を目深《まぶか》にかぶり、黒合羽を大きく広げた一頭の化物が、白刃を脇に垂らし、息も乱さず小金治を追っていた。

「だ、誰だ。やめろ。お、おれは年寄だ。見逃してくれえっ」

後ろを、ふりかえりふりかえりして叫んだ。

だが、侍は言葉を解さぬ獣のようにすぐ背後へ迫ってきた。

侍が上段にかまえたとき、以前一度見たことがあるご陣屋の役人の、武智とかいう侍であることに気づいた。

武智の目が真っ黒だった。冷たくなめらかな岩肌のような目だった。

小金治は用水へ飛びこんだ。

激しく水飛沫が上がり、足が底の泥にとられ、動きがままならなかった。

それでも必死にあがいた。

即座に化物が用水へ飛びこんで、執拗《しつよう》に追ってくるのがわかった。

小金治は走り疲れ、恐怖におののき、絶望し、用水の泥水の中をのた打ちながら、長どすをふり廻した。

はひい、はひい……

侍は無言のままで吐息も聞こえなかったが、背後から二太刀を浴びた。

初太刀で白襷が飛び散り、二太刀目の頭に浴びた一撃でざんばら髪になった。

よろけて用水へ膝を落としたところに、止めを刺された。

二

お鈴《すず》は馬小屋のある納屋から霙の降る庭を走り抜け、前部屋の内庭へ飛びこんだ。

夕闇を青く映《うつ》す腰高障子をかたんと閉め、束《たば》ねた下げ髪や肩を濡らす雪まじりの雨をはらいつつ後ろ部屋の内庭へ通った。

竈や流し場があって台所にもなっている内庭は、竈の残り火と囲炉裏に燃える柴《しば》がほっとする暖かさに包んでいた。

母ちゃんが流し場で、夕食の後片づけの笊《ざる》や桶《おけ》を洗っていた。

父ちゃんは囲炉裏のそばで手控《てびかえ》帖《ちよう》を開き、物思わしげな目を帳面へ落としている。

後ろ部屋は板敷になっていて、囲炉裏がある。

行灯《あんどん》のやわらかな明かりが、父ちゃんの影を板敷に落としていた。

「すんだかい」

母ちゃんが笊をすすぎながら、お鈴に笑《え》みを向けた。

色白な母ちゃんの赤い唇の間から、くっきり白い歯が光った。

笑うと大きな目とまつ毛が震えて、きらきら何かがこぼれるようだった。

「すんだよ」

お鈴は母ちゃんの笑みに答えた。

馬小屋の掃除をすませて戻ってきた。馬の海児《かいじ》の世話はお鈴の役目なのだ。

「みかんを食べて、いい？」

みかんは、ご陣屋が正月休みに入ったとき、父ちゃんが、「上方《かみがた》のみかんだ。いただいたのだ」と言って、持って帰ってきた土産《みやげ》だった。

「いいよ。手を洗ってね……」

母ちゃんは柄杓《ひしゃく》で水瓶《みずがめ》の水をくみ、流し場へちょろちょろと落とした。

お鈴は、母ちゃんが柄杓から落とす刺すように冷たい水で手を洗った。

「冷たい」

と言うと、母ちゃんはまた綺麗《きれい》な笑みを浮かべた。

お鈴の母ちゃんは綺麗だ、と言われるのがお鈴には自慢だった。

お鈴は母ちゃん似だな、と父ちゃんは言う。父ちゃんに似なくてよかったな、ともだ。そうなのか、わたしは母ちゃん似なのか、とちょっと嬉《うれ》しいけれど、父ちゃんに似ていなくても優しくて頼りになる父ちゃんがお鈴は大好きだった。

父ちゃんはね、面白《おもしろ》い顔をしているけれどね、働き者でとても賢いからご陣屋の手代《てだい》になったんだよ、と母ちゃんは笑顔になって言う。

男前じゃなくても、母ちゃんは父ちゃんを敬《うやま》っていて、父ちゃんのことが大好きなのはわかった。

お鈴は冷たいみかんを持って板敷へ上がり、囲炉裏のそばの父ちゃんの隣《となり》へ、すとんと坐った。囲炉裏には、天井から吊《つ》るした自在鉤《じざいかぎ》に黒い鉄瓶が架かっている。

鉄瓶のそそぎ口から薄い湯気が上がっている。

お鈴は囲炉裏で手を少し温め、みかんの皮を剝いた。

囲炉裏の火のぬくもりに、みかんの香りがほのかにまじった。

父ちゃんは掌《て》の上に開いた手控帖を黙って読んでいる。

矢立《やたて》の筆を出し、すす、と何か書きこんだりもしている。

父ちゃんは正月休みが終わって、明日、小菅《こすげ》村のご陣屋へ戻らなければならない。

次に帰ってくるのは、お彼岸の種下ろしが始まるころになる。

正月休みはすぐにすぎてしまった。

お鈴はみかんの皮を剝き、ひと袋を父ちゃんの横顔へ、「はい、父ちゃん」と差し出した。父ちゃんは手控帖からお鈴へにこやかな笑みを向け、

「ありがとう」

と、お鈴が指先につまんだみかんのひと袋を、ふ、とお鈴の指ごとやわらかな唇の中へ包みこんだ。

お鈴が笑い、父ちゃんはお鈴へ笑みを向けたまま、「甘い」と言った。

「美味《おい》しい？」

父ちゃんが頷《うなず》く。

「じゃ、もうひとつ」

「もういいよ。あとはおまえがお食べ」

そう言って、また手控帖へ顔を戻した。

お鈴はみかんを含みながら、父ちゃんの手控帖をのぞきこんだ。平仮名は読めるし、漢字も少しは読めるけれど、父ちゃんの手控帖はむずかしい漢字ばかりだった。

ご陣屋のむずかしいお勤めを沢山《たくさん》やっているから、仕方がないのだ。

「何を書いているの」

父ちゃんが手控帖にまた何か記したとき、お鈴は訊《き》いてみた。訊いたってよくわからないけれど。

「ご陣屋の仕事の段どりを考えて、村を廻る巡見《じゅんけん》の日どりなどを記しておくのだ。間違えないようにな」

「ふうん。うちの種下ろしや代掻《しろか》きの日どりなんかも書いておくの?」

「うちのことはここには書かない。ご陣屋の最も大事な役目は一年ごとの年貢《ねんぐ》を決める仕事だ。そのために父ちゃんも、沢山の村を廻らなければならない。だからそういう日どりを記しておく」

母ちゃんは流し場で、明日朝、起きてすぐ炊《た》くお米をとぎ始めた。ざく、ざく、と母ちゃんの背中の動きに合わせてお米がお釜《かま》の中で鳴っている。

父ちゃんは明日の朝、母ちゃんの炊いた白いご飯を食べてから、まだ暗いうちにご陣屋へ戻っていく。

「ご陣屋に、お代官さまはいないのでしょう」

お鈴はみかんのひと袋を口へ含み、父ちゃんの横顔にまた訊《たず》ねた。

「お代官さまは江戸の御用屋敷に、お勤めなのだ」

「御用屋敷って、どこにあるの」

「両国《りょうごく》という江戸一番の、諸国一賑《にぎ》やかな町があって、両国のすぐ近くに馬喰《ばくろ》町という町がある。御用屋敷は馬喰町にあるのだ」

「父ちゃんは、江戸の御用屋敷へいったことがあるの？」

「あるよ」

と、お鈴へ向いて頷きかえした。

「江戸一番の両国の……遠いんでしょう？」

お鈴はみかんのひと袋を口に含んだ。

お鈴は御用屋敷より、両国という江戸で、そして諸国でも一番賑やかな町が気になった。両国は知らないけれど、名前を聞いたことはある。

すると父ちゃんは、囲炉裏にくべる粗朶《そだ》をつまみ上げ、「ここにお城があって……」と囲炉裏の白い灰に絵を描き始めたのだった。

これが隅田《すみだ》川、これが神田《かんだ》川、こっちに新堀《しんぼり》（現・日本橋《にほんばし》川）、日本橋がここに架かっていて、この大きな橋が両国橋、そして両国、馬喰町のここに御用屋敷、こっちが神田、日本橋……と描いていき、父ちゃんは粗朶で灰の上の絵図を指した。

「どうだ、お鈴。これは江戸のほんの一部だ。わかるか」

「うちはどこにあるの」

お鈴は絵図を見廻して訊いた。

「うちか。うちはここに仙台《せんだい》堀があって、仙台堀から木場《きば》をずうっと東へさかのぼったここら辺が、うちの場所になる」

父ちゃんは囲炉裏からはみ出した板敷を粗朶で、こんこん、と戯《たわむ》れるみたいに突いた。お鈴は目を丸くした。

「いつか、お鈴と母ちゃんを両国へ連れていってやろう」

「え、本当？　母ちゃん、両国だよ。知っている？」

母ちゃんは流し場から顔だけをお鈴の方へ向けて、米をとぎながら言った。

「母ちゃんもいったことがないよ。両国か……楽しそうだね。待ち遠しいねえ」

母ちゃんが微笑《ほほえ》むと、父ちゃんが微笑み、お釜の中ではお米が、ざく、ざく、と鳴った。

第一章　手代《てだい》の女房

一

清吉《せいきち》の女房・お純《すみ》が伝左衛門《でんざえもん》の役邸を訪ねたとき、夕刻迫る南の空に、血に染まったようなひと筋の赤い煙がのぼっていた。二町《ちょう》（約二百十八メートル）ほど南方を貫《つらぬ》く堀川を、海側にこえた田野《でんや》にある火葬場の煙だった。

赤い煙の周りに烏《からす》の黒い影が幾《いく》つも飛び交《か》い、鳴き騒ぐ声が夕空に遠くかすかに響き渡っていた。

お純は火葬場の煙へ眼差《まなざ》しを投げたまま、傍《かたわ》らのお鈴の温《ぬく》い掌《て》を握り締《し》めた。

この春十歳になったばかりのお鈴は、お純を訝《いぶか》しげに見上げた。

「なに？　母ちゃん」

お純はお鈴へ見かえり、薄く笑《え》みを作った。

「ううん。なんでもないよ」

それから、なんでもないよ、と自分に言い聞かせて、脳裡《のうり》によぎる漠とした不吉な覚えを払うため、頭の中で繰《く》りかえした。

伝左衛門の役邸は土塀《どべい》と濠《ほり》が廻《めぐ》らされている。茅葺《かやぶき》屋根の御殿みたいな主屋《おもや》に、大きな納屋《なや》や厩《うまや》、使用人の住まいが広い庭に建ち並んでいた。

門をくぐると、お純は伝左衛門の役邸だけに村で唯一許されている玄関を遠慮し、背戸口《せどぐち》へ廻って案内を乞《こ》うた。

応対に出た下男はお純の訪問を承知していて、黒光りする長い廊下を先にたち、土塀に囲われた坪庭に面した座敷へ導いた。

障子《しょうじ》に赤い煙と同じ赤い色の夕日が差していた。

「旦那《だんな》さまはすぐお見えになります。ここでお待ちくだされ」

下男が下がり、それから下女がお純とお鈴の茶を運んできた。

茶の香ばしさが、ほのかに座敷に薫《かお》った。

「飲んでいい？」

下女が下がってから、隣《となり》にちょこなんと坐ったお鈴が小声で訊《き》いた。

「いいよ。こぼさないように気をつけてね」

お鈴は両掌に茶碗を捧《ささ》げるように持ち、小さく吹きながら少しずつ飲み始めた。

お純も茶碗に一度だけ唇をつけた。

「母ちゃん、大きなお屋敷だね」

伝左衛門を待つ間、お鈴がささやいた。

「そうだね……」

そう言うほかに、言葉が浮かばなかった。

伝左衛門の豪壮な役邸の主屋に上がるのは、この村へ嫁にきて初めての出来事だった。伝左衛門の役邸は、外から眺めるものとばかり思っていた。

その豪壮な役邸に上げられたうえに、茶まで出された。

茶を飲むのは何年ぶりだろうと考えた。すると、香ばしい薫りがお純の脳裡にまた不吉な覚えを甦《よみがえ》らせた。

襖《ふすま》の外の廊下を踏む音がしたので、お純とお鈴は畳《たたみ》に手をついた。

襖が開き、目の隅《すみ》に伝左衛門の着物の裾《すそ》と白足袋《たび》が座敷へ入ってくるのが見えた。

「待たせたな。お鈴もきたか」

伝左衛門の太い声がした。

「お呼びにより、まいりました」

「ふむ。手を上げなさい」

お純が身体《からだ》を起こし両手を膝《ひざ》においた。お鈴がそれを真似《まね》る。

伝左衛門の顔はまともには見られなかったが、茶の小袖に濃い鼠《ねずみ》色の袖なし羽織《ばおり》を羽織っているのはわかった。

「ちょっと見ぬ間に、お鈴は母ちゃんに似て綺麗《きれい》になったな。幾つだ」

「十歳です……」

お鈴が恥ずかしそうに答えた。

「ほお、十歳か。ときの流れは早い。親も気づかぬ間に子供は大きくなる。大きくなるのが子供の仕事だ。ゆく末が楽しみだな」

お鈴から向きなおった伝左衛門の太い声に気圧《けお》され、お純は静かに頷《うなず》いた。

「今年も早や彼岸になった。つい数日前まで正月の祝いと思っていたのが、そろそろ種下ろしの時期だ。百姓はこれからが忙しくなる。種浸《たねひた》しの支度《したく》はできているか」

「うちの人がこの正月休みの折りに、今年も例年通り彼岸には両三日の休みをもらってうちへ帰り、種浸しと犂起《すきお》こしまでをすませると申しておりました。ですがなんぞ差し障《さわ》りがあったらしく、帰りが遅れております。田植え組がみなやりますので、うちもお鈴の手伝いで今日、種浸しはすませました」

「そうか。種浸しをすませたか。それはよかった。お鈴、母ちゃんを手伝ったか。えらかったな」

伝左衛門がやわらかな笑みをお鈴へ投げると、お鈴は「はい」と、それは元気な返事をした。

種浸しとは、俚諺《りげん》に《池川に二十日、桶《おけ》七日》と言われる種籾《たねもみ》を発芽《はつが》させる段階を指し、発芽させた種籾を苗代《なえしろ》に播《ま》いて苗を作るのである。

百姓仕事の一年の繁期の始まりが、種浸しだった。

しかし、伝左衛門の笑みは続かなかった。唐突にお純へ向いて眉間《みけん》に皺《しわ》を寄せ、

「この刻限にわざわざ呼びたてたのはな、一刻も早くお純に知らせねばならぬと思ったからだ」

と、低い声をいっそう低くした。

伝左衛門が次に話すまでに間があり、役邸の静けさが伝わった。

「いい話ではない。この部屋に上がってもらったのもおまえがつらかろうと思うて、人目をはばかった」

お純の胸は、不吉な覚えに波だっていた。膝の上の両掌を握り締めた。

「といって、人に隠しておけることではない。お鈴にも遠からず知れるだろう。十歳ならば物の道理がわかっていいころだ。お純、落ちついて聞くのだぞ。いいな」

お純は伝左衛門の話を聞く前から、こみ上げる思いを堪《こら》えるのが精一杯だった。答える代わりに、隣のお鈴の肉の薄い肩を抱き寄せた。

「母ちゃん……」

お鈴が心配そうな目でお純を見上げた。

「今日、小菅村の出張《でば》り陣屋へいってきた。元締《もとじめ》の勝さまはご不在だったが、加判《かはん》の武智さまに呼ばれてな。じつは、清吉がこの五日ばかりご陣屋に戻っておらぬ。務めを何もかも放ったまま、行方《ゆくえ》がわからなくなっておる。農繁期が始まるゆえ、勝さまのお許しを得ず勝手に村へ戻っておるなら、不届きではあるがこのたびは大目に見るゆえ、ともかくも一度ご陣屋へ戻り、勝さまのお許しを得よとのお指図だった」

うちの人が——と、お純は言いかけて口を噤《つぐ》み、伝左衛門をやっとまっすぐに見つめた。

髷《まげ》には白い物がまじった伝左衛門の、年輪を重ねた顔に浮かべた当惑の表情が、容易ならざる事態を伝えていた。

「念のために訊くが、清吉は戻ってはおらぬのだな」

伝左衛門の問いかけが、お純の胸を狂おしく刺した。

「正月の休み以来、戻ってはおりません」

肩を抱き寄せたお鈴の小さな手が、お純の膝の身頃《みごろ》をつかんで小さく震えていた。

お純はかろうじて訊《たず》ねた。

「名主《なぬし》さま、うちの人に何があったのでございますか」

「それがわからぬのだ。ご陣屋でも、清吉が普段廻村しておる先々に問い合わせたそうだが、姿を見せておらん。万一、御用で他行するにしても、元締さまには申したてて存じ寄りにしておくのが決まりだが、それもない。一体何があったのやらと、武智さまは困惑しておられた」

「うちの人は、夫は、ご陣屋の務めを放ったまま、元締さまのお許しも得ずに、勝手にどこかにゆくなんて、そんなことができるような人じゃ……」

不安が募り、お純の声はだんだん細くなった。

「それはわしもそう思う。清吉が十八の折り、お代官さまにご陣屋の手代《てだい》に推挙申し上げたのはわしだ。子供のころから頭がよく、生真面目《きまじめ》な気の利《き》いた子だった。ご陣屋の勤めぶりは申し分ないと言われておったし、近在の名主の寄り合いの折りなど、あれはよくできた男だと評判も悪くはなかった」

お純の夫・清吉は小菅陣屋の手代である。

陣屋の長屋住まいをし、田の犂起こしや田植え、稲刈りなどの繁期には月に両三日、それ以外は月に一日の休日を申したて、家に帰ってくる暮らしを続けている。

清吉は今年三十五、お純は二十九になった。

「五日前の九ッ（正午頃）、所用があると言い残してひとりで出かけ、勤めが退散刻限の八ッ半（午後三時頃）になってもご陣屋に戻ってこぬどころか、長屋にも姿がなかった。清吉がこれまで勤めに粗相をすることはなかった。それで、わけあってなんぞ御用が長引いておるのだろう、というぐらいにみな思い、当初は気にしていなかった。ところがその日以来、清吉の行方は今日までわからぬままなのだ」

お純は啞然《あぜん》とした。だが、戸惑《とまど》いながら言った。

「名主さま、もしや巡廻の途中で怪我《けが》か病気でゆき倒れになっていたり……まさか、まさか追剝《おいは》ぎに遭《あ》い、どこかへ連れ去られたとか、うちの人はなんぞ災難に遭ったのではございませんか」

伝左衛門はうなり、唇をへの字に結んだ。

「確かに災難も絶対ないとは言えん。しかし災難なら災難で、清吉の足どりがもう少し明らかになってもいいはずだが、それが今もってさっぱりわからぬ。そんなことは考えられぬ」

そう言って眉をひそめ、腕を組んだ。

「なら、どうして……」

お純は、身体が震え始めるのを抑《おさ》えられなかった。

「清吉が、御用の筋で出かけたのでないのは確かなのだ。御用の筋の巡廻ならば中間《ちゆうげん》を必ず従えていくし、日数がかかるので荷馬を牽《ひ》いてゆくのが普通だ。何よりも、手代の身で元締さまもご存じではなくひとりで出かける、そんな御用があるはずがない」

頭が混乱し、伝左衛門に何を訊いていいのかわからなかった。

お鈴がお純の胸に顔を埋《うず》めてすすり泣き始めた。

「しかし、武智さまが仰《おつしや》るには、もしかしてあれでは、と思いあたる事情がまったくないわけではないらしい」

「事情が？　あるのでございますか」

思わず身を乗り出した。

「どういう事情か、御用の筋なので詳しくは話してはもらえなかった。ただ、清吉が巡廻しておるどこかの村に、去年の検見《けみ》になんらかの不都合があったそうだ。じつはその件で、年が明けてから元締さまのお指図で内々の調べが始まり、調べは今も続いておる。今日の元締さまのご不在も、その件のお出かけだった」

「検見に不都合……」

「ふむ。検見に不都合など、清吉のことだから故意になどあり得ぬが、故意ではなかったとしても、それを見逃しておるようでは手代の役にたたぬ」

唾《つば》を飲みこみ、すすり泣くお鈴を強く抱き締めた。

検見とは、稲の毛を見て収穫の豊凶を判断し年貢を定める、勘定奉行配下の代官所、すなわち陣屋のもっとも重要な仕事である。

「元締さまのご配慮でまだ事は公《おおやけ》になっておらぬ。ゆえに、加判の武智さまさえ確かな事情はご存じではない。ご陣屋で事情を知る者は、元締さまと内々に調べにあたっている二、三の者だけだ。むろん、江戸の御用屋敷のお代官さまにもこの件は、事が明白になるまでご報告を差し控えている、と仰っておられた。だが、事が間違いないと明白になれば、清吉は責めを問われる事態になる。もしかしてそれを恐れて
……」

「ま、まさかうちの人にお役目で粗相があり、その責めを問われるのを恐れて自《みずか》ら行

方をくらました、逃げ出したと、仰られるのでございますか」

「手代の朋輩《ほうばい》らの間で、行方をくらます前の数日、清吉の様子がおかしかった、具合が悪そうに見えたと、とり沙汰《ざた》されているとも仰っておられた。清吉がこの正月に戻ってきた折り、不審を覚えた素《そ》ぶりが見えたり、妙な話をしていなかったか」

お純は懸命に首を左右にふった。

「うちの人は、お勤めに粗相があったとしても、こっそり逃げ出すような人ではございません。粗相があったとしたら、やむを得ぬわけがあったのに違いないのでございます。そのように申し開きをし、元締さまのお指図を仰《あお》ぐはずでございます」

「亭主の身を案じるおまえの気持ちはわかる。百姓の清吉がご陣屋の手代になった。わずか二十両五人扶持《ぶち》の身分でも、二本を帯びるお役目だ。だがな、二本を帯びるお役目とはどういう意味かわかるか。二本を帯びるお役目に就《つ》いたのなら、お役目に就いている間は侍と同じ責めを負《お》うておるということだ。侍は己《おのれ》の勤めに粗相があれば詰腹《つめばら》をきらねばならぬ」

障子に映《うつ》っていた赤い夕日はいつしか消え、座敷を夕闇《ゆうやみ》が包んでいた。

伝左衛門の指図か、誰も明かりを持ってこなかった。

夕餉《ゆうげ》の忙しい刻限にもかかわらず、役邸は不気味なほどに静まりかえっていた。

伝左衛門は唇をぎゅっと結び、ひと息おいた。そして、

「つまりこれは、百姓の清吉とて、事と次第によっては詰腹をきらされる事態かもしれぬ、と言うておるのだ」

と、低く這《は》うような声を座敷に響かせた。

お純は呆然《ぼうぜん》とした。冷たい震えが背筋を走った。胸にすがるお鈴が泣いていた。

二

同じ夕刻、北町奉行所定町廻《じょうまちまわ》り方《かた》同心・渋井鬼三次《しぶいきさじ》は、当番与力・柳田金之助《やなぎだきんのすけ》に与力番所へ呼ばれた。

与力番所は表玄関を上がって右方の次の間を隔《へだ》てた北隣にある。

大庇《おおびさし》の覆《おお》う回廊が南側から東側へ鉤《かぎ》形に廻《めぐ》り、明障子《あかりしょうじ》が回廊と番所の間にたてられている。

奉行所への嘆願や急な訴えは、まずはその大庇の下で嘆願者や訴人の内容を当番の与力が吟味《ぎんみ》をし、それをとり上げるか否《いな》かを判断するのである。

渋井は、猫背と骨張った怒り肩の間に渋面《しぶづら》をぶら下げ、襖を開けた。

こけた頬《ほお》と頬骨の上に疑《うたぐ》り深そうな一重《ひとえ》の目が、ちぐはぐに光っている。鋭い目つきの割には、八文字《はちもんじ》に下がった眉尻《まゆじり》が情けなさげだった。

この渋面のせいで、渋井は《鬼《おに》しぶ》と綽名《あだな》されている。

あの不景気面《づら》が現われると闇の鬼まで面が渋くなるぜ、と江戸市中の盛り場の顔利きや柄《がら》の悪い地廻りらに煙たがられ、いつしかつけられた綽名だった。

腕利きの町方《まちかた》だが、そうは見えない。そうは見えないところが、闇に巣くう者らの間では、鬼しぶは食えねえ、とじつは忌《い》み嫌われてもいる町方同心だった。

「渋井さん、こちらへ」

と、帰り支度をしている若い当番与力の柳田が手招いた。

外はすでに日が落ち、角行灯《かくあんどん》が明障子を白く照らしていた。

当番は、たいてい見習から本勤並になったばかりの若い与力が務める。

歳《とし》は若くとも与力は裃《かみしも》役であり、白衣役《びゃくえ》の同心の支配役である。

「お呼びにより、まいりました」

「深川《ふかがわ》の門前町《もんぜん》は渋井さんの担当でしたね」

着座した渋井に柳田がいきなり訊いた。

「いえ。門前町は南町の担当です。わたしは仲町《なか》の方です」

「そうでしたか。ふうむ。どちらも深川ですから、まあ、いいでしょう」

柳田は、若衆の面影《おもかげ》の残った口元をふくらませ、思案を廻らす素ぶりを見せた。

「門前町に白子屋《しらこや》という酒問屋があります。深川では中堅どころの店《たな》です。ご存じですか」

「存じております。大島《おおしま》川の蓬莱《ほうらい》橋の袂《たもと》に門前町があって、大島川沿いに土蔵造りの店をかまえております。確か、寛保《かんぽう》（一七四一～四四年）の創業で、新《しん》川の酒問屋が下《くだ》り酒《ざけ》を中心にあつかっておりますが、白子屋は地酒の流通と小売りで販路を広げ、天明《てんめい》年間（一七八一～八九年）には相応の酒問屋になったと聞いております。今は三代目か四代目が継《つ》いでいるはずです」

「ほお。寛保のころに創業ですか。では老舗《しにせ》ですね。さすがはよくご存じだ。しかし、そんな老舗がこういうことをするのかな……」

柳田は自問するみたいに首をひねった。

「なんでしょう？　白子屋に何かありましたか」

「さる筋から差し口が入りましてね。白子屋がここ数年来、酒の卸値《おろしね》を不当に下げて流通させ、問屋仲間の顧客に影響が出ている。問屋が品物をほかの問屋より安く卸《おろ》すのは、商《あきな》いの努力や工夫の成果ですから町方の口を挟む事柄ではないのですが、その差し口は、白子屋の場合は密造酒を仕入れ、それを不当廉売《れんばい》しているのではないか、と訴えているのです」

「密造酒？　と言いますと」

「ですから密造酒ですよ。ご存じの通り、酒造は勘定所の鑑札《かんさつ》制です。白子屋がお上《かみ》の鑑札の網を逃れた密造酒をあつかっている。密造酒なら冥加金《みようがきん》も運上金もかからない。ゆえに安く卸せる……」

そこで柳田はひと呼吸おいて、「のではないか、というのです」と、妙にこねた言い廻しをした。

「そういう訴えなら、勘定奉行が掛《かかり》の事柄になりますね」

「本来ならば、そうです。しかし、これは名主を通した訴状の整った訴えではないのです。さる筋からの差し口なのです」

「さる筋と申しますと？」

「問屋仲間の行事役のさる筋から、うちの御奉行さまにご相談があった。証拠はないが怪しい。お調べ願えないかと。御奉行さまは、町家において密造酒の不当廉売の疑いならば町方でも捨ててはおけん。早速調べよう、ということになりました」

「ははん……その問屋仲間の行事役のさる筋とうちの御奉行さまとは、お立場をこえたご昵懇《じっこん》な間柄、というわけですな」

「さあ、お立場をこえたかどうか、わたしは知りませんがね」

柳田は、渋井の皮肉を白々《しらじら》しくあしらった。

うちの御奉行さまとは、北町奉行・榊原主計頭《さかきばらかずえのかみ》である。

「御奉行さまのお指図により、誰を掛にするかご相談がありました。深川ならばそこら辺を持ち場にしている廻り方の渋井さんだろう、渋井さんなら深川にも詳《くわ》しそうだし、ということになったのです。渋井にやらせろ、と御奉行さまのお達しでもあります。渋井さん、お願いできますか」

渋井は唇をへの字に歪《ゆが》めて、ちぐはぐな怪しい目つきをいっそうちぐはぐにした。

何が深川にもだ、関係ねえだろう、と思う一方で、密造酒というのにちょっとそそられた。

本来、米は代官所と村名主を筆頭にした村役人が検地から検見、年貢の徴収、蔵《くら》入《いり》、米問屋とのとり引きまで、厳重に仕きって管理している。

酒造についても、酒造に廻す米の量によって米相場に影響をおよぼすため、需要に応じて勝手に酒造元に米を卸すことは厳しく禁じられている。

米相場の上がり下がりは、庶民の暮らしは元より、扶持米《ふちまい》で暮らす武家へおよぼす影響が大きい。そのための鑑札制なのである。

そのうえ、鑑札の下《もと》に冥加金・運上金が定められるため、許された石高《こくだか》のほかに米を酒造に廻すことは即《すなわ》ち密造を助けることになり、業者の冥加金・運上金逃れに手を貸すことにもなる。

儲《もう》けは大きいかもしれないが、これは相当やばい。

代官所と村役人らの監視をかいくぐってそんな抜け道があるのかい――と、渋井の好奇心が頭をもたげた。

「さようですか。承知いたしました。では早速」

立ちかけた渋井に柳田が言った。

「ただしですね、今はまだ、さる筋からの怪しい疑わしいという差し口だけです。調べてみたら密造酒の疑いはなかった、ということもなきにしもあらずです。町方支配地とはいえ、町方が独断専行して勘定奉行支配を侵《おか》す事態になってはまずい。くれぐれもそういうことがないように、と御奉行さまは仰っておられますので、そこのところはお気をつけて」

なんだいそりゃあ、と渋井は思ったが、口には出さなかった。

三

彼岸をすぎて数日がたっていた。

天気のいいその午前、川幅十五間《けん》（約二十七メートル）の小名木川《おなぎ》から分流する砂村川に沿って折れたひとりの侍が、赤松林が川沿いに続く堤道をのどかにたどっていた。

侍は真新しい菅笠《すげがさ》をかぶり、黒地に鼠《ねずみ》がえしの縞柄《しまがら》の袷《あわせ》と焦《こ》げ茶色のたっつけ袴《ばかま》、黒の手甲《てっこう》、黒足袋《たび》草鞋《わらじ》の拵《こしら》えだった。

上背《うわぜい》は五尺七、八寸（約百七十四センチ）ほど。肩幅は相応に広く、腰に帯びた大小の黒鞘《くろざや》が、午前のまだわずかに青味を残した日差しを受け艶々《つやつや》と照り映《は》えていた。

しかし、幾ぶんなで肩の痩軀《そうく》のため、侍に武張った印象はなかった。

長い道のりを歩いてきたせいか、菅笠の陰になった痩《や》せた頰を、無足《むそく》見習で初出仕する若衆のような少し頼りなさげな朱色に染めていた。

目尻の尖《とが》った奥二重《おくぶたえ》の眼差しの強さを、下がり気味の眉がやわらげている。やや高い鼻梁《びりょう》からすっと通った鼻筋の下に真一文字《まいちもんじ》に刷《は》いた大きめの口が、かすかに微笑んでいるかのように見てとれた。

年ごろは、若いのかそうでもないのか、定かにはわからない風貌《ふうぼう》だった。ただ、のどかに見えながら、足どりは意外に若々しく速《すみ》やかだった。

堤道をいくと、砂村川に架《か》かった木橋があり、橋が架かったすぐわきの道沿いに酒亭らしき茶屋風の二階家と、裏手に土蔵の屋根が見えた。酒亭の二階の格子《こうし》の窓から、白粉《おしろい》顔の女が店の前を通りすぎる侍を、漫然と見下ろしていた。

酒亭をすぎてから堤道をさらに南へ数町（数百メートル）たどったあたりの日溜《ひだ》まりに、侍は若々しいその足どりを止めた。

そして、川筋を東南の方角にゆるやかに変え、やがて西や南の田野へ幾筋かに流れを分かちつつ東へ折れてゆく彼方を眺め渡した。

それは、江戸東郊の田園風景を愛《め》でる風流な文人を思わせる風情《ふぜい》にも見えた。

周辺に広がる田んぼのあちこちで、馬に犂を牽かせ、犂起こしが始まっている。風呂鍬《ふろぐわ》を使っている百姓の姿がまばらに見え、田んぼの間の白い畦道《あぜみち》を、子供に牽かれた馬がのんびりと歩んでいる。

田んぼの向こうには、数十軒の百姓家の茅葺屋根が固まる集落が眺められた。

集落の手前に畑があり、屋根屋根の後ろには木々が葉を繁《しげ》らせている。

西から南、南から東へとはるばると眺め渡す田野一帯のそこかしこに同じような集落が認められ、霞《かすみ》を帯びた淡い青空が田野と木々と集落の景色を覆っていた。

侍は息を大きく吸い、土の匂《にお》いでも嗅《か》いだのか、にこりと笑った。

砂村川は、小名木川が上大島町《かみおおじま》あたりから東南へ分流し、流れを東方向へ変えて、小名木川から海岸の寄洲《よりす》までの一帯に広がる田野のほぼ中央を貫いて最後は中川《なか》へそそぐ、川幅およそ十間（約十八メートル）の水路である。

灌漑《かんがい》用水と肥料や作物の運搬、あるいは悪水《あくすい》落ちの水利計画によって掘られ、砂村川沿いの田はみな、御公儀直轄《ちょっかつ》領に組み入れられた蔵入地だった。

すなわち、砂村川が貫流するこの土地は二百年近く前の万治《まんじ》年間（一六五八～六一年）に開拓が始まった新田であり、時代をへる中でだんだんに人々が移住して開拓に従事し、今では十幾つかの新田が営《いとな》まれていた。

この土地で一番大きな新田が、砂村川南の多くの田畑を占める砂村新田である。

砂村川から南へ数町いくと堀川があり、堀川より南へさらに数町いけば、波除《なみよ》けの堤と寄洲のある海が広がっている。

砂村新田の東側は中川堤まで続き、堀川を反対側の西へたどった先は、一橋《ひとつばし》十万《じゅうまん》坪《つぼ》のご領地と呼ばれるお抱え地、蔵屋敷が建ち並ぶ深川木場、そうして堀川はやがて仙台堀につながり大川《おお》へそそいでいる。

砂村新田は、江戸日本橋から一里十町（約五キロメートル）ほどの土地だった。

侍は幾つか分かれる砂村川の支流を越え、流れに沿って東の方角へ折れた。

すると、南の彼方の空にひと筋の灰色の煙がたちのぼった。

侍は菅笠の縁を持ち上げ、道端の赤松並木の間より南の空の煙を眺めた。

灰色の煙は淡い青空に届かぬ先に、降りそそぐ光の中にまぎれて消えていく。

砂村新田の南の方に火葬場があると聞いていた。

あれはその煙か……

堤道へ目を戻したときだった。

前方から履物《はきもの》をだらりだらりと鳴らしてやってくる、五人の一団を認めた。

三人が野良着ふうの半着《はんぎ》に股引《ももひき》、二人が着流しに紺《こん》の法被《はっぴ》をまとった男らだった。

前をゆく紺の法被は、腰に脇差《わきざし》を一本帯び、後ろは木刀ふうの棒を腰に差したり、あるいは肩に担《かつ》いでいた。

男らの話し声や笑い声は、侍を認めて止んでいた。

一間（約一・八メートル）もない道の真ん中を進み、地面をする履物の音だけが聞こえてきた。松林の間では雀《すずめ》が騒いでいた。

道は東西にのびていて、左手の北側は砂村川の澄んだ川面《かわも》、右手の赤松並木を隔てて田んぼが開けている。

侍はのどかな歩みを変えなかったが、さり気なく道を赤松並木のある右へとった。

すると、頭《かしら》らしき先頭の男が肩をひねり後ろへ何か言った。

それを機に男らは赤松並木の方へずれ、侍のゆく手をはばむように近づいてきた。

二間少々ほどの間になって、先頭の男が険《けわ》しい眼差しを侍へそそいで、妙に甲高《かんだか》い声を先にかけてきた。

「おい、ちょいと待て」

侍は足を止めた。

「見かけねえ顔だな。お侍さん、どこの家中だね」

甲高い声が刺々《とげとげ》しい、浅黒い顔の男だった。中背である。

「どこの家中でもない」

「家中でもない？　ふうん、なら浪人かい。どうりで貧乏臭《くせ》えなりだと思ったぜ」

後ろの男らが侍を笑った。

「貧乏浪人が、ここら辺になんの用だ」

頭は一重の険しい目で侍を睨《ね》め廻した。

「おぬしら、何者だ」

侍が訊きかえした。

頭は身体を斜にかまえ、菅笠の陰になった侍の顔を見上げた。

「えらそうな貧乏浪人だな。貧乏浪人にはわからねえかもしれねえが、ここら辺は小菅のご陣屋の支配地だ。貧乏浪人のくるところじゃねえ。知らなかったかい」

侍が代官支配地に入ることは厳しく制限されており、男の言っていることは筋が通っている。

「それともおめえ、何か。ご陣屋の許しを得た証拠の品でも持っているのかい。持っているなら見せてみな。ねえんだろう。なら、とっと帰《けえ》るんだな」

「おぬしら、何者だ」

侍はまた同じ飄々とした口調で、短く訊いた。

「けっ。物わかりの悪い浪人だぜ。おれたちはな、ここら辺のしまを預かる鉄蔵一家の者だ。わかったかい。わかったら世話かけずに、さっさといきな」

「鉄蔵とは、ここら辺の番太《ばんた》か。一家の者とは番太の手先ということか」

「気安く言うんじゃねえ。ぶっ飛ばすぞ」

頭が急に浅黒い顔を怒りでしかめた。

「鉄蔵親分はな、小名木川からこっちまでの全部と、ゆくゆくは中川の川向こうの小松川村、船堀村、一之江村、小松村までを仕きって、小菅のご陣屋からしま全部の番を任され十手《じって》を持つことを許されていらっしゃる大親分だ。番太どころか、どこの村の名主だって鉄蔵親分には一目《いちもく》おくのが礼儀ってもんだ。その大親分をここら辺の番太かだと。おめえ、舐《な》めたことをぬかしやがると口が利けなくなるぜ」

頭が脇差の柄《つか》に手をだらりと乗せた。

「鉄蔵という親分はご陣屋から十手を持つことを許されているのか。十手を持つ親分の手下ならば、なおのことお上のご禁制は守らねばならぬな。おぬし、なぜ脇差を差している。脇差を差すことは禁じられておるだろう」

ちっちっち……と、頭は舌を鳴らした。

「だめだ、こりゃ。この野郎、相当血の廻《めぐ》りが悪いぜ」

と、後ろの男らへ顎《あご》をしゃくった。

男らが足音を派手に鳴らして侍をとり囲み始めた。

腰の棒を抜きとり、ひとりが侍を威嚇《いかく》して地面を叩《たた》いた。

そして侍の前後左右へ廻りこんだ。

正面に向き合った着流しに法被は、木刀を肩に担いでいた。

顔つきに獰猛《どうもう》さが浮かんでいた。

左右は野良着ふうの半着に股引草鞋で、ひとりは木刀で地面を叩いて威嚇し、もうひとりは青竹の長い竿《さお》を得物《えもの》にしていた。

後ろはこれも野良着ふうの半着に股引草鞋だったが、この男は侍より頭半分ほど背丈が高く、力自慢なのか得物はなく素手だった。

しかしその間、侍は男らにさせたいようにさせ、平然と佇《たたず》んでいた。

「さっさといきゃあいいものをよ。世話かけやがって。もう遅いぜ。きな。どこの村の誰になんの用か、ゆっくり聞こうじゃねえか。ただし、鉄蔵一家の調べは侍だからって容赦《ようしゃ》はしねえ。少々手荒いぜ。覚悟しな。おう、こいつをしょっ引け」

頭はしかめ面をそむけ、前身頃をつかんで草履《ぞうり》を堤道に鳴らした。

「こい」

後ろの大柄が、力自慢の両腕で侍を背後より抱きすくめにかかり、正面の法被が、

「おおら、抜けさく、いくんだようっ」

と、担いだ木刀を侍の頭上へいきなり荒っぽくふり落とした。

木刀が、ぶん、とうなり、こおん、と高らかに鳴った。

途端、大柄が目を丸くした。それから、

「痛《い》てえ……」
と、侍ではなく、自分の頭を押さえてかがみこんだ。
背後から抱きすくめにかかった大柄は、侍の動きが見えなかった。
抱きすくめたはずが侍の身体はなく、ただ空《くう》を抱き留めて前のめりに泳ぎ、そこへ
正面から木刀が打ち落とされたのだ。
木刀に打たれかがみこんだ大柄は、悲鳴を上げてどさりと膝をついた。岩みたいに
なって道端に突っ伏した。
「何やってんだ。野郎はそこだ」
頭が侍を指差し、三人に怒鳴った。
侍はいつの間にか五人の囲みを抜けて、一間ばかり離れた道の真ん中に佇んでい
た。
さっきと変わらずに、平然と佇み男らを見守っている。
あれ？
起こったことが飲みこめない三人は、侍を睨《にら》んで訝った。
「おらあっ、逃がさねえぜ」
法被が侍へ怒鳴り、木刀を思いきりふり上げた。

半着の二人も、侍の両側へ再びどたどたと廻りこんでいく。

だが侍は、二人が左右へ廻りこむより早く、法被がびゅんびゅんとふり廻した木刀を、身体をしなやかになびかせ空へ流した。

すかさず一歩踏みこみ、なびかせた身体を法被へ軽くひと寄せした。

「あっ」

と、法被は小さく声をもらし、侍と凭《もた》れ合うような格好で動きが止まった。

あ、あ……

口をぱくぱくさせ、丸めた肩を小刻みに震わせた。

法被は木刀を落とし、両腕で腹を抱えて侍の足下《あしもと》へごろんと転がったから、何が起こったのか、廻りこんだ二人と顔をしかめた頭にはわからない。

「ど、どうした、豪助《ごうすけ》」

転がった法被は身体を縮《ちぢ》め、口から泡を吹いて喘《あえ》ぎ声を上げている。

それを見下ろしつつ、侍は黒鞘の大刀を腰へ引き戻した。

法被へ軽く身を寄せたかに見えた侍が、大刀の柄頭を法被の腹へ突き入れたということがようやくわかった。

野良仕事の最中だった周辺の百姓らが、堤道の異変に気づき仕事の手を止め、なんだ？　という様子でうかがっていた。堤道から離れた田んぼのあちこちからも、百姓が集まり始め、中には子供らも入り交じっていた。

しかし、それが頭をいっそう逆上させた。百姓らに見られて引くに引けず、

「野郎っ」

と、脇差を荒々しく抜き放った。

おお、と堤道の周りに集まった百姓らがどよめいた。

脇差を腰に溜めて突きこむかまえをとり、残りの二人へ怒鳴った。

「おめえら、いけえ、いけえ」

木刀の男が、「そりゃあ」と先に突っこんだ。

無闇にふり廻した木刀は踏みこみが足らなかった。

自分の手前で空を打つのを見きっているのか、侍は佇んだままである。

だが、木刀が空を打って流れたところへ侍は長い腕をすっとのばし、木刀の半《なか》ばをつかんだ途端、男の周りを廻るように身を反転させた。

遮二無二《しゃにむに》突っこんだ男は、侍の引き廻す木刀に引きずられ、まごつきながらも勢いのまま、たたた、と砂村川を目がけて走り出す格好になった。

機を見て侍が木刀を突き放すと、勢いが止まらず、「わあっ」とひと声叫んで自ら

砂村川へ飛びこんでいった。

水飛沫と見物の百姓らの喚声が起こったが、侍は平然と佇んでいる。

青竹の男と頭は侍を睨むばかりで動けなくなった。

二人が固まっているのを見て、侍は泡を吹いて悶《もだ》えている法被の捨てた木刀をやおら拾った。

青竹をかざした男が戸惑い、後退《あとずさ》った。

侍は脇差を腰に溜め突っこむかまえの頭へ、片手正眼《せいがん》に木刀を突きつけた。

そうして、一歩二歩と進んだ。

頭は浅黒い顔面を引きつらせ、一歩二歩と後退した。

「おぬし、わたしの話が聞きたいのか」

侍は汗ひとつかかず、道端に咲く花のように涼やかだった。

「い、いいんだ。いいんだよ、お侍さん。どこへなりと、いってくだせえ」

頭は後退りながら、肩をすぼめた。

「そうか。もういいのだな」

「へ、へえ……」

侍は菅笠の陰からじっと頭を見つめた。

頭は身を低くし、腰に溜めた脇差をわきへ垂らした。

侍は踵《きびす》をかえし、また堤道をのどかに歩み始めた。

見物の百姓らが、ありゃあ誰だ？　どこのもんだ？　と、ささやき声を交わした。

青竹の男も手が出せず、見物の百姓らの中にまぎれて睨んでいるしかなかった。

侍は歩みながら木刀を捨てた。

そのとき、身を低くしていた頭がにゅうっとのび上がり、侍の背後へいきなり突進するのに、侍は気づいていなかった。

走りながら脇差をふりかざし、侍の背中へ荒々しい袈裟懸《けさが》けを浴びせた。

「くそがあっ」

その瞬間、脇差のきっ先は侍ではなく道の石ころを、かち、とはじき飛ばした。

身体を躱《かわ》された頭は、侍のわきを空《むな》しく泳ぎながら、反転しつつ鮮やかに抜き放った侍の一刀が、日の光を撥ねかえしているのを見た。

泳いだ背中へ、侍がきらめく白刃《はくじん》をひと筋に浴びせた。

凍りつく刃が背中を舐めたのがわかった。

「やられたぁぁぁ……」

頭は眼前の砂村川へ突っこんでいき、法被と着流しが背中から真っ二つに裂かれて、鳥の羽《はね》みたいにぱんと広がった。

四

侍が砂村新田名主・伝左衛門の役邸を廻る濠に架かる土橋を渡ったのは、それからほどなくだった。

納屋をかねた茅葺屋根の長屋門が両開きに開かれ、椎《しい》や桂《かつら》の木々が門の屋根を覆っていた。

灌木の庭木の垣根が百姓家ふうの前庭にあり、敷石の先に立派な玄関があった。小鳥の心地《ここち》よいさえずりが邸内のそこここから聞こえた。

笠をとった侍が玄関先で案内を乞うた。

奉公人らしき男が玄関座敷に現われ、低頭した。

「おいでなさりませ。お名前とご用の向きをおうかがいいたします」

「唐木市兵衛《からきいちべえ》と申します」

市兵衛は玄関先で一礼した。

「江戸は柳《やなぎ》町の蘭医《らんい》・柳井宗秀《やないそうしゅう》先生のご紹介により、本日、ご当家主・砂村《すなむら》伝左衛門さんにお目にかかるため、お訪ねいたしました。おとり次ぎを願います」
「唐木市兵衛さまでございますか。わが主よりうかがっております。お待ち申してお
りました。どうぞお上がりなされませ」
坪庭に面した障子が開け放たれ、縁廊下に明るい日が差す座敷へ通された。
香ばしい焙《ほう》じ茶が出た。
坪庭を囲う垣根ぎわに植えられた枝ぶりのいい松が、日を浴びていた。彼方の空に
灰色の薄い煙がまだたち上っているのが見えた。ほどなく廊下を足音が近づき、
「失礼いたします」
と、紋様紙を貼った襖の外から低い声がかかった。
市兵衛は礼をし、襖が開き、主が襖を背に大柄な体軀をゆったりと着座させるのを
待った。
「お初にお目にかかります。当家の主・伝左衛門でございます。遠路、まことにご苦
労さまにございます」
大柄な体軀に似合った、低く張りのある声だった。
市兵衛は顔を上げた。
伝左衛門は、仕たてのいい縞羽織と鼠色の半袴に整えていた。いかにも名主らしく

貫禄《かんろく》のある風貌で、六十近い年ごろに思われた。

「唐木市兵衛です。お見知りおきをお願いいたします。柳井宗秀先生とわたしは先輩と後輩の間柄ではありますが、日ごろより昵懇にさせていただいております。本日は先生のお指図を受け、まかりこしました」

「宗秀先生よりお聞きいたしておりました。江戸とは違い、このような鄙《ひな》びた土地の百姓でございます。こちらこそ、よろしくお願いいたします」

伝左衛門は、唐木市兵衛という人物を見極めようとするかのように、まずはそつなくおだやかに微笑んだ。

「わたしは若年のころより心の臓に少々持病を抱えており、年に数度、柳町の診療所へうかがい、宗秀先生に脈をとっていただいておるのでございます。宗秀先生のお陰をもちまして、この歳までつつがなく生き長らえることができました。先生ほどの優れたお医者さまに、わたしどものような百姓が脈をとっていただきますのは、まことにもってありがたいことでございます」

それから対座する市兵衛の右わきにおいた差料《さしりょう》や、市兵衛の居住まいや仕種《しぐさ》などへさり気なく目を配った。

「宗秀先生は、身分の区別なく人の病を診《み》たて医術を施《ほどこ》すのが医師の務めというお志《こころざし》に基づかれ、実際にどなたにも分け隔てなく医術を施されておられます。そんな宗秀先生のお人柄に敬服いたしておりますのは申すまでもございませんが、のみならず、人の動き、世の動きのことなど様々《さまざま》に先生の広く深いご見識に接し、そちらはわが心の薬にさせていただいておるのでございます」

伝左衛門は大らかな笑い声をまき、さらに続けた。

「唐木さまは、宗秀先生とどのようなご関係でいらっしゃるのでございますか。お差し支《つか》えなければ、お聞かせ願えませんでしょうか」

市兵衛は笑みをかえし、ひとつ頷いた。

「宗秀先生とは、かれこれ二十年近くおつき合いをさせていただいております。わたしが上方の大坂《おおさか》におりましたころ、先生は長崎《ながさき》でおらんだ医学の勉学を終えられ江戸へ戻られる途中、大坂の蘭医の下《もと》でも医術の修業をなさっておられたのです。そのころ、共に知る者を介《かい》しお会いしたのが始まりです」

「先生が若きころに、長崎のみならず上方でも修業をなされていたことはうかがっておりました。唐木さまもそれでは、大坂でなんぞご修業を？」

「わたしの場合は、修業と言えますかどうか。むしろ、放浪したと言うべきかもしれません」

「放浪を、でございますか？」

市兵衛は懐《ふところ》から一通の折封の書状をとり出した。

「これは、宗秀先生より伝左衛門さんへお渡しするようにと預かってまいりましたわたしの紹介状です。ご一読のうえ、このたびご依頼の役目にわたしが相応《ふさわ》しいかどうか、改めてご判断を願います」

書状を伝左衛門の膝の前へ差し出した。

「これはこれは、ありがたいことでございます」

伝左衛門は書状を押し戴《いただ》くように手にとった。そして、折封をとき、ゆっくりと読み始めた。

市兵衛は伝左衛門が書状へ目を落とすと、南の空にのぼるひとすじの煙へ物思わしげに眼差しを流した。

「市兵衛、おぬし、やってくれぬか。ついな、おぬしの都合を訊かずに、いい人物がおる、と言ってしまったのだ」

と、柳町の蘭医・柳井宗秀は言った。

《酒飯処　喜楽亭《きらくてい》》の表戸、腰高の油障子からもれる行灯の淡い明かりが油堀《あぶらぼり》の川面へ落ち、町に夕闇が忍び寄る六ツ半（午後七時頃）すぎの刻限だった。

　喜楽亭は一膳飯屋である。

深川堀川《ほりかわ》町の油堀沿いの堤道に縄暖簾《なわのれん》を下げ、狭い店土間には、醬油樽《しょうゆだる》に長板を渡して周りに醬油樽の腰掛を並べた長板の席が二台据《す》えてある。

　客が十二、三人ほど入れば満席になり、油堀の界隈《かいわい》で働く職人や人足、漁師相手に飯を食わせるが、酒も呑《の》ませる小さな店だった。

　無精髭《ぶしょうひげ》に胡麻塩《ごましお》の薄い髷の六十近い亭主が、ひとりで営んでいた。

　一年ほど前、ひょんなきっかけで芝《しば》から流れてきた痩せ犬が、亭主に飯を食わせてもらった一宿一飯の恩義を感じて以来かってに居つき、愛想《あいそ》のない亭主に代わり客へ愛嬌《あいきょう》をふりまいて廻っている。

　痩せ犬には名前がなかった。

「名前をつけてやらねえのかい」と客に訊かれ、亭主は、「名前をつけたら食えなくなっちまうだでな」と不気味に笑って答えるのだった。

　近ごろ痩せ犬は《居候《いそうろう》》と呼ばれている。客がなんとなくそう呼ぶようになった。

「おい、居候」

　客が呼ぶと、居候は「わん」と鳴いて尻尾《しっぽ》をふる。

昨日と一昨日《おととい》、市兵衛はこの喜楽亭へ顔を出せなかった。

神田三河町《かんだみかわ》の請《う》け人宿《にんやど》《宰領屋《さいりようや》》から新しい奉公先の話が舞いこみ、給金やら役目やらの相談のためだ。

新しい奉公は、番《ばん》町の旗本の放漫な台所勘定をたて直す仕事で、市兵衛の算盤《そろばん》の腕を活用できる用人《ようにん》勤めだった。給金や待遇もよく、望みに近い好条件である。

「どうだい、今度の話は市兵衛さんにぴったりだろう。市兵衛さんのためにわざわざ探し出してきたんだぜ」

宰領屋の主人・矢藤太《やとうた》が珍しく胸を張った。

「二、三日中に返事がくるだろう。あちらは、市兵衛さんなら、と乗り気だ。そのつもりでいてくれよ」

と、新しい奉公先からの返事を待っているところだった。

昼間、市兵衛は去年の暮れよりこの春の初めまで駒込《こまごめ》の大名屋敷に住みこみで雇われ、年末大掃除もすませていなかった神田雉子《きじ》町にある八郎店《はちろうだな》の住まいの片づけや掃除にかかっていた。

そこへ、宗秀の書状を町飛脚《まちびきゃく》が届けにきた。書状には、

《市兵衛殿にお頼みいたしたき一件有之候《これありそうろう》 今宵夕六ツ喜楽亭にてお待ち申し候

必ず必ずお越し御願い奉《たてまつ》り候　柳井宗秀》

とだけあった。

その夕六ツ（午後六時頃）をすでにすぎた刻限だったが、喜楽亭に客はまだ市兵衛ひとりで、冷《ひや》の徳利《とっくり》酒をぐい飲みでやりながら宗秀を待っていた。

肴《さかな》はいつもの、大根、人参《にんじん》、牛蒡《ごぼう》に蒟蒻《こんにゃく》、季節によっては筍《たけのこ》や椎茸《しいたけ》、そこへ鰯《いわし》、あるいは鴨《かも》肉を一緒に甘辛く煮しめた煮物と、漬物、軽く炙《あぶ》ってぱりぱりと歯触りのよい浅草海苔《あさくさのり》である。

居候が市兵衛の腰掛の傍《かたわ》らに坐り、退屈そうに尻尾をふっていた。

町飛脚を使うなど、宗秀には珍しいことだった。

宗秀の診療所がある京橋《きょうばし》に近い柳町から市兵衛の住む神田雉子町の八郎店まで、半刻（約一時間）少々の道のりである。普段なら診療の合間に、

「市兵衛、いるか」

と、ふらりと訪ねてくる。

宗秀が頼みたい一件、とわざわざ言ってくるのは初めてだった。

それにここのところ、北町の渋井鬼三次と手先の助弥《すけや》の顔を見ていない。

ひとりで呑む酒は、何か物足りないし、ちょっと寂《さび》しいものである。

喜楽亭で呑むときは宗秀先生と渋井さんと助弥がそろわないとな……

亭主に言うと、滅多《めった》に笑わない亭主が笑った。

「渋井の旦那と助弥は、急な役目が重なって忙しいみてえだ。あの二人が顔を出すのはたいてい夜更《よふ》けてだ。おらんだの先生も診療やら往診やらで、だいぶ忙しいに違いねえ。まあ、そういうこともあるさ。市兵衛さんは久しぶりにゆっくりできるんだから、のんびり呑みながら待っていれば、みな、そのうちくるでよ」

傍らの居候が退屈そうに尻尾をふり、市兵衛を見上げている。

店の前の油堀を漕《こ》ぎ渡る川船の櫓《ろ》の軋《きし》みが聞こえ、表を足早にゆきすぎる通りがかりの足音などが聞こえるたびに、居候は退屈そうにふる尻尾を止めた。

どこかうら寂しい春の宵が静かに深まっていた。

六ッ半を廻ったころ、宗秀はやってきた。

堤道に草履の音がひたひたと近づいてきて、やがて腰高障子を開けて宗秀が顔をのぞかせた。宗秀は、市兵衛を見つけ、にこり、と微笑んで、

「市兵衛、待たせた」

と、今にも土下座しそうなほど腰を深々と折った。

まだ四十をこえて二つ三つばかりだが、白髪《しらが》まじりに一文字髷《いちもんじ》を乗せた総髪の天辺《てっぺん》

が少し薄くなっていた。

「わたしもそろそろ、医者らしく剃髪《ていはつ》にするかな」

と言うが、宗秀は総髪を止めなかった。

その総髪を整える間もなく出てきたらしく、髪のほつれがくたびれて見えた。

居候が宗秀の周りをうろうろし、「いらっしゃいやし」と吠《ほ》えた。

「先生、待ちかねました。早く坐ってください」

宗秀は猫背の背中をさらに丸め、市兵衛の隣の醬油樽にかけた。

喜楽亭で宗秀がいつも坐る席である。

「診療が長引いてな。出られなかった。わたしの方が六ッと指定したのに、すまん」

市兵衛は宗秀の新しいぐい飲みに徳利をかたむけた。

「いいのです。まずは一杯、いきましょう」

宗秀はそれをひと息に呑み乾《ほ》し、むむ、と二杯目を受けた。

「早速だが、市兵衛、砂村新田へいってもらいたいのだ」

受けながら、いきなり言った。

それから二杯目をひと息にあおり、亭主が運んできた新しい徳利酒を市兵衛と自分のぐい飲みにそそぎ、三杯目も一気に呑み乾した。

「砂村新田は、知っているな」

やっとひと心地ついたふうに見えた。

「知っています。砂村葱《ねぎ》は朝の味噌汁《みそしる》の薬味に欠かせません」

葱は砂村の名産である。砂村でとれる胡瓜《きゅうり》や茄子《なす》も評判がいい。

「この話を聞いたとき、市兵衛が思い浮かんだ。市兵衛ならばこそ相応しい、市兵衛ならできる役目だと、そんな気がしたのだ」

「先生、短い春の宵です。どうぞ、短い春を味わい、ゆっくり呑みながら話してください。渋井さんも助弥も顔を見せませんし。わざわざ町飛脚まで使って声をかけてくださったのですから、砂村でよほど大事な用事なのでしょうね」

宗秀は「そうなんだ」と、大きく頷いた。

「砂村新田に砂村伝左衛門という名主がいる。伝左衛門にはある持病があって、もう十年以上前から期限を決めて年に数度、わたしが持病の具合を診たて、養生《ようじょう》の手だてなどを授けているのだ」

はい――と、市兵衛は微笑んでかえした。

「昨日、伝左衛門が柳町の診療所へきた。そしてな、いつも通り持病の具合を診たあと、わたしに頼み事をした。今ある男の行方を捜《さが》している。砂村新田の男で、名主の自分が捜さねばならぬのだが、百姓はこれから繁期にかかり、そちらが百姓である名主のなさねばならぬ本分ゆえ、自分に代わってその男を捜してくれる確かな人物を誰ぞご存じないか、とだ」

それから宗秀は、伝左衛門に頼まれた人捜しの事情を語った。

詳しい説明ではなかったが、事情は察することができた。

「もっと詳しい事の次第は、砂村新田の伝左衛門を訪ね、直《じか》に聞いてもらいたい。市兵衛、おぬし、やってくれぬか」

ついな、おぬしの都合を訊かずに、いい人物がおる、と言ってしまったのだ――と言ったのはそのあとだった。

市兵衛は答えず、しばし考えこんだ。それから板場へ声をかけた。

「おやじさん、今日は何か美味《うま》い肴がないかい」

店土間と板場の仕きり棚《だな》の出入り口に、亭主が顔を出した。

「今日は、みぞれ蕎麦《そば》ができるぞ」

「みぞれ蕎麦？　どういう肴なんだい」

「ゆでた蕎麦を水洗いして水をきって、皿に盛ってな。醬油で味付けしただし汁に好みで手でほぐしたり千ぎりにした豆腐を入れてひと煮たちさせ、蕎麦にかけるんだ。

薬味に大根おろしとわさび、それに葱を使う。腹が減ったときの酒の肴に合う」

「なかなか美味そうだ。みぞれ蕎麦を先生とわたしに、頼む」

「わかった。宗秀先生、葱は砂村葱だでな。はは……」

居候が相槌《あいづち》を打つみたいに、宗秀を見上げて尻尾をふっていた。

しかし宗秀は、普段とは違い、砂村の用事の方に気もそぞろだった。

五

市兵衛は坪庭へ目をそらしていた。

午前のだいぶ高くなった光が枝ぶりのいい松の木に白く降り、小鳥が飛び交い、彼方の南の空にはまだひと筋の煙がのぼっていた。

「あれは、堀川の向こうに火葬場がございましてね。その煙でございます」

伝左衛門が宗秀の書状を折り畳《たた》みながら、南の空にたなびく煙を眺めて言った。

市兵衛は坪庭の方より伝左衛門へ向きなおった。

今朝、砂村新田へくる前に神田三河町の請け人宿《宰領屋》の主人・矢藤太を訪ね、返事待ちだった旗本屋敷の用人奉公の話に断わりを入れた。

「砂村新田だと？　冗談じゃねえ。せっかく市兵衛さんのためにいい奉公先を見つけてやったのに、どういうつもりだい、そりゃあ。まったく気が知れねえぜ。また例の物好きで、肥溜《こえだ》め臭《くせ》え百姓仕事をする気かい」

矢藤太は呆《あき》れ顔で、恩着せがましく恨《うら》みがましく言った。言いながら、

「ちぇ、しょうがねえなあ。だがまあ、宗秀先生からきた話じゃ断われねえよな。仕方ねえ。いいだろう。お旗本の方は言いつくろっておくよ」

と、折れた。

矢藤太は物事にこだわりのない調子のよい軽々しさで、それがかえって矢藤太らしく妙な愛嬌を感じさせる男だった。

市兵衛が大坂から京へ上り、公家《くげ》の家宰《かさい》と用心棒をかねた青侍《あおざむらい》をしていたころに知り合った元は京の島原《しまばら》の女衒《ぜげん》だった。それがいつの間にやら、江戸は神田三河町の請け人宿の亭主に納まり、今では根っからの神田生まれ神田育ちみたいな顔をしている。

かれこれ二十年近いつき合いが続き、むろん、蘭医・柳井宗秀のことは矢藤太も知っている。

伝左衛門は折り畳んだ宗秀の紹介状を再び押し戴いた。

「宗秀先生のお手紙で、唐木さまのお人柄がわかりました。ありがとうございます」

と、書状を傍らへおき、なごやかな顔つきになり茶を一服した。それから、

「唐木さま、物好きなことを少々お訊ねしても、お許しいただけますでしょうか」

と、遠慮がちに言った。

「どうぞ。よろしいように」

「十三歳でご祖父・唐木忠左衛門《ちゆうざえもん》さまの下で元服《げんぷく》をなされ、唐木市兵衛さまと名乗られた。それからおひとりで上方へ向かわれたのでございますね」

「そうです。この刀は、元服の折りに祖父・忠左衛門より譲られたものです」

市兵衛は、右わきに菅笠と一緒においた黒鞘の二刀へ目を向けた。

「宗秀先生のお手紙では、唐木さまはご自分のご生家のお話はなさらないけれど、じつは由緒あるお旗本のお血筋とございます。ご生家を自ら出られ、唐木さまを名乗っておられると。なぜ由緒あるお旗本のご生家を出られたのでございますか」

「人の出自《しゆつじ》にはみな由緒があります。己《おのれ》の出自を誇りに思うか恥に思うか、己の由緒を語るか語らぬかは人それぞれです。わが祖父は旗本の家に仕える足軽侍《あしがる》でした。あの折りすでに父母はなく、わたしは祖父の下で元服を果たしました。自分の、足軽侍の血筋に従ったのです。足軽侍の血筋に語るべき由緒はありません」

「では、お父上さまかお母上さまが旗本のお血筋なので？」

「伝左衛門さん、由緒ある血筋の方がこのたびご依頼の役目にお望みならば、わたしは相応しくありません」

「滅相もございません。ご無礼なことをおうかがいいたしました。お許しください」

「いえ、お気になさらずに」

「いまひとつ、おうかがいいたしたいのでございますが」

伝左衛門は恐縮したが、やはり気になるらしかった。

「十三歳で上方へ上られ、奈良《なら》の興福《こうふく》寺にて剣の修行をなされ、興福寺に伝わる《風の剣》なるお坊さまの秘技を究《きわ》められたそうでございますね。その、風の剣とは、いかなる剣なのでございますか」

市兵衛は呆れた。

宗秀の紹介状に何が書かれてあるのか、知らなかった。

「剣の修行をしていた若きころ、自在に吹き、斬っても斬れぬ風とわが身がひとつになれば、斬られはせぬし剣を交わして負けはせぬと考え、風のようにあろうと修行いたしました。未熟者の浅はかな考えです。人が風とひとつになれるはずもなく、興福寺に伝わるものでも秘技でもありません」

「ははあ。風とひとつになる、でございますか」

「ですから剣は、風のように無理なく自然であれというほどの言葉の綾《あや》です。それを戯れに風の剣と言った者がいるのです。まさか、宗秀先生までが風の剣などと書かれているとは、思いませんでした」

「しかしながら、戯れにでも唐木さまの剣技を風の剣と申されるのであれば、やはり相当お強いのでございましょうねえ」

市兵衛はそれには答えず、微笑んだ。

「お訊ねになりたいことは、それだけですか」

伝左衛門は頭《こうべ》を垂れ、それでもなお「くどいようですが、最後にひとつ、お聞かせ願えませんでしょうか」と言った。

「どうぞ」

「唐木さまが大坂に出られて商家に寄寓《きぐう》し、算盤を習得なされ商いを学ばれたというのはまったく意外でございました。のみならず、河内《かわち》の百姓の下にて一年をすごされ米作り、灘《なだ》の酒造元で酒造りなどをご経験なされたのでございますね。何ゆえ、商いや米作り、酒造りだったのでございますか」

「興福寺でひたすら剣の修行に励み、侍の本分としての剣の修行にのめりこめばこむほど、誰が飢《う》えをしのぐ米を作り、酒を醸造《じょうぞう》し、欲する物を購《あがな》う金を稼いだのか、侍の本分が生きる本分と違っていることに合点《がてん》がいかず、不思議でならなくなったのです。それゆえ剣の修行をやめ大坂へ出て、商いと米作り、それから酒造りを学びました」

「なるほど。真面目なご気性《きしょう》でいらっしゃるのでございますね。わたしは先祖よりの百姓でございます。百姓の身から申せば、お侍さまが米作りとは、意外どころか驚きでございます。では、米作りはどの程度、ご存じなので……」

「河内の山裾に数町《ちょう》（数百アール）の田んぼを抱える大百姓の家の田人《たうど》のひとりとして、ほぼ一年を住みこみ、種下ろしから最後に俵《たわら》づめするまで、ひと通りは」

「日雇いの田人に一年を、でございますか？」

伝左衛門は、目を丸くして市兵衛を見つめた。

「本来は、土に向かえば百姓であり、弓矢をとって戦場に向かえば武士になるのがあたり前の人の生業《なりわい》でした。長いときが移り、米作りの百姓と刀を差す侍が別々の者になってしまいましたが、あの一年のときは刀を風呂鍬に換え、まさに土のみならず、日照り、風雨、寒暖、虫や鳥、すべてに命があり、無常の変遷《へんせん》があり、すべてのそれらの命と共に生きている経験でした」

伝左衛門は唇をぎゅっと結び、ふうむ、と鼻息をひとつもらした。

「農は人真似、農は人並、と世話になったお百姓から教えられました。何代にもわたってあたり前として続く人々の暮らしに凄《すご》みを覚えたことを、今でも忘れられません」

市兵衛が言うと、伝左衛門は結んだ唇をといた。

「合点《がてん》がいきました。お侍さまに、あれこれ埒《らち》もないことをお訊ねいたしました。何とぞ、お気を悪くなさいませんようにお願いいたします。それでは……」

言いかけた伝左衛門を、「しばらく」と市兵衛は制した。

「詳しい事情をおうかがいする前に、ひとつ申しておきたい。よろしいですか」

はい？――と、伝左衛門は目に戸惑いを浮かべた。

「わたしは主に武家に奉公し、半季や一季、事と次第によっては期限を定めず、放漫な家計をたて直すため、すなわち算盤勘定を本分とする仕事に就《つ》いております。世間では渡り用人と呼ばれる者であり、算盤侍とからかう者もおります」

「宗秀先生のお手紙に書かれてございます。渡り用人の務めは存じておりますし、渡り用人と申されましても、唐木さまはお旗本やお大名の用人奉公のみならず、大店《おおだな》の商家においても商いのご相談役などを務めてこられた大変有能なお方と。あの、わたしども百姓のお願いでは、やはりご不足でございましょうか」

「いえ。決してそういうことではありません。務めを果たすためにも、お引き受けする前にはっきりさせておかねばなりません」

と、市兵衛は伝左衛門を見つめて言った。

「宗秀先生より、このたびのご依頼が、名主である伝左衛門さんに代わり、こちらの村のどなたかの行方を尋ねる役割、すなわち人捜しとうかがいました。しかしながらその役割は算盤勘定といささか筋が違っており、わたしがただ今お雇いいただいたとして、かかるとき、費用、また行方が尋ねられるかどうか、確かなお約束ができません。それをあらかじめご承知願うことになります」

「唐木さま。それでけっこうでございますよ」

伝左衛門は、名主らしい貫禄のある表情をくずさなかった。

「仰いました通り、わが村のある者の行方がわからなくなっております。じつはわたしは、その者に何があってどういう経緯《いきさつ》で姿を消したのか、詳しい事情をつかんではおりません。その者にまつわる噂《うわさ》や推量は聞こえてまいります。ですが……」

そう言って、伝左衛門は束の間《つかま》をおいて考えた。

「その者には女房と子がおります。その女房がわたしに申したのでございます。亭主は自分たちを捨て、百年以上も前に村に移住してから耕してきた田畑を放って姿を消すような男ではない。これにはきっと何か事情がある、とでございます。女房は、亭主が姿を消した本当の事情を知りたがっております」

「もっともです」

「亭主の身を案じる気持ちは健気《けなげ》ではございますが、わたしにはなんとも申せません。傍《はた》からは素朴に見えても、人は様々な事柄を心ひそかに抱えており、目先のことに心が惑わされるということもございます」

小鳥が松の枝でさえずっている。

「ただ、女房の申す通り、亭主が姿を消した本当の事情があるのであれば、それを探りだし、できますことなら元の鞘に戻ってほしい、すべての村人がつつがなく暮らしてほしいと、名主として願うのでございます」

それから伝左衛門は、どう話すかを考えているふうだったが、やがて、「清吉という百姓がおります」と言い始めた。

「砂村新田の東南端にあたる中川河口に近い海寄りの、わずか数反《たん》の田畑を耕《たがや》す小百姓の倅《せがれ》でございます。歳は三十五歳になり、女房は二十九歳。十歳の娘がおります。幼いころより村一番の頭のいい、気の利いた童子でございました。気だてもよく、真面目で、清吉が十八の歳、この男ならばと、葛飾郡小菅村のご陣屋の手代にわたしが推挙いたし、清吉はご陣屋の手代に雇われたのでございます」

「陣屋の手代？　手代の清吉さんが行方知れずになられたのですか」

「さようでございます」

陣屋とは、勘定奉行支配下の代官所のことである。

代官所は御公儀直轄領、すなわち天領を支配下におき、徴税を主にした行政を掌《つかさど》る地方《じかた》、治安訴訟などを管轄する公事方《くじかた》の二つの職掌に分かれている。

諸国には四十をこえる代官所がおかれ、そのうち関八州《かんはっしゅう》には五人の代官がおかれて天領を治めていた。

代官は勘定奉行によって官位のない平旗本が任じられた。

その代官の下に代官が推薦《すいせん》する譜代の御家人《ごけにん》が手附《てつき》として二人、これも勘定奉行によって任じられ、おかれた。

代官と手附は幕臣であり、役高百五十俵《ぴょう》の代官の給金、役高三十俵五人扶持の手附の給金は勘定所より支給された。

このほか代官所には、代官任地の百姓の中から気の利いた者、算勘に明るく事務の才を備えている者を代官自身が選び、およそ八人の手代が雇い入れられている。

手代の身分は幕臣ではなく、二十両五人扶持の給金は代官所の経費より支払われたが、手代が代官所の中間小者《こもの》を従え村々を巡見するさいは、百姓であっても両刀を帯びることが許され、代官所に付属する準幕臣の扱いだった。

「清吉は、ご陣屋の手代役を十八の歳から務め、その傍ら、農繁期には田植えや稲刈りもこなし、まさに働き者のよくできた男でございます。葛飾郡小岩《こいわ》村の十八のお純を嫁に迎えたのは、たしか二十四のときでございましたかな。二年後に娘のお鈴が生まれ、それから十年ほどでございます」

伝左衛門は言い、ふうむ、と鼻息をひとつもらした。

「粗相なくご陣屋勤めに励んで、およそ十七年になるはずでございます。先ほど唐木さまが仰いました、農は人真似、農は人並のお言葉通り、手代になったからといって、人柄が変わった、暮らしが華美になった、ということもございません。変わったことをしいて申せば、両親がこの十年の間に亡くなったということぐらいで、夫婦仲はよく、娘にはよき父であり、いかにも百姓らしきよき百姓でございました」

その清吉が、二月の彼岸前のある日突然、陣屋から姿を消したのである。

この正月休みを例年通り親子三人ですごした清吉は、彼岸の前後から始まる種下ろしの時期に数日休みをとって家に戻り、種浸し、犂起こしなどをすませる段どりや、田人の手配などを、女房のお純に告げていた。

「百姓は、種下ろしから田植えが終わりますおよそ二月《ふたつき》半ばかりが、最も忙しくなるのでございます。苗代《なえしろ》作り、種まき、繰《く》りかえす代掻《しろか》き、追い肥《ごえ》、その間にも田に粘り気がでるまでの打ち起こし、畦塗《あぜぬ》り、こなし、ならし……百姓は田んぼをわが子のように慈《いつく》しみ、諸々《もろもろ》の手をかけ、それから苗取、田植えが始まるのでございます」

伝左衛門は市兵衛に笑みを投げ、百姓らしい分厚く土のような手を膝の上でやわらかくすべらせた。

「あ、唐木さまはご存じでございましたね。くどくどと申してしまいました。田んぼのことしか頭にない愚鈍《ぐどん》な百姓でございます。お許しください」

「田んぼは、百姓が手をかければかけるほどまっ正直に美しくなる、百姓には手をかけて美しく育った田んぼとそうでない田んぼは、ひと目見ればわかると、教えられました。手ほどきを受けながらでも、自分が手をかけた田んぼ一面に実り広がった青い稲穂を見たとき、心が震えるのを抑えられませんでした。それが愚鈍なのであれば、愚鈍こそに値打ちがあるのです」

「ああ、やはり……百姓仕事の値打ちをおわかりなのでございますね。嬉《うれ》しいことでございます。宗秀先生にご相談してよかった」

伝左衛門は朴訥《ぼくとつ》に顔をほころばせた。

午前の日がだいぶ高くなっていた。坪庭の松の背景に広がる南の空に、もう煙はのぼっていなかった。松の枝の間を小鳥がのどかに飛び交っている。

市兵衛はしばらく考えを廻らせてから訊いた。

「清吉さんは、普段はご陣屋の長屋で寝起きし、百姓仕事の手が必要なときに休みをとって村へ帰ってくる暮らしだったのですね」

「さようでございます。その間は女房のお純が家を守っております」

「この春は、種下ろしが始まる時期になっても清吉さんは村へ帰ってこなかった。女房のお純さんには、ご亭主が帰ってこない事情に心あたりがないのですね」

「お純は、心あたりがないと申しております」

「ちらとですが、清吉さんが巡見しているどこかの村で検見に不都合が見つかって、清吉さんが消えたのはその不都合とのかかわりで身を隠した噂があるとも、宗秀先生が言っておられました。その噂はどのようなものですか」

「検見に不都合が見つかったのは確かなようで、ご陣屋で内々にお調べが始まっておるとうかがっております。しかし、清吉の行方知れずがそれとかかわりがあるのどうのという噂は、あくまで推量を元にささやかれているだけでございます。清吉は役目に不都合が見つかって逃げ隠れする人ではない、なんぞ事情があるのに違いなく当人が申し開きをするはずと、お純はそうも言っております」

「噂の出どころはひとつではなく、幾つかあるのですか」

「わたし自身はそのような噂は存じませんでした。ご陣屋のお役人さまより清吉の姿が見えなくなった事情についてお訊ねがあったさいに、ご陣屋内での噂としてお聞きしたのみでございます」

「その噂について、伝左衛門さんの思われていることをお聞かせください」

「あ、はい……わたしもお純同様、清吉に限ってそのようなふる舞いをするはずがないと思ってはおります。思ってはおりますが、現に当人が行方知れずなのです。もしや、という考えが浮かばないわけではございません」

伝左衛門は唇を結んで、目を畳へ落とした。

「生まれは百姓でも、ご陣屋の手代に雇われましたならば、お役目の間は二本を差す身でございます。お侍さまと同じ責めを問われ、詰腹をきらされるような事態を恐れて身を隠したとも考えられなくはございません。それをお純に申しますと、お純と娘のお鈴は途方に暮れてさめざめと泣いておりました。可哀想《かわいそう》な、言わずもがなのことを申してしまいました」

「お純さんに清吉さんの話をうかがいたいのです。案内を、お願いできますか」

「お純はただ今、使いの者に呼びにやらせております。ほどなくまいります」

市兵衛は坪庭へ眼差しを流し、すぐに伝左衛門へ向きなおって言った。

「今のところは、清吉さんの巡見していたどこかの村の検見に不都合が見つかったということしか手がかりがありません。お純さんの話をうかがってから、その村へいってみます。わたしがいきなり村へいくと怪しまれます。そちらの村役人さん宛《あ》てに伝左衛門さんの紹介状をいただきたいのです」

「はあ。それにつきましてもじつは、検見の不都合と申しましても検見は清吉ひとりの仕事ではないはずでございます。ですから、どこの村なのか、どんな落ち度なのかなどをお訊ねしたのですが、御用の筋につきお調べの途中という理由で、経緯はいっさい明らかにしていただけませんでした」

伝左衛門は首をかしげて続けた。

「ご陣屋内でも、お調べを指図なさっておられます元締さまと調べにあたっておられます二、三の方々のみがご承知というばかりで、どなたさまも詳しい事情はご存じではないようでございます。元締さまのご配慮とかで、江戸のお代官さまにも事の次第が明らかになるまで、ご報告を差し控えているとのことでございました」

「お代官に報告をしていないのですか。それは妙ですね。そういうことはまっ先にお代官が把握しなければならないことなのに」

検見の不都合、というような年貢に関する事柄は代官の罷免《ひめん》にかかわる代官所のもっとも重要な役目である。

「それでは、元締さまへの伝左衛門さんの紹介状をいただけませんか」

「おそらく必要になるであろうと推量いたしまして、もう用意しております。小菅村ご陣屋の元締さまは勝平五郎《へいごろう》さまと申されます。お忙しい方ですのでお会いになれますかどうかわかりませんし、お会いになれたとしましても、詳しいお話をうかがうのはむずかしいかと思われますが……」

「たぶんそうでしょうね。ただし、ご陣屋内で噂になっているのですから、どこの村かぐらいの手がかりはわかる見こみはあります。伝左衛門さんの紹介状があれば、清吉さんの朋輩の方々から話が聞けるかもしれませんし」

「なるほど。それでは、ご陣屋の加判の武智斗馬さまというお方にもお会いになられれば、少しは役にたつかもしれません。清吉の行方知れずの事情をお訊ねになられた方でございます。清吉にまつわる噂については武智さまより……」

「加判の武智斗馬さん、ですね」

「さようでございます。よろしくお願いいたします。あの、それで、唐木さまにお支払いする謝礼についてでございますが……」

伝左衛門が言ったとき、襖の外に使用人の足音が聞こえた。

六

「旦那さま。お純さんとお鈴さんが見えられました」

襖の外から使用人の声がかかった。

「そうかい。すぐこちらへ通しておくれ」

「それが……」

「うん、どうした」

伝左衛門が立っていき、襖を開けた。

伝左衛門は廊下に膝をついている使用人の傍らに坐り、何か耳打ちをされた。

ふんふん、と穏《おだ》やかに頷いている。

襖を閉めて使用人を去らせると、伝左衛門は再び市兵衛の前に着座した。表情が少しゆるんでいた。

「唐木さま、こちらへおこしになる途中で、何かございましたか」

「ああ、あれですか」

「半刻（約一時間）ほど前、砂村川の堤道で見知らぬお侍さまと鉄蔵一家の者らが喧《けん》嘩《か》をしていたと、うちの奉公人が聞きつけてまいりました。もしや、そのお侍さまは唐木さまではございませんか」

市兵衛はちょっと困った。

「わたしです。村にくる早々、申しわけありません」

「やはりそうでしたか。唐木さまにどこぞお怪我はございませんでしたか」

「わたしは、この通り、大丈夫です」

「ならばよろしいのですがね。鉄蔵一家の者が束になってかかって、お侍さまおひとりに痛めつけられたと、村中に伝わってだいぶ騒ぎになっておるそうでございます。で、鉄蔵一家の者は何人でございましたか」

「五人でした。脇差や棒などを手にしていきなりゆく手に立ちふさがり、初めは昼日中から性質《たち》の悪い破落戸《ごろつき》の強請《ゆすり》かたかりに出遭《であ》ったと思っておりました。二、三言葉を投げ合って、どうやらご陣屋より十手を持つことを許されている鉄蔵という親分の手下とわかったのですが、見知らぬわたしを怪しみ、無理やり引ったてようとしたものですから、つい手荒なことになってしまいました」

「あの荒っぽい鉄蔵の手下ら五人を相手に、おひとりで。それは凄い」

伝左衛門はおかしそうな顔つきになった。

「鉄蔵と申します男は、元は砂村川の蒟蒻橋の袂で川人足や船子《ふなこ》ら気の荒い者らを相手に小さな酒亭を営んでおりました。ここら辺の新田はみな御公儀の蔵入地でございまして、田方物成《たかたものなり》は浅草の御蔵へ直《じか》にお納めし、畑方《はたかた》の物は神田の青物《あおもの》役所に運んで売り捌《さば》いております。そのため、米や青物などの船輸送は欠かせず、田舎《いなか》ではございますが、砂村川の河岸場《かしば》は田舎なりに賑《にぎ》わっておるのでございます」

市兵衛は、途中の砂村川堤で通りすぎた酒亭を思い浮かべた。

「そんな河岸場の、気の荒い男ら相手の安酒を呑ませる酒亭でございますので、ただ呑むばかりではすみません」

と、伝左衛門は身を乗り出した。

「女だ博奕《ばくち》だと隠れて遊ばせるようになって、酒亭のある一画だけがだんだんと賑やかになっておりました。村の男らの中にも面白《おもしろ》がって出入りをいたす者も出始め、それでいっときは、ここら辺の村役人の間でとり沙汰されましたものの、大したことはあるまい、多少のことは大目に見ようと、放っておいたのでございます」

「なるほど」

「そうしているうちに、もう十年ほど前になりますか、橋の袂の小さな酒亭がけっこう大きな二階家に建て替わり、川人足や船子らばかりではなく、博奕打ちらが大勢出入りし始めてまいったのでございます。中には賭場《とば》の用心棒のお侍さまなどもまじり、鉄蔵が一見して物騒なとわかる様子の者らを引き連れ、近在の村々をゆく姿などが目につくようになっておりました」

「酒亭の亭主が、手下を従える貸元《かしもと》になっていたのですね」

「そういうことでございます。しかしどういう形であれ鉄蔵の顔が売れ始めますと、近在の村々で起こりますあまり表沙汰にしたくないもめ事などの仲裁やら高利の金貸しやらにも手を染めて、やがて表の顔はあくまで酒亭の亭主でありながら、あれよあれよという間に、わたしども百姓の間でも、鉄蔵を近在の顔利きとしてそれなりに認めざるを得なくなったのでございます」

「ですが裏の顔は貸元、あるいは女を抱えて客をとらせている者が、ご陣屋より十手を持つことをなぜ許されたのですか。普通は、どこの村にも番小屋があり、番太を雇っているはずですが」

「鉄蔵がご陣屋のお役人さまとどういう経緯で結びついたのか、よくは存じません。

あれは十年ばかり前でございました。ご陣屋元締の勝平五郎さまよりわたしども村役人へ、今後、村内に迷惑をおよぼす者が立ち入った場合は鉄蔵の助力を得て排除にあたるべし、というお触れが廻ったのでございます。今では、わたしどもの村の番太らも、鉄蔵の手下同様になっております」

伝左衛門は眼差しを宙に遊ばせた。

「まあ言ってみれば、土地にひとり顔利きがいれば、無頼《ぶらい》のよそ者が近在の村々に入りこんで迷惑をおよぼす恐れはなくなる、毒を以《もっ》て毒を制すご陣屋のお考えが働いたのではございますまいか。事実、鉄蔵が睨みを利かせておりますため、ここら辺の土地の平安は保たれておりますし、よそ者が入りこんでくることもございません」

「わたし以外は？」

「あは、申しわけないことでございます。鉄蔵には今後そういうことがないよう、わたしの方から話をつけておきますので、ご安心をお願いいたします」

「では、近在での鉄蔵の評判は悪くはないのですね」

伝左衛門は小首をかしげ、小さくうなった。

「悪くはありませんが、よいというわけでもありません。物騒な手下《たち》を大勢抱えておるのでみな怖がっており、気の荒い手下らの喧嘩が絶えませんし、性質の悪い博徒《ばくと》らが百姓に乱暴を働くこともないわけではございません。近在の百姓に乱暴した者は鉄蔵が村人の見ている前で殊《こと》さらに激しく鉄槌《てっつい》を下し、それがまた鉄蔵を恐れさせるということもございます。それと、ここのところ……」

と、伝左衛門は表情を曇らせた。

「鉄蔵は中川を東側へこえて、小松川村からさらに船堀村、一之江村、小松村あたりまで縄張りを広げる狙《ねら》いらしく、鉄蔵と船堀村や一之江村の顔利きとの間で、談合やいざこざが続いているというのが、近ごろ、もっぱらの噂でございます」

「手下がそのようなことを言っておりました。ずいぶん勢いがあるのですね」

「はい。年が明けてほどなく、一之江村の小金治という親分が、小松川村の軍次郎という顔利きと出入りになり、命を落としましてね。軍次郎は鉄蔵の息のかかった顔利きなものですから、鉄蔵の勢いは大変なものでございます」

賭場のてら銭や女たちに客をとらせる揚がりの稼ぎだけで、それほど儲かるとは思えない。十手持ち、顔利き、というだけでは縄張りは広げられないし、あの手下らにも飯は食わせられない。

「中川の東側まで縄張りを広げる狙いには、狙いの土地の顔利きや貸元らにすでに鉄蔵の息がかかっているはずです。それには腕っ節が強いだけではむずかしい。それなりの金もかかりますが……鉄蔵はその元手をどうやって作ったのでしょうか」

「元手、と申しますと？」

「鉄蔵には、何か太い金づるがあるのではありませんか」

「さあ、どうなのでございましょうねえ。よくはわかりませんが、金づるがあるとすれば、小松川の酒造元に河合屋の錫助という男がおり、鉄蔵とその錫助はだいぶかかわりが深いという噂はございます」

「河合屋は、手広く営んでいる酒造元なのですか」

「いえ。ごく普通に営んでいる小松川村の酒造元というぐらいでございます」

そこへまた廊下に足音がして、使用人の声がかかった。

「旦那さま、お純さんとお鈴さんをお通ししました」

「お入り」

襖が開かれた。

母と娘が廊下に手をついて顔を伏せていた。

薄い紺縞の地味な着物の母親が、切髪《きりがみ》に櫛《くし》を挿《さ》した頭を伏せたまま、

「名主さま、お待たせいたしました。このたびはお世話になります」

と、低い声で言うのが聞こえた。

同じく手をついている隣の娘は束ね髪に結い、少し褪《あ》せた山吹色《やまぶきいろ》に小格子《こごうし》の紋様の着物姿で、母娘とも白の手甲脚絆に白足袋の旅拵えだった。

二人の傍らには菅笠に杖《つえ》、そして母親が背に負うのか、草色の風呂敷に包んだ小さな行李《こうり》らしき荷物もあった。

「ああ、お純、待ってはいたが、その旅拵えはどうした。おまえたち、まさか清吉の行方を尋ねるつもりなのか」

「はい。名主さまのご厚意におすがりし、夫・清吉の行方を捜していただけるのはまことにありがたく、お礼を申し上げます。何とぞわが夫を尋ねる役目に、わたしども親子もお連れいただきたいのでございます」

「荷物はそのままにして、いいから手を上げて中へ入りなさい」

伝左衛門が言い、奉公人に促《うなが》されて母親が顔を上げた。

そのとき、座敷に端座する市兵衛と目が合った。

母親は、化粧っ気はなく日に焼けていたが、それでも色白とわかる働き者の健《すこ》やかさと艶《あで》やかさを併《あわ》せ持った顔だちが輝いていた。

長い眉の下の黒目がちな目に愁《うれ》いを含ませ、市兵衛に黙礼を投げ、しかしすぐに伏せられた。

座敷に膝をすべらせ、娘が母親の仕種を真似て隣へ膝を進めた。

娘は子供らしく市兵衛に好奇の目を向け、くすり、と母親似の愛らしい顔に笑みを浮かべた。

市兵衛は娘へ、やあ、と打ちとけた笑顔を向けた。

すると娘の笑顔がいっそうはじけ、まるで母と娘の二輪の可憐《かれん》な野の花が咲いたかのようだった。

なんとこれは、と束の間、市兵衛は母娘の健気さに胸を打たれた。

「唐木さま、清吉の女房のお純と娘のお鈴でございます。お純、お鈴、こちらのお侍さまが清吉の行方を尋ねていただくことをお頼みした唐木市兵衛さまだ」

お純とお鈴が市兵衛へ向きなおり、それから畳に手をついた。

「お純でございます。何とぞよろしくお願いいたします」

「お鈴です。唐木さま、お願いいたします」

「唐木市兵衛です。このたび、伝左衛門さんにお雇いいただきました。大方の事情は伝左衛門さんよりうかがいました。ご心中、お察しいたします。よき知らせが見つけられるよう、励みます」

市兵衛は二人へ膝を向け、頭《こうべ》を垂れた。

奉公人が二人の後ろで襖を閉じると、伝左衛門が諭《さと》す口調で言った。

「お純、清吉を尋ねると言うても、確かなあてがあるわけではない。唐木さまはまず小菅のご陣屋へ向かわれ、清吉の行方を尋ねる手がかりをお調べになる。行方を捜すのはそれからになる。おまえたちが今、唐木さまと一緒にご陣屋へいって役にたつわけではないし、第一、田んぼはどうする。これから種まきまですることは山のようにあるだろう」

「はい。田んぼの方は、馬の世話と株割りと荒起こしまでを、田植え組にわずかな金銭でお頼みすることができました。みなさん、夫の事情に同情してくれ、こころよく引き受けてくださいました。犂起こしまでに数日の間があります。せめて数日なりとも、わたしたちも夫を捜してやりたいのです」

お願いします、名主さま――と、お純は身を乗りだし、懇願した。

「唐木さまはとても頼りになるお方だ。ここはすべてをお任せして、家で知らせを待っていたらどうだ」

「唐木さま、どうかわたしたちを連れていってください。わたしたちにも手伝わせていただきたいのです。もしかして、あの人は今どこかで動けなくなり、わたしたちが捜しだすのを待っているのかもしれません。そう思うと、田んぼの仕事が手につかないのでございます」

伝左衛門は膝をひとつ打ち、ため息をついた。

「清吉の身を案ずる気持ちはわかるが、おまえたちがついていっては唐木さまの足手まといになるではないか」

だがお純は、畳に手をついたままひた向きに言った。

「決して、決して足手まといにならないようにいたします。お鈴は十歳ですけれど、分別をわきまえておりますし、わたしも娘も身体は丈夫です。何よりも、夫のことはわたしたちが一番よく知っております。たとえ少しでも、きっと何か唐木さまのお役にたてると思うのでございます。どうか唐木さま、名主さま」

「しかしなあ……」

伝左衛門は市兵衛と顔を見合わせ、考えこんだ。

七

およそ四半刻（約三十分）後、市兵衛とお純、お鈴の三人は、伝左衛門と使用人らに広い役邸の納屋をかねた長屋門まで見送られた。

茅葺の長屋門の屋根の上に小鳥がとまり、心地よさげな鳴き声をたてながら何かをついばんでいる。

市兵衛の給金は、一季の年給に匹敵する六両と決まった。

むろん、共にゆくお純とお鈴の旅費も伝左衛門が負った。

仕事は、清吉が姿を消した事情、理由を明らかにすることであり、それを明らかにして伝左衛門に報告を入れ、終了となる。

それから先の対処は、伝左衛門が改めて決める。

三両一人扶持のごくごく軽輩の侍を、さんぴん侍、とからかって呼ぶ。

それを考慮すれば、まだどれほどの仕事になるかわからないにしても、六両は少ない額ではなかった。村を束ねる名主の豊かさがうかがえた。

ただ、伝左衛門はお純とお鈴が市兵衛と共にゆくことを、二人にそれを許しながらまだ気にかけていた。

市兵衛を長屋門の片隅に呼び寄せ、声をひそめて伝えた。

「唐木さま、わたしはお純とお鈴が不憫《ふびん》でなりません。くどいようですが、清吉はわたしも見こんだよくできた男でございます。それゆえ、お純が信じておる心地はよくわかるのでございます。とはいえ、人の心は見えません。信じておることと違う場合もないとは申せません」

お純とお鈴は役邸の環濠《かんごう》に架かる土橋を渡った袂で、市兵衛を待っていた。

伝左衛門は土橋の先の母娘に一瞥《いちべつ》を投げ、間をおいて続けた。

「万が一お調べの中で、あの母娘を悲しませるような、母娘の清吉への一途《いちず》な心地を踏みにじるような事情が見つかりましたならば、できうるならば、まずわたしの方にお教えいただきたいのです。わたしから、二人に伝えようと思うのでございますが、いかがでしょうか」

「伝左衛門さん、それでよろしいかと思います。やむを得ぬ場合をのぞいては、そのようにいたします」

「お願いいたします。それから、小菅村で宿をとらねばならなくなった折りは、名主の次郎右衛門《じろうえもん》の役邸をお訪ねになり、これをお見せになれば次郎右衛門が宿の手配をしてくれます。小菅村の次郎右衛門は、わたしと気心の通じておる者でございます」

と、すでに渡されていた陣屋の元締・勝平五郎への紹介状のほかに、もう一通の折封の書状を差し出された。

伝左衛門の勧めにより、水戸《みと》街道の手前の小菅村まで船路でゆくことになっていた。

中川をさかのぼり、中川から分かれて別流をたどって綾瀬川《あやせ》。綾瀬川をさらにさかのぼって小菅村へ向かう、およそ二刻（約四時間）はかからぬ旅程である。

その船も伝左衛門が手配をしてくれた。

役邸を出て砂村新田の道をたどる景色は、やわらかな春の気配に包まれていた。

市兵衛が先をゆき、お純とお鈴が市兵衛に従った。

お純は風呂敷に包んだ行李を背に担ぎ、お鈴も風呂敷に包んだ小さな荷物を細い腰に結《ゆわ》えている。

母と娘は身の回りの物だけを携《たずさ》えて、急いで家を出てきたのだろう。

二人の菅笠に、四ツ（午前十時頃）をすでに廻った午前の白い光が降りそそいでいた。

両側に続く田んぼでは、百姓らが株割りや早いところでは荒起こしをしていた。

お純の亭主である小菅陣屋の手代・清吉が姿を消した事情は、当然、村中に知れ渡っているのに違いなかった。

野良仕事の手を止めた百姓らが、日差しの下を歩む市兵衛と母娘の三人連れを好奇の目で見ていた。

そんな野良の道を、お純はお鈴の手をとって俯《うつむ》き加減に目を伏せ、だが、しっかりとした足どりで黙々と歩んでいる。

あのお侍は誰だ。伝左衛門さんが清吉さんの行方捜しのためにお雇いなさった江戸のお侍だよ。ああ、あれが。身体は立派だが、ありゃあ浪人だな。浪人に決まっているじゃないか……

「お純さん、お鈴ちゃん、気をつけてね」

「清吉さんが見つかるといいね」

遠くの野良で、藁笠《わらがさ》をかぶり風呂鍬を手にしたおかみさんが言い、ほかからもおかみさんの声がかかった。

お純は顔を菅笠の下に埋めたまま、「ありがとうございます」と一々かえし、頭《こうべ》を垂れていた。

中川の河岸場は砂村川が中川に合流する付近にあった。

幾艘《そう》かの船が係留してあるのですぐにわかる、と教えられていた。

河岸場には伝左衛門の手配してくれた船が待っている。

砂村川の堤道へ出ると、水辺を覆う蘆荻《ろてき》のまだ淡い緑や松や背の低い灌木の林がつらなっていて、川堤の先に河岸場が見えた。

河岸場の手前に、男らの一団がたむろしていた。

中に紺色の法被をまとっている者を認めた。

あれは今朝、砂村川の堤道で乱闘になった鉄蔵一家の、頭が羽織っていた法被と同じ物だ。男らの人数は、今朝よりもだいぶ多い。

ひとりが市兵衛を見つけ、男らの中の太縞の羽織に話しかけた。

太縞が市兵衛と、お純、お鈴の方へふり向き、それから周りへ合図を送った。

周りの男らが、太縞を囲むようにざわざわと動きだした。

太縞は周りの男らとは少し様子の違う背の高い肩を怒らせた男で、羽織の下の着物を尻端折りにし、紺の股引に雪駄《せった》だった。

「お純さん、あれが鉄蔵ですか」

市兵衛は歩みを止めず、背中を向けたまま訊いた。

「はい。前にいる大柄な男です」

お純がそっと声をかえした。

鉄蔵と従う男らは、明らかに三人の方へ近づいてくる。

ただ、誰も得物は手にしていなかった。

「あの人たち……」

「母ちゃん、こっちへくるよ」

お純とお鈴がささやき声を交わした。

「大丈夫。わたしにお任せを」

市兵衛は平然と歩みながら、二人へ言った。

先に止まったのは鉄蔵だった。

十人以上の男たちが、ゆく手をふさぐように鉄蔵の後ろに控えた。

市兵衛が立ち止まると、鉄蔵は怒り肩を反《そ》らせて羽織の裾を後ろへ払った。

唐草《からくさ》の金糸《きんし》入り帯に黒い十手が差してある。鉄蔵は腰を折り、

「お侍さん、お初にお目にかかりやす。鉄蔵と申しやす」

と、妙に気どった言葉つきで言った。

「あっしは、小菅のご陣屋よりお指図をいただき、十手のご威光を小名木川からこっち、寄洲までの在所に曇りなくいき渡らせ、不逞《ふてい》の輩《やから》が入りこんで在所の方々にご迷惑をおかけしねえよう、常日ごろから番人を申しつかっておりやす。不束《ふつつか》な身ではございやすが、よろしくお見知りおきをお願《ねげ》えいたしやす」

鉄蔵は一重瞼《まぶた》の目に、頬骨が高い細面《ほそおもて》だった。歳のころは三十代半《なか》ば。色白の顔だちは、一見、役者のような優男《やさおとこ》に見えた。

「今朝ほどは、うちの若い者がお侍さんが名主の伝左衛門さんのお客人とも存じ上げ

ず、ご無礼を働き、お詫《わ》び申し上げやす。何しろ、お江戸とはさして離れておりやせんが、在所ではお侍さんが珍しく、つい普段の調子で改めをいたし、お陰でお侍さんに礼儀知らずをたしなめていただきやした。うちの若い者にはいい薬になったようでございやす。なあおまえら、そうだろう」

へえ――と、鉄蔵の後ろに顔を並べた男たちが低い声をそろえた。

その中にまじっている今朝の五人の、一人ひとりが認められた。

頭だった男の顔や半着に股引の大男の顔が、市兵衛へ向けられている。

頭は市兵衛に背中を斬り裂かれた法被は着ておらず、大男は木刀で打たれた頭をかばうように手拭《てぬぐい》を頬かむりにして、顎でしっかりと結えている。

市兵衛と目が合うと、二人とも顔をそむけた。

「この通りでございやす。それもこれも、村のみなさんのためによかれと思いやったことでございやす。何とぞ若い者の礼儀知らずはご容赦願《ねげ》えやす。今後は、よろしくおつき合い願えたく、お侍さんのお名前をお聞かせ願えやす」

下手《したて》に出ている言葉とは裏腹に、ひそめた眉間に険しさがこもっていた。

「あんたが蒟蒻橋の鉄蔵さんか。唐木市兵衛だ。名主の伝左衛門さんのご用を務めることになり、しばらく伝左衛門さんのやっかいになる。よろしくな」

市兵衛は軽々と言い、にこやかな表情を鉄蔵へ向けた。

「ほお。近在一の大名主の伝左衛門さんのご用と申しやすと、どのような？」

「雇われた身だ。わたしの口からは言えない。いずれ、機会があれば」

「さようで」

鉄蔵は道に立ちはだかったまま動かず、鼻先で笑った。

当然、市兵衛が姿をくらました手代の清吉の行方を捜すため名主の伝左衛門に雇われた事情は、もう鉄蔵はわかっているのに違いない。

鉄蔵は母娘へ目を向け、白々しく言った。

「お純さん、ご亭主の清吉さんはまだお戻りになりやせんか。そちらの可愛《かわい》らしい娘さんは、そうだ、お鈴だったな。お鈴、父ちゃんはまだ戻らねえのかい」

お純は顔を伏せ、答えず、お鈴は怯《おび》えて、母親の膝の後ろに隠れている。

「つつがなければよろしいんでやすがね。ご陣屋でなんぞ不祥事があったという妙な噂が流れておりやすが、あっしは、清吉さんに限って決してそんな人じゃねえと思っておりやす。どうせ根も葉もねえ噂だ。どうぞ、お力をお落としになりませんように。あっしに何かお力になれることがありやしたら、遠慮なく言ってくだせえ。お純さんと娘さんのお鈴のため、いつでも身を粉《こ》にして働く用意はできておりやすぜ」

鉄蔵が甲高い笑い声を響かせ、男らも鉄蔵に倣《なら》って笑い声を上げた。

「鉄蔵さん、ご陣屋の不祥事とは、どんな噂なのだ。手代の清吉さんに何かかかわりがあることなのか」

市兵衛が鉄蔵の笑い声を遮《さえぎ》った。

「どんな噂？　その噂話が唐木さんのご用と、なんぞかかわりがあるんでやすか」

「どうかな。鉄蔵さんが言ったのでな。関心をそそられたのだ」

「同じ村の人でもねえのに、ご陣屋の手代だった清吉さんの不祥事の噂をお教えいたすわけにはまいりやせん。村の評判にもかかわりやす。そいつあご勘弁を。ただ、もう村中に知れ渡っていることでやす。人の口に戸はたてられねえと申しやす。唐木さんにもどんな不祥事か、今にわかりやすよ」

鉄蔵は笑い残しの続きみたいに笑った。が、すぐに止め、

「あ、お純さん、あっしはそんな噂は真に受けちゃいねえよ。あっしは清吉さんを信じておりやすからね」

と、お純へ粘ついた眼差しを投げた。

「手代だった、か。けっこうだ。ところで鉄蔵さんは清吉さんとは親しい間柄なのかい。清吉さんに限ってとか信じているとか、清吉さんの人柄をよく知っているふうで

はないか。どういう間柄だったか、それなら村の評判にかかわりがないゆえ教えてくれてもさし支えなかろう」

市兵衛はにこやかさをくずさず、鉄蔵を見つめた。

「ああ？　ま、まあね、あっしも十手を持つお許しをいただいている男でやす。身分は端っくれでも、ご陣屋のお役を仰せつかっておりやす意味では、清吉さんも十手持ちのあっしも同じでやす。それに在所も同じというわけでね、清吉さんとはこれでもけっこう親しかったんでございやす。本当ですぜ。清吉さんはうちの店へも何度か顔をだされ、機嫌よく呑んでゆかれやした」

「店というのは、蒟蒻橋の鉄蔵さんの酒亭だな。村へくる途中で見た。ずいぶん大きな酒亭だったが、ご禁制の賭場があり、客の相手をする女も抱えているという……」

「ははは。ご禁制とは人聞きの悪い。まあ、清水に魚棲《す》まずと言いやす。あれもこれもご禁制と杓子定規《しゃくしじょうぎ》に言いたてていたら、世間は息苦しくってしょうがありやせん。表から引っこみゃあかえって裏で蔓延《はびこ》る。そこら辺の機微はご陣屋だって村のお歴々だってご承知だ。ほどほどに、ということでお目こぼしいただいておりやす」

「すると、清吉さんもわかっていたと言うのだな」

「へえ。わかったうえで、ほどほどに楽しんでおられやした」

するといきなり、お純が後ろから言った。

「鉄蔵さん、うちの人はお酒が一滴も呑めないんです。ほんのひと口舐めただけでも顔が赤くなり、横になって寝てしまうんです。うちの人が鉄蔵さんのお店で機嫌よく呑んで、ほどほどに楽しんだというのは本当ですか」

「え？　酒が、呑めねえ。そ、そんなふうには見えなかったがな。なあ、おめえらも清吉さんの様子は覚えているだろう」

へえ、と後ろの男らが、ぼそぼそとした調子で鉄蔵に合わせた。

「ま、まあ、亭主は女房に本性をなかなか見せねえもんだ。若いときは呑めなかったのが、歳を重ねてつき合いやらなんやらで呑む機会が増え、男はそれなりに呑めるようになるんだ。ご亭主もそうだったんじゃねえのかい」

「お酒が呑めるようになったことを隠して、それが本性を見せないことなんですか。男はなんのためにそんなことを、しなきゃあならないんですか」

「だからよ、ご亭主は照れ臭くて隠していたんじゃねえのかい。お純さんが別嬪《べっぴん》で惚《ほ》れた女房だからよ」

あは、あは……

と、鉄蔵と男らは、また空々《そらぞら》しい笑い声をまき散らした。

お純はそれ以上言わなかった。お鈴の手を握り、顔をそむけた。

「お純さん、いきましょう」

市兵衛は鉄蔵へ会釈《えしやく》を投げた。

河岸場では、伝左衛門の手配した猪牙茶船《ちよきちやぶね》が待っていた。

市兵衛は胴船梁《どうふなばり》の前のさなに坐り、お純とお鈴は胴船梁より艫《とも》の方のさなを占めた。

艫の船頭《せんどう》がかけ声と共に棹《さお》を使い、船はすぐに中川の流れへすべりだした。

川中へ漕ぎ出すと、船頭は棹を櫓《ろ》に持ち替え軋ませ始めた。

川面に日の光が跳ねかえり、川縁《かわべり》の水草の間には水鳥がのどかに浮かんでいた。

船は中川の流れに逆らいつつ速やかに進んでいき、ほどなく堤道をゆく鉄蔵と十数人の男らを追いこしていった。

鉄蔵らは船の市兵衛らに気づいて足を止め、船を目で追った。

「うちの人は、ご陣屋が鉄蔵さんに十手を持つことを許しているのは間違っていると言っていました」

お純が市兵衛の背中で言った。

市兵衛がふり向くと、お純は中川堤の鉄蔵らへ目を投げていた。

「鉄蔵さんはご陣屋の威光を笠に着て、縄張りを広げようと狙っていると言っていました。これでは、ご陣屋が鉄蔵さんに手を貸しているようなものだって……」

「鉄蔵が中川の東方の小松川村や船堀村へ縄張りを広げようとして、近在の貸元と談合を重ねている話は、伝左衛門さんより聞いています。清吉さんは、鉄蔵と親しかったのですか」

市兵衛は、菅笠の陰になったお純の横顔へ言った。

「それだけは絶対ないと思います。鉄蔵さんの店へ呑みにいっただなんて、嘘《うそ》です。うちの人はそんなことができる人じゃないんです。生真面目な働き者で、融通《ゆうずう》は利かないけれど、でもとても気遣《きづか》いのできる人なんですよ。少しは羽目をはずして遊んでもいいのに、とわたしが思うくらいなんです」

「それなら、鉄蔵はなぜ清吉さんと親しかったと、嘘を言ったのでしょうか。何が狙いでそんな嘘をついたのでしょう。思いあたることはないのですか」

「何が狙いなのか、わかりません……」

と、か細い声で答えたお純の艶やかな横顔の彼方に、春の霞《かす》んだ青空の下に続く中川筋の景色が見えていた。

八

葛飾郡小菅村陣屋の表長屋門に紺看板（法被）の中間が現われ、門外の制札《せいさつ》の傍らで待っていた市兵衛とお純、お鈴の三人へ声をかけた。

「お待たせいたしました。元締さまがお会いになられます。ご案内いたします。どうぞこちらへ」

陣屋は白壁高塀が囲い外濠《そとぼり》が廻《めぐ》らされてあり、濠に架かる橋を渡って同じ紺看板の門番が警戒する表門をくぐった。

「お役所の中門はあちらになりますが、元締さまのお屋敷はお役所の裏手にございますので」

紺看板の中間は、表門をくぐった三人を役所の裏手通用門の方へ導いた。

陣屋内には内濠が、これは石垣を築いた内塀の周囲に廻らされている。

内濠の塀の向こうに陣屋役所の瓦《かわら》屋根がつらなり、屋根の上に物見櫓《ものみやぐら》が昼八ッ（午後二時頃）すぎの空へそびえていた。

内濠とは反対側の外塀に沿っては、手代長屋の木戸が続いていた。

　やがて、内濠の橋を渡り、大きな通用門を通った。

　そこは石垣に囲われた陣屋裏の敷地になっていて、広々とした前庭の向こうに瓦屋根に白壁の大きな米蔵が、敷地の端から端までつらなっていた。

　蔵番の番所や厩、中間長屋なども、それは板屋根の棟《むね》が、敷地内の一画に建ち並んで広い前庭を囲っている。

　前庭では袢の手代が帳面と筆を手にして指図し、紺看板の下男が荷車に積んだ米《こめ》俵《だわら》を米蔵へ運び入れているところだった。

　お鈴は初めて見る陣屋の様子を珍しそうに眺め、お純を見上げて言った。

「父ちゃんもあんなふうに、お勤めするの？」

「きっとそうだね。立派だね」

　お純はお鈴の手を引きながら、微笑みかけた。

　元締・勝平五郎の屋敷は、役所のある表陣屋へ通じる裏門に近い一画を、さらに板塀で囲んだ玄関つきの邸内屋敷だった。

　中間が三人を案内すると若党が応対に出てきて、心得たふうに市兵衛らを石灯籠《いしどうろう》や植木のある小広い中庭に面した座敷へ通した。

　濡れ縁があり、庭を囲う板塀の上に鳥が数羽、鳴きもせず置物みたいに止まって座敷の三人を眺めていた。

茶がだされ、ほどなく廊下を踏む足音がした。

元締の勝平五郎と思われる侍と、今ひとり侍が続いて座敷へ入った。

「手を上げよ」

市兵衛たちに声をかけたのは、勝の左わきを占めたその侍だった。

勝平五郎は、中背の猫背に肉がついた小太りの体軀を、火熨斗《ひのし》の利《き》いた黒と鼠の継《つぎ》裃に、汚れのない白足袋に装《よそお》っていた。

色浅黒く、大きな二重の目を光らせた顔面に少々あばたが目だった。それほどの歳とも思われぬのに、早くも顎の肉がたるみ始めていた。

ただ、四十すぎと思われる風貌は穏やかで、勝は壁を背に着座し刀を右わきへおくと、市兵衛からお純、お鈴、と三人を順々に見廻し、そうかそうか、というような人のよさげな笑みをお鈴へかけた。

裃の袴の前には、伝左衛門の紹介状の折封がおいてある。

勝の傍らに端座した侍は、黒羽織に縞の半袴の拵えだった。

ずんぐりとした勝と違い、背筋の伸びた黒羽織の下の痩身に強靭《きょうじん》さが漲《みなぎ》っていた。

歳は二十八、九、きれ長の鋭い一重の目に少々骨の張った顎と大きめの唇をわずか

に歪めているのが、侍の顔だちを尊大に見せていた。侍は、

「加判を務めます武智斗馬です」

と、強い語調で名乗った。

右わきへおいた黒鞘の大刀は、定寸より長い二尺五寸（約七十六センチ）はありそうな同田貫《どうたぬき》だった。

勝はお純に目を戻しても、笑みを消さなかった。

「なるほど、おまえがお純か」

お純は勝に見られ、手を上げても顔は伏せたままだった。

「清吉の女房はなかなかの器量よしと評判だった。評判以上だな」

傍らの武智へ戯れるように言った。

武智は勝へ頷いたが、表情は硬いままだった。

「お純、清吉はいまだ、戻ってこぬか」

「は、はい。戻っては、まいりませ……」

お純の声は最後まで聞きとれなかった。

「そうか。厄介《やっかい》なことになった。優秀な手代だった。あの几帳面《きちょうめん》な男に一体何があったのかのう。几帳面すぎたのかもしれん。だがな、ここまで長引くとわたしの一存

では庇《かば》ってはやれぬのだ」

ふうむ、と勝は溜息《ためいき》をもらした。それから市兵衛へ改めて見かえり、

「唐木市兵衛、おぬしは砂村新田の名主の伝左衛門に、清吉の消息を尋ねるために雇われたのか」

と、さり気ない口調で問いかけた。

「さようでございます」

ちら、と武智の鋭い眼差しが向けられたのがわかった。

「浪々の身だな。ならば普段は、暮らしの方便《たずき》をどうしておる」

「算盤が少々できます。主に武家屋敷にお雇いいただき、台所勘定の始末など、用人勤めをいたしております」

「ああ、算盤ができるのか。それで渡り奉公をな」

はい――市兵衛が答えると、武智の口元が一瞬ゆるんだ。

「国はどこだ」

「生まれは江戸でございます」

「……ふむ、親も浪人か」

「祖父が旗本屋敷の足軽勤めをいたしておりました」

「すると父親も足軽だったのだな」

「いえ。父は違っておりましたが、わたくしが子供のころに亡くなりましたもので」

市兵衛の曖昧《あいまい》な答えに勝は首をひねり、「まあ、よかろう」と呟いた。

「伝左衛門とは、どういう間柄だ」

「わが知り合いの医師を介し、伝左衛門さんよりこのたびのお話がございました」

「医師？　どこぞのお抱え医者か」

「いえ。江戸の柳町で診療所を開いております蘭医でございます」

勝はしばし、考えるように目をしばたたかせた。それから庭へ一瞥を流し、

「伝左衛門が、なぜおぬしに頼んだのか……」

と、眉間にわずかな皺を刻んだ。

「それはわからぬが、わたしはおぬしの身分をどうこう言う気はない。また侍が代官所支配地に入ることについても、本来は禁じられておるが、大目に見るつもりだ。この通り、伝左衛門の紹介状もあるのでな。それもこれも、みな清吉の消息を知りたがっておるし、わたしとて同じだからだ。ましてや、このお純とお鈴には亭主であり父親の消息だ。さぞかし気がかりなことであろう」

勝は市兵衛へ向きなおった。

「手代の中でも清吉は、まことによく働く男だった。わたしはな、陣屋の手代はみなわが忠義なる家臣と同等に思うておる。わが忠義なる家臣と同じ手代の女房と子も、むろん同様だ。その女房と子のために、少しでも助けになってやりたい。だからこうしておぬしと会うことにした。陣屋にかかわりがあるゆえ話せぬ事情もあるし、仕事が山積して寸暇も惜しい。だが、かまわぬから申せ。何が訊きたい」

「畏《おそ》れ入ります。ご厚意を感謝いたします」

武智の強い眼差しが、市兵衛にそそがれていた。しかもその間、武智の体軀は微動だにしなかった。

お訊ねいたします――と、市兵衛はゆるやかに低頭し、言った。

「伝左衛門さんより、清吉さんが姿を消される前、清吉さんの巡見しているある村で検見に不都合が発覚し、清吉さんはそれとのかかわりがあって身を隠した噂があるらしく、元締さまが内々にお調べになっておられる、とうかがいました。清吉さんが検見の不都合にかかわりがあった噂は、まことなのでしょうか」

勝は、ふんふん、と鼻を鳴らし、細かく頷いた。

「唐木、検見とはどういうことを指すか、おぬし知っておるか」

「はい。元は実りを迎えた稲の毛を見る意味を言い、稲の収穫の豊凶を実地査定し年貢を定めることでございます」

「ふむ。知っておるのだな。ならば、代官所のお役目の中で検見が最も重要な務めのひとつであることは、詳しく説かずともわかるな。天領の年貢を定め徴収することがわが代官所の基《もとい》であり、一にその務めにのみ、代官所が設けられておると申して過言ではない。そのために江戸に八千余坪の御用屋敷があり、八州の地にも、五人のお代官さまがおられる」

勝は下腹にむっちりとした短い指の手を重ね、ひと息、間をおいた。

「その代官所において、検見の不都合などあってはならぬことだし、万が一、そのような不都合が起こったならば、厳しく調べ、故意、すなわち不正が発覚したときはかかわった者を断罪に処さねばならぬ。故意でなかったとしても、当事者の責任はまぬがれ得ぬ事態となる。検見の不都合とは、それほどのことだ。間違いました、ですまされる事態ではない」

それから口へ手をあてがい、軽く咳払《せきばら》いをした。

「当事者とは不都合のあった村の名主始め村役人、村の巡見を担当する手代、手附、のみならず手代手附を指図いたす元締、つまりわたし自身も当事者だ。遺憾《いかん》ではあるが、さる村の去年の検見に不都合が見つかり、年貢の徴収に間違いがあった。清吉が巡見する村のひとつだった。内々に調べておるのも確かだ。ただし、これは陣屋の内情であるゆえ、わたしの役目柄、女房や子であってもそれ以上話すわけにはいかぬ」

　と、勝はお純へ目を移した。

「だが、ここだけの話として言うておく。調べは、まだすべてすんでおるわけではない。わたしは、不正あるいは間違いのどちらにしろ、清吉が自らそれにかかわっているとは思っておらぬ。清吉がそういう手代ではないのは、長年あの男を見てきてわかっている。きっと、なんぞやむを得ぬ事情があったのに違いあるまい。だから、清吉には表向きは責任を問う形にして、じつは大目に見るつもりだった」

お純の傍らのお鈴がしおれ、指先で涙をぬぐっていた。

「先だって、伝左衛門を陣屋へ呼びたて、わたしからではなくこの武智にそれを伝えさせた。よいか……」

　勝は上体をお純の方へ幾ぶん前かがみにし、声をひそめた。

「このたびの一件は、江戸のお代官さまにもまだ詳しい報告を入れてはおらぬ。本来は許されぬが、事情を確かめたのち、という口実でだ。要は、清吉が処罰を恐れず出てくれればよかった。出てさえくれれば上手《うま》くとり計らってやれた。役目上二本は帯びてはいても清吉は百姓だ。百姓に侍と同じ厳格な処罰をくだすつもりはなかった。しかし、ここまで長引くともう庇ってはやれぬ。惜しい男なのだが」

お純が唾を飲みこみ、気持ちを奮いたたせるかのように顔を上げた。そして、

「夫はご陣屋の手代にお雇いいただき、お役目に励んでおりました」

と、懸命に言った。

「夫は、百姓ではございますが、お役目をおろそかにしたり、間違いが因《もと》で処罰を受けるといたしましても、それを恐れて姿をくらます人ではございません。やむを得ぬ事情ならば、元締さまに申し開きをするはずですし、自分の落ち度なら、逃げも隠れもせず報告し、ご裁断を受ける人でございます」

「女房であるおまえの気持ちはよくわかる。繰りかえすが、わたしも清吉を信じたい気持ちは同じなのだぞ。しかしお純、清吉が陣屋より忽然《こつぜん》と姿を消し、今なお行方知れずであるのは、まぎれもない実事である。陣屋の誰も、清吉がなぜどこへ姿を消したのか、存じてはおらぬ。みなが困惑しておる。それは清吉を信じるおまえの気持ちとは、別のことではあるまいか」

お純の目から涙がひと筋、二筋、とこぼれた。

頰を伝った涙は、膝においたお純の白いふっくらとした手に落ちた。

「もしかしたら、うちの人は、どこかで病気になって動けなくなったり、物盗りに遭

い怪我をして、今ごろはどこかで……」

途ぎれ途ぎれの空《むな》しい言葉が、お純の遣《や》りきれなさを物語っていた。

お純の思いと実事との間には、差がありすぎた。

「そうかもしれぬし、そうでないかもしれぬな。それはわからぬ。わからぬから、われらには手の打ちようがない。唐木の力を恃《たの》んで、おまえの気がすむように捜せばよかろう。唐木、お純とお鈴のために、なんとしても清吉を捜しだしてやらねばな」

勝はそう言って口をへの字に強く結び、あばたのできた頰をゆるませた。

市兵衛は頭《こうべ》を垂れ、「心得ております」と言った。

「夫を思い父を慕う妻と子の真心は必ず、神仏に通じるはずです。きっと、正しき心が導いてくれます」

「神仏に通じるか。そういうこともあるとよいな」

武智が、神仏などと埒もないことを、と言いたげな笑みをこぼした。

「今ひとつおうかがいいたします」

市兵衛は勝に言い、傍らの武智に投げた一瞥をその笑みと交錯させた。

「ご陣屋では、清吉さんの消息を清吉さんが巡見していた村々にお尋ねになったとうかがいました」

「そうだ。どの村でも清吉の姿を見た者はおらん」

「その後、ご陣屋でのお調べは続いておるのでしょうか」

「武智、おぬしから話してやれ」

は——と武智は市兵衛へ、きれ長の一重を鋭く向けた。

「陣屋の本来の役目があり、われらは役目をおろそかにできない。有り体《てい》に申せば、人の事情など、かまってはいられないということだな。しかし、放っておくのは清吉の無事を祈っている女房や子が可哀想だ、気にしている縁者もいるだろう、と勝さまはご同情なされ、わたしが清吉の行方捜しを任されている」

武智は、清吉の行方捜しをこころよく思っていない口ぶりだった。

「陣屋の支配地すべての在所の十手持ちに命じて、今も消息を尋ねさせているが、消息は不明だ。このままでは埒が明きそうにないため、八州まで触書《ふれがき》を廻すかどうか、また、江戸の町地に姿をくらましたと考えられなくもなく、町奉行所にも申し入れるかどうか、勝さまにご相談申し上げているところだ。しかしそうなると、事はもう公にならざるを得ないが」

武智の言い方は尊大で、幾ぶん棘《とげ》があった。本心は、今さら無駄な役目を押しつけられた、と言いたいのかもしれなかった。

市兵衛は、今朝方、中川河岸で顔を合わせた蒟蒻橋の鉄蔵の尖った役者顔を思い浮かべながら、在所の十手持ちなら蒟蒻橋の鉄蔵もそのはずだが、鉄蔵の物言いはそれとは違っていた気がした。

鉄蔵は、清吉の居どころを探る気などなさそうに見えた。

鉄蔵が気にしていたのは、お純の身の上だった。

「武智さまは、清吉さんがご陣屋を最後に出られた折りの様子を、ご存じでございましたね」

「わたしが最後に会ったのではない。朋輩の手代にちょっと出かけると言い残して陣屋を出たまま、戻ってこなくなったと伝左衛門に伝えたのだ」

「その朋輩の方の話は、聞けますでしょうか」

「その者は今、廻村のお役目中だ。数日は戻ってこぬと思われるが」

お純とお鈴が肩を寄せ合って、忍び泣きをもらしていた。

「清吉さんは、村の巡見に出られたのではないのですね」

「そのはずだ。今は田畑に竿入《さおい》れをする時期でもないのでな」

《竿入れ》とは検地を言い、陣屋には村役人より、再検地や新田開発による検地の要請がしばしばあった。

「それに巡見には、陣屋雇いの中間小者を従え、手代でも二本を差すことが許されている。そのとき清吉はひとりで、羽織にたっつけ袴姿だったらしい。むろん荷馬も牽いてはいなかった。ただ、二本は帯びていたようだが」

「二本を帯びていたのは、お役目ではあったからですね」

「それはそうだろう。退散の刻限前のお役目中のことだったと聞いているからな」

「清吉さんが寝起きされていた長屋は、いなくなったときのままなので？」

「そうだが……」

お純がうつ伏せていた顔を上げ、潤《うる》んだ目で市兵衛へ哀願するように見つめた。

「清吉さんの長屋を見せていただきたいのですが。それから、退散の刻限ののちに、お手すきになられた朋輩の方々にも、お訊ねできれば……」

「話はすでにわたしが聞いた。同じことではないか」

「ではございますが、お純さんにも何か訊きたいことがあると思われます」

「まあ、よかろう。いつまでもこのままにはしておけぬ」

勝がお純とお鈴を見つめ、言った。

そのとき、陣屋表の役所の方より、午後の八ッ半（午後三時頃）の退散の刻限を知らせる盤木《ばんぎ》を打つ乾いた音が聞こえた。

庭の板塀に止まっていた鳥が、盤木の音に驚いたからか、それとも退散の刻限がきたからか、まだ明るい午後の空へばさばさと飛びたった。

空高く飛び去って、鳴き声が盤木の響きと入り交じった。

九

手代長屋は、表門から両側へ外塀沿いにつらなっていた。

割長屋が数棟ずつ建てられ、棟ごとに塀で囲われている。

その手代長屋の塀と内濠に挟まれた屋敷地を、武智は黒羽織をなびかせ、悠然《ゆうぜん》と歩んでいく。

市兵衛とお純、お鈴の三人の前をゆく武智の上背は、五尺七、八寸ほどの市兵衛とほぼ同じ高さだった。

痩せてはいても、広い肩幅に強靭な膂力《りょりょく》が秘められているのが感じられた。

途中、役所より退散してきた裃の手代らといき違った。

手代らは武智に黙礼をして道を譲りつつ、後ろに従う市兵衛と、殊にお純、お鈴へ好奇な眼差しを寄こした。

武智はひと言も発せず、ひとつの木戸をくぐった。

木戸内の敷地へ入ると三軒長屋が建ち、手代らが飼っているらしい鶏《にわとり》が二羽、地面の何かをついばみながらうろついていた。

武智は黙って端の一軒の腰高障子を、無雑作《むぞうさ》に開けた。

土間があって、明障子に仕きられた六畳と四畳半の二部屋、板敷の廊下、奥に竈や水瓶、桶などのある土間があった。

土間の格子の明かりとりから、だいぶ西へ傾いた日が差していた。

住まいにはわずかな食器類や半ば近く米が残っている米櫃《こめびつ》、土火桶《つちひおけ》、角行灯、小簞笥《こだんす》がひとつに籐《とう》の行李、文机《ふづくえ》と筆入れ、文机の傍らに数冊の本があり、壁の衣紋掛《えもんかけ》には色褪せた草色の裃が下がっていた。

四畳半の方に押入れがあって、ひと組の布団《ふとん》と枕がきちんと重ねて仕まわれている。

竈には飯釜が架けられたままになっていて、その質素な佇まいが清吉のひとり暮らしを侘《わ》びしく物語っていた。

お純とお鈴は小簞笥の引き出しを開け、丁寧《ていねい》に畳んで仕まわれている小袖や袴、帯や帷子《かたびら》などをとり出し、愛《いと》おしそうに眺めてはまた戻していった。

籐の行李には、肌着や下着が入れてあり、清吉の几帳面な気質が偲《しの》ばれた。

市兵衛は押入れから台所を見て廻り、それから文机の傍らの本などを手にとった。本は農耕の作づけに関するものや薬草についてのもの、それに江戸近郊の絵地図などだった。

手垢《てあか》で汚れているところを見ると、勉強に使っていた書物と思われた。

武智は入り口の土間に腕組みの格好で佇み、戸外へ漫然とした目を向けていた。所在なげな素ぶりだった。

市兵衛が、ふと気になったのは、筆入れの蓋《ふた》をとり、硯《すずり》や筆を見たときだった。

筆は三本あり、筆先は綺麗に洗ってあるが、使いこまれていた。硯にも埃《ほこり》がついていなかった。

「武智さま。お訊ねいたします」

市兵衛は土間の武智に問いかけた。

武智は返事の代わりに、土間から煩《わずら》わしげな顔つきを市兵衛へ向けた。

「ここには清吉さんが使われていた帳面や書き物の類《たぐい》が、見あたりません。ご陣屋の仕事柄、清吉さんの巡見の日程などを記した手控帖、今後の仕事の見こみや調べた事柄、あるいは私用の書き物などが残されていたはずです。それはどこにあるのでございますか」

　武智は腕組みをくずさず、市兵衛を束の間睨んだ。

「清吉が書きとめた帳面や文書の類は、陣屋の役目にかかわる内容がほとんどと思われる。役目上の事柄を記した文書の類は陣屋が預かるため、今すべてを調べているところだ。本人のみにかかわる事柄のものは、後日、戻されるから心配にはおよばぬ」

と、素っ気なく答えた。

「なるほど、わかりました。それから、清吉さんの朋輩の方々の話をお聞きしたいのです。おとり計らいをお願いいたします」

　市兵衛が言うと、武智は鼻先で笑った。

「そうだったな。呼んでくる。待っておれ」

　しかし武智は、戸外へ出る前に言い捨てた。

「この際だからついでに言っておく。清吉の持ち物に片をつけてもらいたいのだ。始末するも持ち帰るも、そちらの勝手だ。そろそろ代わりの手代を、雇わねばならぬのでな。よいな」

　お純は武智の背中へ頭を垂れた。それから、肩を落として清吉の衣類を畳みなおし、行李につめ始めた。お鈴も母親を手伝った。お純が衣紋掛の裃をおろす背中に、落胆ぶりが露《あら》わに見えた。

「清吉さんの行李はわたしが背負います。書物も持って帰りましょう。米作りに役だつし、将来はお鈴さんの勉強にもなります」

「ありがとうございます。でも、唐木さまに甘えるわけにはいきません。うちの人の物は全部わたしが背負っていきます」

市兵衛はうな垂れるお純とお鈴へ笑みを向け、言った。

「いいのです。わたしに任せてください。朋輩の方々の話を聞けば、何か手がかりは見つかります。きっと望みはあります」

そのとき、お鈴が畳んでいた着物の袖から何かをとりだした。

二つ折りにした小さな紙きれだった。

「母ちゃん、これが入っていたよ」

お鈴がお純に手渡した。お純は紙きれを開き、首をかしげた。

「唐木さま、なんでしょう」

と、市兵衛に差しだした紙きれに細筆の走り書きが読めた。

亀　二百　二百　百五十　百五十　百

河　百　百　百五十　百五十　二百

それだけだった。市兵衛にも意味がわからない。

「この、亀、河、に心あたりは、亀と河につながりのある人や言葉に聞き覚えはありませんか」

「いえ。これだけでは、よくはわかりませんけれど……」

「……清吉さんが巡見していた村の村役人の姓や在郷の商人の屋号に関係があるのかもしれません。書かれている数は何を指しているのだろう」

お純は少しでも、何かの心あたりを探る顔つきになった。

「これはわたしが持っていてもかまいませんね」

どうぞ――お純が答えたとき、戸の外で複数の足音が聞こえた。

武智がともなってきた清吉の朋輩は、同じ割長屋に居住する二人の手代だった。

朋輩の二人からは、これまでにわかっている以外に、清吉の行方を探る目ぼしい手がかりになる話は聞けなかった。

二人が口をそろえたのは、希《まれ》に酒盛りなどに誘っても、清吉は酒がいっさい呑めないため、つき合いが悪かったことや、「仕事はできる男でした」という漠としたものばかりだった。

清吉が巡見する村の検見に不都合があった一件についても、二人はあたり障りのない曖昧な言い方に終始した。

「元締さまが自らお調べ中です。どういう事情で間違いが起こったのか、正確な経緯はわれらにも知らされておりませんのです」

「まだ誰がどうかかわっているのか、明らかにする段階ではないのでしょう。それに元締さまがご陣屋のためを考えられて、様々にご配慮なされているようですしね」

「清吉さんは、自分を恃む気性の強い人でしたからね。つい魔が差してやってしまったのかな……あ、いや、不正に加担したと申しているのではありませんよ」

二人が話す間、先ほどと同じく武智が土間に腕組みの格好で佇んでいた。

武智の素ぶりは、支配地の村で起こった検見の不都合の一件を二人があれこれ喋《しゃべ》らぬよう、監視しているふうに見えなくもなかった。

市兵衛は清吉の袖に残っていた紙きれを二人に見せ、書かれている意味を訊いてみようとして、咄嗟《とっさ》に思い止《とど》まった。

同じ手代なら、亀や河の文字、並んだ数の意味がとけるかもしれなかった。

ただ、なぜか市兵衛は紙きれを見せなかった。二人にも、武智にも市兵衛はそれを見せなかった。

陣屋を出たとき、空には入り日を受けた夕焼け雲が浮かんでいた。

道の両側に広がる田野や彼方に見える杜《もり》、遠くに固まる村の家々までが夕日を浴びて赤く燃えていた。空には飛び交う烏の鳴き声が聞こえる。

三人は小菅村の集落へ、黄昏《たそがれ》の迫った田面の道をとった。

清吉の身の回りの物を仕まった籐の行李は、市兵衛が背負った。

この刻限では、お鈴を連れて宿場までゆくのは無理だった。我慢しているけれど、十歳の子供にはさぞかし気疲れな一日だったに違いない。

お純の様子にも落胆ぶりが隠せなかった。

「お純さん、今宵の宿は、名主の次郎右衛門さんの世話になることにします。小菅村で宿をとらなければならなくなったときのために、伝左衛門さんが次郎右衛門さん宛ての書状を用意してくれたのです。お鈴、疲れたか。もう少しだぞ」

努めて明るく言った。母娘が頷いたとき、

「おおおい、待ってくれえ……」

と、田面の後方より人の呼び声がした。

紺看板をまとって着物を尻端折りにした中間風体の男が、手をかざし、夕焼けの田面の道を駆けてくるのが見えた。

男の後方には、白壁に囲われた陣屋へ赤い入り日が降っていた。

中間風体は三人のそばまで一目散に駆けてくると、息を喘がせつつ言った。

「い、いきなり、お呼びたてして、申しわけ、ありません。清吉さんの、おかみさんと娘さんですね。彦六《ひころく》と申します……」

彦六は小菅の陣屋に雇われている中間だった。

「わたしは、清吉さんを、よく存じあげております。と申しますのも、清吉さんが在所の巡見に出られる折りは、いつもわたしが、お供をしておるのです」

「まあ、うちの人と一緒に巡見に、ですか。彦六さん、わたしたちに夫の事情で何かご用なのでしょうか」

お純が身を乗り出した。

「はい。清吉さんは、仕事のおできになる、真面目な、立派な手代です。長年、清吉さんのお供で村々の巡見をしてまいりました。清吉さんが受け持つ村は、葛飾郡から足立《あだち》郡、埼玉《さいたま》郡にまたがっており、たいてい泊まりがけの出張りになります」

彦六は、息をひとつ飲みこんで続けた。

「その間、ずっとお供をして一緒にいるのですから、清吉さんの気心、正直なお人柄は自然とわかってきます。わたしの知る限りですが、清吉さんが仕事に手抜かりがあったとか、間違いを犯したとか、不正に加担したとか、そんなことはありません。清吉さんはそんな人じゃ、ありません。そのことをお伝えしたかったんです」

「彦六さん、夫はどうして行方がわからなくなったんでしょうか。ご陣屋を出て、どこへいったんでしょうか」

「それが、わたしにもわからないんです。下働きの中間には、ご陣屋の仕事の詳しい中身は教えてもらえません。清吉さんがご陣屋から姿を消されて、もう半月近くになります。不思議な話です。清吉さんがどこへ、なんの仕事で出かけられて、戻ってこられなくなったのか、さっぱり合点がいかないんです。もしかしたら……」

彦六は子供のお鈴に気がねして、それ以上の不審を言葉にしなかった。

お純の顔色が、夕焼けの下でもわかるくらいに青ざめた。

「彦六さん、唐木市兵衛と申します。清吉さんの行方を捜すために、砂村新田の名主の伝左衛門さんに雇われた者です。お訊ねしてよろしいですか」

「唐木さま、お名前はうかがいました。どうぞ、なんなりと」

「清吉さんが去年巡見したどこかの村の検見に不都合がみつかり、今、そのお調べが行われていると元締さまよりうかがいました。ご陣屋の内情ゆえ、どこの村の一件か教えていただけません。ですが、清吉さんが姿を消したのは、その一件になんらかのかかわりがあるためでは、という噂がご陣屋に流れているそうですね。その噂に思いあたる節があれば、教えていただけませんか」

「ですから、わたしの知る限り、どこの村の検見に不都合が見つかったのか、見当がつかないのです。清吉さんに変わった素ぶりがあった覚えだってありません。だいたいその噂を知ったのは、清吉さんが行方知れずになったあとなんです。手代のみなさんが妙な噂をしているので吃驚《びっくり》しました。まさか、去年、清吉さんの供をして巡見した村の一件だったなんて、聞いたときはそんな馬鹿なと思ったくらいです」

「元締さまのお指図により、お調べはこの春の初めより始まっています。清吉さんが姿を消したのはお彼岸の数日前です。その間、ご陣屋での清吉さんの様子が気になった、そういえば悩み事を抱えていたように見えた、あるいは言葉つきや態度がわずかでも前と違ってきた、というような覚えは……」

「それがないから、かえって気がかりなんです」

彦六は眉をひそめ、不審を口にした。

「かえって気がかり、とは、どういうことですか」

「清吉さんの姿が見えなくなる前でした。お彼岸には例年通り休みをもらって村へ帰り、また米作りが始まる、と仰っていました。それから、今年の廻村の時季はいつごろになるだろうとか、今年は冬から春の初めにかけて寒さが厳しかったので、案外作柄はいいかもしれないとか仰って、忙しくなるのが待ち遠しいというふうな、本当に働き者のお百姓らしい様子だったんです」

「そうでした。正月休みに村へ帰ってきたとき、今年の作柄はよくなるだろうと、確かにうちの人は言っていました」

お純が彦六に相槌を打った。

「わたしは、清吉さんみたいなお百姓が米作りを守ってくれているんだなあ、わたしらはお百姓が米作りを守ってくれているから、毎日、白い米がいただけるんだなあ、と清吉さんを見るといつも思うんです。清吉さんは、白い米みたいにさらさらとして温かな心根の、正真正銘《しょうしんしょうめい》のお百姓なんです。その清吉さんが、突然、誰にもどこへゆくとも告げず、姿を消すなんておかしいですよ」

　彦六はお純から市兵衛へ目を向けた。

「そんなふる舞いができる人じゃないんです。ただ働くことが大好きな人です。そんな働き者が仕事を放りだして姿をくらますなんて、よほどの事情があったか、もしかしてふりかかったからじゃありませんかね。だから、かえって気がかりなんです」

お純はお鈴の手を握り締め、頬を伝わる涙を指でぬぐった。

彦六を見上げるお鈴の顔が、茜色《あかね》に染まっていた。

「彦六さん、ご陣屋の勤め以外で、清吉さんが日ごろより親しく交際している方をご存じではありませんか。ともがらという交わりではなくとも、教えを乞うている師のような方がおられたならば……」

「ええ。じつはそれもあって、お伝えにきたんです」

彦六は頷いた。

「新宿《にいじゅく》から中川をさかのぼった隣村の飯塚《いいづか》村に、正吾《しょうご》という名主さんがいらっしゃいます。清吉さんは正吾さんとは手代のお役目上のみならず、親しく交際なされ、米作りや村の施策などについて熱く語り合っておられました。正吾さんなら、何か手がかりをご存じかもしれません。訪ねられてはいかがでしょうか」

「ありがたい。是非、訪ねてみます。それから、これを見てほしいのです。清吉さんの着物の袖に残っていました」

市兵衛は、走り書きのあった紙きれを彦六に見せた。

「何かの事柄を記したものと思われます。この走り書きの意味がおわかりなら、教えてほしいのです」

「ふうん、これは、なんでしょう……」

鳥の鳴き騒ぐ声が次第に遠ざかり、夕焼けの空は闇の帳《とばり》を西の果てへ下ろし始めていた。

第二章　不当廉売《れんばい》

一

大島川に架《か》かる蓬萊橋北詰の東方に、流れが矩形《くけい》にきれこんだ河岸場《かしば》がある。河岸場へ上がって北へとれば、永代寺門前《えいたいじもんぜん》通りに建つ富岡八幡宮《とみがおかはちまんぐう》の大鳥居。蓬萊橋を南へ渡れば、局見世《つぼねみせ》の多い佃町《つくだ》の岡場所にいける。

その蓬萊橋北詰より川堤の通りを西へ四半町《ちょう》（約二十七メートル）ばかりとった先に、酒問屋・白子屋が土手蔵と向き合う土蔵造りのお店《たな》をかまえていた。

間口十数間《けん》（約二十数メートル）の店先に、紺地《こんじ》に白の文字を染め抜いた長暖簾《ながのれん》が翻《ひるがえ》り、屋根看板に《白子屋》の屋号が読める。

表口わきには《妙酒梅白鷺、安売掛値無》と記した軒《のき》看板が、景気よさげに掲《かか》げられている。

白子屋は、地酒専門の深川では中堅どころの酒問屋である。

数年前より、地酒の梅白鷺の安売りが評判になって、江戸市中の小売りの酒店へ卸《おろ》す一方、一升《しょう》二升の通い樽《だる》の、深川本所界隈《ほんじょかいわい》の小売客も多くつかんでいた。

神田や浅草あたりから、わざわざ足をのばして梅白鷺を買い求めにくる客もいる、と評判である。

店表の大島川に設営した白子屋専用河岸場からは二挺《ちょう》だての川船で、通りでは下帯ひとつに白子屋の紺看板（法被《はっぴ》）をまとった人足らが荷車を曳《ひ》いて、こもかぶりの四斗《し》樽《だる》や平樽を積んで江戸市中の酒店や料亭、また武家屋敷などへ日に何度も運んでいく。

白子屋は武蔵《むさし》東北部や下総《しもうさ》の在郷の酒造元とのつながりが深い、と言われている。

冬場の仕入れの時季は、武蔵東北部の郡や下総方面よりの酒樽を積んだ荷車の車列や荷馬が連日砂埃《すなぼこり》を巻き上げ、また大島川の舟運《しゅううん》で土手蔵に運びこまれる酒樽も夥《おびただ》しい数にのぼる盛況ぶりだった。

石畳《いしだたみ》の広い前土間の一画に、こもかぶりの四斗藁巻《わらまき》樽が並べられ、四、五升入りの平樽から五合入りの小売り用の手樽までが重ねてある。

店内に馥郁《ふくいく》とした酒の匂《にお》いがたちこめていた。

板敷の店の間には帳場格子《ごうし》があって、壮漢の手代頭《がしら》が帳簿をつけながら、客と商談をしているお仕着せの手代や忙《せわ》しげにたち働く小僧、酒樽を運びこむ人足らに睨《にら》みを利《き》かせていた。

表店に女の奉公人の姿がないのは、商《あきな》いが上下関係の厳しい男社会だからである。

北町奉行所の渋井鬼三次と手先の助弥が、店先に下げた長暖簾をくぐって前土間の石畳に雪駄《せった》を鳴らすと、小僧が早速駆け寄ってきた。

「おいでなさいませ。お客さま、ご注文をおうかがいいたします」

小僧は店中に、決まり通りの甲高《かんだか》い声を響かせた。

帳場格子から立ち上がった壮漢の手代頭が、「いいんだ、茂吉《もきち》」と小僧を遮《さえぎ》り、店の間の上がり端《はな》へきて手をついた。

「白子屋の手代頭を務めます常次郎《つねじろう》と申します。お役目、ご苦労さまでございます。御用の向きをおうかがいいたします」

「北の番所の渋井だ。これは手先の助弥だ」

背のひょろりと高い助弥が、渋井の後ろで頭《こうべ》を垂《た》れた。

渋井は、やや怒り肩の間に下げたいつもの渋面《しぶづら》を、店中を見廻《みまわ》すみたいに廻してから常次郎のところへ戻して止めた。

「ご主人の利右衛門《りえもん》さんに御用の筋でお会いしたい。とり次いでくれるかい」

「承知いたしました。少々お待ちを願います。茂吉、もきち……」

へえい——と、奥から小僧の茂吉が再び駆け出してくる。

「御番所の渋井さまが御用の筋でお見えです。旦那《だんな》さまにお伝えしてきなさい」

少々待たされてから、猫背の渋井と助弥は、店の間のわきの通路を裏へ抜け、通り庭より廊下に上がり、狭い中庭に面した座敷へ通された。

そこは主人・利右衛門の居室をかねた執務部屋らしく、利右衛門は大きな書案《しょあん》に向かい筆をとっていた手を止め、渋井と助弥を迎えた。

艶《つや》のある天井に彫り物の凝《こ》った欄間《らんま》、襖絵《ふすまえ》、趣向を凝らした違い棚《だな》のある床《とこ》わきに、床の間の化粧柱には花活けがかけられ、梅の一輪が活けてある。

白子屋の利右衛門はまだ三十代の半《なか》ばごろに見えた。白子屋ほどの酒問屋の主人にしては、若い男だった。

肌艶のよい顔色の眼光が鋭く、骨太い顎《あご》に薄い唇が形よく結ばれていた。

明るい藍《あい》の羽織が、利右衛門の若々しい相貌《そうぼう》を引きたてている。

中庭側の明障子《あかりしょうじ》が、午後の日と軒に吊《つ》るした灯籠《とうろう》の影を映《うつ》していた。

界隈は南町の廻《まわ》り方の掛《かかり》のため、北町の渋井が白子屋を訪ねたのは、むろん初めてである。

茶菓《さか》が運ばれ、お出入りは南町のどなたで、誰それさまでございます……などとあたり障《さわ》りのないやりとりを交《か》わしてから、渋井はやおらきり出した。

「ところで、白子屋さんでは酒の安売りが評判を呼んで、お得意を増やしているそうだね。値段が安いのは客にはありがたいが、そのため、酒問屋の中には白子屋さんとの値段の競争じゃあかなわず、長年の顧客を白子屋さんに持っていかれ、頭を抱えているお店が幾《いく》つもあると聞いたもんでね」

利右衛門は、ふむふむ、と薄くゆるませた目を明障子に遊ばせてうなった。

「わたしが懇意《こんい》にしている酒場の亭主にも聞いたんだがね。白子屋さんが、よその問屋より卸値《おろしね》を安くする、という誘い文句でここ数年、売り先を急に広げてきた。お金持ち相手の一流料亭や老舗《しにせ》の下《くだ》り酒《ざけ》専門の料理茶屋とは違う儲《もう》けの幅が小さい店にとっては、一文《もん》でも仕入れが安くできるのはありがたいと、亭主はそうも言っていた」

渋井は猫背をいっそう丸くし、わずかに斜にかまえて端座している。

利右衛門の胸を反《そ》らし堂々とした風貌に較《くら》べ、怒り肩の間にぶら下げた不景気面《づら》はいかにも貧相だった。だが、渋井は一向に気にせず、

「だから、以前より店で出す酒を白子屋さんの仕入れに代えたいと思っているが、生憎《あいにく》、なかなか手に入らねえと聞かされ、そうだったのかいと近ごろ知った次第でね」

と続け、喉《のど》を引きつらせたような乾いた笑い声をふりまいた。

「わたしら一流料亭や老舗の下り酒専門の料理茶屋に縁のない貧乏人は、高価な下り酒でなくとも、安く呑《の》めて気持ちよく酔える地酒で十分だし」

「お客さまにおほめいただくことが、わたしどもの商いの支えでございます。ただただ、お客さまに少しでもいい酒を少しでもお安く提供いたすのが、酒問屋・白子屋の性根《しょうね》と心得、日々商いに励んでおります」

「さすがは白子屋さん。まだお若いのに立派だ。そうそう、新川あたりの酒問屋でも白子屋さんで売り出されている梅白鷺という銘柄は、味のよさと値段の安さは下り酒の脅威だと、だいぶ気をもんでいると、そういう噂《うわさ》を聞いている」

「梅白鷺は葛飾郡の小さな酒造元さんと、地酒でも新川の問屋さんの下り酒に劣らないいい酒を造りたいね、と話し合い互いに苦心を重ねて生まれた清酒でございます。名前を葛飾の梅と白鷺にちなんで梅白鷺とつけ、少々お値段を高くさせていただきましたが、それでも下り酒よりはお安く、しかも、味は決して下り酒に劣らないいい酒ができたと、手前味噌《みそ》ではなく自負いたしております」

利右衛門は、引き締まった相貌を渋井の渋面《し》へまっすぐ向けて言った。

「ですが、梅白鷺を売り出しましてもう何年にもなります。近ごろようやく名前が知れ渡り、お客さまに認めていただけるようになった銘柄でございます」

「そうかい。名前はなんとなく聞いていたんだがな。けど近ごろは梅白鷺の評判をよく耳にする。名前もいいし、からっとさっぱりした味わいが江戸育ちの人間に合っている。仰《おつしや》る通り値段も手ごろだ。祝い事などがあるときは、梅白鷺の角樽をよく使わせてもらっているよ」

「ありがとうございます。わたしどもの梅白鷺が少しはお役にたつことができておるのでございますのなら、商人としてこれ以上の喜びはございません。いっそうの精進《しようじん》をいたさねばと、身の引き締まる思いでございます」

利右衛門は膝の上で掌《てのひら》を組み合わせ、悠然《ゆうぜん》と渋井を見つめる表情には自信があふれていた。

「ところで、門前東《ひがし》町に千倉屋《ちくらや》という米問屋があるね。千倉屋さんと白子屋さんはどういうご関係で？」

はい——と、利右衛門は大きく頷《うなず》いた。

「わたしども白子屋がこの深川の地に創業いたしましたのが寛保の世。わたしは四代目でございます。始まりは酒問屋ではなく、小売りの小店《こだな》でございました。じつは千倉屋さんは白子屋の初代の縁戚筋にあたり、白子屋から宝暦《ほうれき》（一七五一〜六四年）のころに暖簾分けいたし、そちらではお米を商い、今のご主人の与左太郎《よさたろう》さんは三代目になります」

「ほお。寛保と宝暦の世が創業の、四代目と三代目の酒問屋と米問屋か。そりゃあ、両店とも老舗だ。暖簾分けをしたお店なら、元はひとつ。互いに協力し助け合い、近所にお店をかまえるのも頷けるな。ふんふん」

「暖簾分けは昔の話でございます。よく言えば互いに切磋琢磨《せっさたくま》し、商人として競《きそ》い合う仲。いい物を安く、という考え方はひとつでございますが、お店は二つ。酒問屋と米問屋ですから、共に繁盛をと願っております」

利右衛門は鷹揚《おうよう》な笑い声を響かせた。

渋井は唇をへの字にして頷き、だがすぐに訊《き》きかえした。

「白子屋さんの仕入れ先は、どういうところからで。さぞかし、古い酒造元さんとの昔ながらのとり引きを続けられているんだろうね」

「あの、渋井さま。本日はわたしどもにどのようなお訊《たず》ねなのでございましょう。わたしどもの商いや、またはわたしどもの仕入れ先の酒造元に、なんぞご不審がございますのでしょうか」

「いやいや、不審というほどではないんだがね。白子屋さんの世間の評判がよくて商いが盛んになると、やっかむ者が出るんだよ」

「ほほう、やっかむ者が……」

「ご承知のように、酒の醸造には御勘定所の鑑札《かんさつ》がいる。鑑札がない酒造はご禁制だ。したがって、酒造元の酒造量は限られており、酒問屋の仕入れる量もおのずと限られている。ところがここ数年来、すなわち白子屋さんの安売りが始まって以来、急に多くの酒を仕入れ、しかもそれをどの酒問屋よりも廉価《れんか》で卸している……」

利右衛門は腕を組み、片手を顎へあてがった。

「従来の酒問屋の中には、これまでの顧客が白子屋さんに流れて、頭を抱えて困っているところが出ている。これでは問屋同士が安売り競争になって、商いが難しくなるのは目に見えている。白子屋さんの安売りは、もしかしたら、どこぞに安くて相当量の酒の仕入れ先があるのではないか、とかな……」

「それは、もしかしたら御勘定所がご存じではない仕入れ先、という意味でございますか」

「やっかむ輩《やから》は、いろいろ詮索《せんさく》したがるもんでさ。すなわち、鑑札のない仕入れ先を疑っている者もいるかもしれないな。けど、そういう疑いはよくあることで、あくまで念のためにうかがっているだけだから」

渋井はにんまりとして言い、利右衛門の様子をうかがった。

「鑑札がない酒造元でございますか。ふむむ……馬鹿ばかしい。一体どこのどなたがそんな訴えを持ちこまれたのでございますか。何を証拠にそんな謂《い》われのない濡《ぬ》れ衣《ぎぬ》を着せられるのか、不愉快でございますねえ」

「どこの誰が、というのは言えないが、誰であれ、証拠があってのことではない」

利右衛門は腕組みをとき、日差しの落ちる明障子へまた目を遊ばせた。そうして、

「先代から四代目を継《つ》ぎましたとき、白子屋の商いは鳴かず飛ばずの、先の見えない面白みのない商いでございました」

と、自嘲気味な薄い笑みを浮かべて言った。

「酒と言えば新川の酒問屋さんが中心の下り酒でございます。わたしども地酒を専門にあつかいます酒問屋は一段低く見られておりました。けれども、それでいいのか、江戸近郊のお百姓が一生懸命に造るお酒が下り酒に劣るのか。いいや、決してそうではあるまい、下り酒は上等な酒で地酒は粗悪な酒というのは、じつは売る側の商人の怠慢《たいまん》ではないか、というのが始まりでございました」

利右衛門の顔つきは穏《おだ》やかでも、言葉には力がこもっていた。

「千倉屋の与左太郎さんはわたしより少々歳《とし》が上で、三代目を継がれてからときはたっておりましたが、思いは同じでございました。酒問屋と米問屋ではあっても、元は同じ店から始まっております。三代目四代目同士で力を合わせ、それぞれのお店を盛り上げようではないか、とよく語り合いました」

「わかる。そういう志《こころざし》が商いを大きくするんだろうね」

「では、ございませんでしょうか。わたしは、お店の日々の営《いとな》みから見直し、工夫し、倹約し、努力を重ね、また葛飾郡、足立郡、埼玉郡を旅し、新たな仕入れ先を求めて廻ったのでございますよ。そのお陰で、葛飾郡の小松川村にいい酒を造るけれども江戸ではあまり知られていない酒造元さんと、出会ったのでございます」

「それが梅白鷺の酒造元の、確か小松川村の河合屋さんだな」

「はい。よくお調べでございますね」

「その程度のことは、よく調べなくとも酒問屋に訊けばすぐわかるさ。なんでも河合屋は、白子屋さんにだけ卸す約定《やくじょう》を交わしているんだって」

「さようでございます。いい物をより安く、という考え方でわたしどものみが仕入れさせていただいておるのでございます。河合屋さんと出会うまでに、どれほどの数の酒造元さんを訪ね廻りましたことか。お店で安穏《あんのん》と殿さま商売をしていて、商いを広げられるわけがないのです」

「世間には、てめえの怠慢は棚に上げて、人の成功を嫉《そね》んで粗《あら》さがしをする輩が多いからねえ」

「と申し上げて、さほど商いが広がったわけではございませんよ。鳴かず飛ばずだった深川あたりの地酒問屋が、ようやく世間さま並の商いができるようになった、ばかりのことでございます。わたしどもの儲けを少なくし少しでも安く卸し、それによって新しいお客さまから注文をいただけるようになったのでございます」

力説する利右衛門の額《ひたい》に、薄《うっす》らと汗がにじんだ。

「己《おのれ》自身の身をきる努力、苦労を重ねた長いときがかかっているのです。その長い努力と苦労がやっと報われ、梅白鷺も生まれたのでございます。わたしどもの商いを悪く言われる方々は、それをご存じないのです。努力や苦労をご存じない人たちがわたしどもを貶《おとし》めようとなさるのです。鑑札のない酒造元なら、それはすなわち、密造酒でございますね」

「ふむ。そういう言い方もできる」

「いやもう密造酒などと、呆《あき》れるのを通りこして笑ってしまいます。一体どのようにすれば、どこで密造酒ができるのでございますか。教えてもらいたいものです」

利右衛門は、殊《こと》さらな溜息《ためいき》をついた。

「お米がないと造りたくともお酒は造れないのでございます。お米は、お代官所のお役人さまや村役人の方々の厳しい監視の中で、これは年貢《ねんぐ》に、これは米問屋に、これは酒造に、と運び出されていくのでございます」

「仰る通りだね」

渋井は相槌《あいづち》を打った。

「密造酒なら米俵《こめだわら》一俵《ぴょう》や二俵どころではございませんでしょう。何十石《こく》、あるいは何百石のお米がお役人さま方の監視の目をくぐり抜け、こっそり動かされているはずでございます。わたしどものような一介《いっかい》の酒問屋ごときに、どうしてそんな真似《まね》ができましょう。そんな真似ができるほどの器用な才覚があれば、白子屋は新川の酒問屋さんと肩を並べる大店《おおだな》にとっくになっておりますよ」

利右衛門は額ににじむ汗を指先でぬぐいつつ、余裕の笑い声を再び響かせた。

「こう申してはなんでございますが、白子屋では酒にまぜ物はいたしません。あえて申しますと、上等の酒は水をまぜる量が少なく、安い酒はまぜる量が多い、それだけなのでございます」

「水をまぜる量で、決まるのかい？」

「はい。相当大きな問屋さんでも、あたり前になさっていることでございます。恥ずかしながら、白子屋も以前はやっておりました。けれども、小松川村の河合屋さんの梅白鷺に出会ったとき、もうそれはやめようと決心したのでございます」

利右衛門は、鋭い目に自信を漲《みなぎ》らせて続けた。

「わたしどもは、下り酒に負けない地酒をお客さまに呑んでいただき、下り酒であろうと地酒であろうと、いい物はいいのだと知っていただきたいのでございます。まぜ物のない本当の地酒を、しかも地酒ゆえにお安くご提供できる。できることを血のにじむ努力で実行しているだけでございます。それを嫉んで、安いから、目につくから、密造酒などと讒言《ざんげん》でございますか。情けのうございますねえ」

「白子屋さんの仰りたいことはわかった。ともかく、鑑札があるのないのとは、確かな証拠があってのことではないので、あまり気にすることはない。ただ、もしかしたら後日、仕入れ先や売掛先の元帳を改めさせてもらう場合があるかもしれないんだ。その折りは協力をお願いすることになるので、ひとつ頼むよ」

「承知いたしました。お役目でございます。その折りはどうぞお命じください。後ろ暗いところなど、わたしどもにはいっさいございません。あるがままに、お改めいただきます」

渋井は助弥を促《うなが》し、立ちかけた。

「ご苦労さまでございました」

と、畳《たたみ》に手をついた利右衛門に、ふと、訊いた。

「白子屋さんと米問屋の千倉屋さんは、十万坪の東方の、砂村川かそこら辺のどっかに、町人請負《うけおい》新田を開かれているそうだね。名前は、なんと言ったたっけな」

「波除け新田でございます」

「そう、波除け新田だ。町人請負新田とは、なかなか景気のいい話じゃないか」

「とんでもございません。あれは白子屋の先代が、寛政《かんせい》のご改革（一七八七〜九三年）で景気が悪くなり酒問屋の商いもしぼんで先が見えないため、千倉屋さんの先代を誘い、新田開発に手を出したのでございます」

「先代の遺《のこ》した新田なのかい」

「ところが、あのあたりは万治年間にすでに開拓が始まっており、ましな未開拓地はほとんど残っておらず、先代が開拓いたしました波除け新田は、水はけの悪い誰も手を出さないやっかいな土地だったんでございます。それに元は寄洲の築地《つきじ》でございますから、しばしば高潮に見舞われ、碌《ろく》な収穫がございません」

利右衛門は苦笑を浮かべて、額ににじんだ汗を指先でたびたびぬぐっている。

「先々の小作料目あての数百両ずつの出資のはずが、いまだ元手すら回収にいたっておりません。数年前も高潮でやられ、田の起返《おきかえ》しやら堤の修復やらで、小作料どころか年貢すらご免除いただかざるを得ないあり様でございます」

「ほお、年貢の免除をねえ……」

「いっそどなたかにお引き受けいただいて、先代の費《つい》やした元手の何分の一かでも回収した方が賢明なのではないかと思いつつも、そうは申しましても先代が開発し、子々孫々に遺してくれた遺産は遺産でございます。いざ手放す話になりますと、なかなか決心のつかないとんだお荷物でございますよ」

「そういうもんかい。金持ちにも金持ちなりの悩みが、あるってえわけだ。よしわかった。邪魔したな。助弥、いくぜ」

へい――と、助弥が渋井を追いかけて座を立った。

二

その猪牙茶船《ちよきちやぶね》が、小名木川をさかのぼって中川の船番所《ふな》から中川へ入り、小松川村の河岸場に船客を降ろしたのは、およそ一刻（約二時間）後の午後だった。

船客は永代寺門前町の酒問屋・白子屋の利右衛門と永代寺門前東町の米問屋・千倉屋の与左太郎である。

二人は菅笠《すげがさ》にそれぞれ目だたない紺と茶の綿羽織の拵《こしら》えで、小松川村への野道をゆき、やがて村では珍しい瓦《かわら》屋根の酒蔵の二棟が並ぶ河合屋の茅葺《かやぶき》門をくぐった。

下男が二人を茅葺屋根の主屋《おもや》の、広い庭に面した縁廊下伝いに表座敷をすぎて奥座敷へ案内すると、主人・河合屋の錫助のほかに先客が三人いた。

「お待ちしておりました。どうぞ」

錫助が利右衛門と与左太郎に座を示して言った。

書院風に造作《ぞうさく》した座敷の違い棚と床の間を背に、黒羽織と細縞《ほそじま》の袴《はかま》姿の侍が着座していた。

左手に錫助と二人の男が居並んでいた。それぞれの前には茶碗と煙草盆《たばこぼん》がおかれているのみである。

利右衛門と与左太郎が錫助ら三人と対座すると、利右衛門が挨拶《あいさつ》もそこそこに言った。

「遅れて申しわけありません。昼前、町方役人がいきなり店にやってきました。仕入れの事情をあれこれ訊かれました。どうやら酒問屋の間に、うちの仕入れ量と卸値を下げているからくりに不審が高まっており、町奉行所に内々の訴えがあったのです」

「元帳を調べられたのですか」

　錫助が訊いた。

「今日のところはそこまでは求められませんでした。ですが遠からず、間違いなく調べが入るでしょう。まあ、元帳を見ただけでは、からくりはわかりはしませんが」

　錫助の隣《となり》に波除け新田の名主・三左衛門《さんざえもん》、その隣には砂村川蒟蒻橋の十手《じって》持ちの鉄蔵、そして上座の侍は小菅陣屋の武智斗馬である。

　上座の武智だけがまだ三十前で、利右衛門、与左太郎を含めた五人は、三十代の半《なか》ばすぎから四十代半ばごろである。

　武智は平然とし、蒟蒻橋の鉄蔵は利右衛門へ薄ら笑いを向けているが、錫助と三左衛門は町方役人と聞いて、かすかな動揺を目に浮かべた。

「おそらく、河合屋さんへも、いずれなんらかのお調べが入るものと覚悟していた方がいいでしょう」

「ま、町方がですか?」

「在所は町方支配外です。おそらくご陣屋を通してということにはなると思うのですが。それから、武智さま……」

利右衛門は武智へ膝《ひざ》を向けた。

「町方は波除け新田についても、いささか関心を示しておりました。高潮にやられてここ数年は作柄が悪く、年貢の免除すら許されていると言っておきましたが、厳密に御勘定所に問い合わせて、御勘定奉行より直々《じきじき》の調べが入りますと、むずかしい事態になりかねません。お気をつけくださいませ」

「御勘定奉行さまがお代官さまを通さずに、直々に在郷へ人を送り調べるという手は、まずない。それはお代官さまの面目《めんぼく》を潰《つぶ》すふる舞いだ。家禄《かろく》は違っても御勘定奉行さまもお代官さまもどちらもお旗本だ。お旗本がお旗本の面目を潰したりはしない」

武智の口調は冷めている。

「そういうことなら、御勘定奉行さまからお代官さま、お代官さまから陣屋の勝さまに、という順序になる。お代官さまは委細、元締の勝さまにお任せだ。結局、勝さまよりわれらに命じられて同じ手順だ。町方など、気にするまでもあるまい」

「さようでございますね。勝さまと武智さまがご陣屋をしっかり押さえてくださっておりますので、われらも安心はしておるのですが……不景気でなまくらな顔つきの町方でしたが、そういう者には案外、油断のならない者がおるものです。鉄蔵さん、町方はすばしっこいのを何人も手先に抱え、こっそり密偵などを送りこんでくる。くれぐれも、うちの新田には得体の知れない者を入れないでくださいよ」

「任せてくだせえ。伊達《だて》で十手を持っているのじゃありやせん。鼠《ねずみ》一匹、見逃しゃあしやせん」

鉄蔵は分厚い胸を反らした。

「伝左衛門が雇った男は追っ払えなかった、と聞きましたがね、親分……」

錫助がからかった。

鉄蔵は顔をいっそう歪《ゆが》め、鼻先でせせら笑った。

「あれはあれでいいんだ。伝左衛門が清吉捜《さが》しに人を雇う考えだと、前から聞いてはいたんだ。一昨日《おととい》、どこの馬の骨かもわからねえ浪人者が雇われて江戸からくるらしいと耳に入ったから、うちの者にそいつが村へきたらひとあたりして、どの程度の野郎か確かめさせたのさ。追っ払うためにやらせたんじゃねえ」

「追っ払うためだったんじゃ、なかったんですか」

「伝左衛門は信望が厚い。妙に引っかき廻すと百姓らの見る目が険《けわ》しくなる。だからほどほどにしといたのさ。どうせ金目あての、在所のことなど何も知らねえ貧乏浪人だ。ほっときゃあ、いなくならぁ」

「伝左衛門とは、砂村新田の名主の伝左衛門ですか」

利右衛門が訊いた。

「そうです。伝左衛門が侍をひとり雇いましてね。清吉の行方《ゆくえ》を捜すためにです」

それは波除け新田の名主・三左衛門が答えた。

「清吉の行方を捜すのはご陣屋の仕事でしょう。名主とはいえ在所の者がご陣屋の真似事をするなど、わきまえのないふる舞いですね」

「伝左衛門はそういうところのある名主なのです。村人の安否を気遣《きづか》ういい名主の素ぶりを見せたがる、嫌味な男です」

「ど、どういう侍を雇ったので、ございますか」

それまで黙っていた与左太郎が、口を挟んだ。

「聞いたところによりやすと、伝左衛門は心の臓に持病を抱えており、年に数度、江戸の町医者に診《み》てもらっているそうで。その町医者の紹介らしいですぜ」

鉄蔵が答えた。

「ふうむ……町医者の紹介?」

利右衛門が訊きかえした。

「へえ。腕のいいおらんだ医者で、伝左衛門に紹介したその侍は、渡り用人を生業《なりわい》にしておりやすそうで」

「渡り用人、ああ、渡りの算盤侍《そろばんざむらい》ね。なぜその程度の者が清吉捜しなんですか」

「伝左衛門は、清吉を捜しているという格好さえつければいいんですよ。どうせ雇われた方も、給金さえもらえりゃなんだって引き受ける貧乏浪人に違いねえんだ。捜すふりをするだけでやすよ」

「こっちの方は、う、腕はたつのですか」

与左太郎が雇われた侍の腕を気にかけた。

与左太郎は利右衛門より年上だが、肝《きも》はだいぶ小さい男である。

「あっしの見たところ、痩《や》せっぽちの、青瓢簞《あおびょうたん》みてえな野郎でさ。あんな青瓢簞に何もできやしませんよ」

主に武家の台所勘定の会計に雇われる渡りの用人は、算盤のできる元商家の手代勤めをしていた町民がほとんどだった。武家奉公の間は、町民であっても体裁《ていさい》上佩刀《はいとう》が許されているのはみな知っている。

利右衛門らは、そういう侍の格好をした渡り者が雇われた、ぐらいに思っていた。

「唐木市兵衛という男だ。昨日、清吉の女房と娘連れで陣屋にきた。勝さまがお会いになられた。冷静な男だった。差料《さしりよう》を帯びた格好だけの侍とは違う」

と、武智がそんな利右衛門らへ異を唱《とな》えた。

「本物の侍かもしれやせんが、大《てえ》したことはありやせんよ。妙に勘ぐってきやがったら、ちょいと痛《いて》え目に遭《あ》わせて、村にきたことを後悔させてやりやすぜ」

鉄蔵がにやにやしながら言った。

「鉄蔵。あの男には下手《へた》に手を出すな。おまえの手下らが、やくざ同士の出入りのつもりであの男に向かっていったら、死人の山を築くことになるぞ。あの男は放っておけ。勝さまもそう仰っている。そのうち清吉捜しがいきづまって、江戸へ帰る。それだけの男だ」

鉄蔵が不服げに顔をそむけると、

「万が一、あの男が邪魔になるようなことになったなら、わたしが斬る」

と、武智は落ち着いて言い足した。

それから煙草盆を引きよせ、腰の煙草入れから出した鉈豆煙管《なたまめギセル》に刻《きざ》みをつめた。煙管に火をつけ、ひと息吸って煙を吹きながら錫助に言った。

「話を進めよう」

武智は錫助を見つめ、もうひと息吸った。

錫助は利右衛門と与左太郎へ、眉をひそめて身を乗り出した。

「いよいよ、亀田屋をぶっ潰します。日どりは明後日の夕刻、亀田屋を襲い、主屋共ども酒蔵を焼き払うつもりです」

「ええ、焼き払う？　だ、大丈夫ですか。そんなことをして」

利右衛門と与左太郎が目を瞠《みは》った。

「そうでもしなきゃあ、亀田屋の権六《ごんろく》の酒造株が手に入りません。まったく馬鹿な男なんです。元締さまがせっかくわたしどもを仲介してくださったご配慮も意に介《かい》さず、てめえが南葛飾の酒造株を独り占めにする気でいるんですから、周りの事情が飲みこめないというか、元締さまのご意向がわかっていないというか、まったくお話になりません」

「談合は、上手くいかなかったのですか」

「あの男は聞く耳を持たないのです。日本橋からわずか二里（約八キロメートル）ほどの近さという条件はいいし、江戸の町には大勢のお客がいる。その大勢のお客に葛飾の酒を売れば、どれほど大儲けできるか。今がその機会なんです」

「ええ、ええ、そうですとも。地酒への要望はずいぶん高くなっていますよ。多くのお客が、水で薄めて芳醇《ほうじゅん》な、などと言い換《か》えただけの、しかも値の張る下り酒より、安いうえに喉にひりつく地酒に気が向き始めているのです」

「河合屋に酒造株を売って傘下《さんか》に入れば、うちが売り出してやると言っているんですがね。権六は頭が悪いから、からくりを幾ら説いても飲みこめないのです。酒造株を売れば相応の金が手に入るし、うちの蔵で酒造りをすれば、酒造りだってこれまで通りできる。ところがあの男は、おれはおれの酒造りをするんだと格好をつけている、大馬鹿です。もう談合は終わりです」

「南葛飾の酒造元が協力し合いひとつにまとまれば、酒造高を今より二百石は増やせるように御勘定所へ手を廻すと、元締さまの仰ってくださっているご厚意は伝えたんですか」

「伝えましたよ。毎年、二百石が増えると五百石。それに例の米を加えると……、灘の一、二を争う酒造元ですらおよそ千数百石ですから、南葛飾のこんな小さな在郷の酒造元が大したものだ。酒は米より儲かる。儲かったうえに、わが南葛飾が上方の灘と並び称される酒の名産地になるかもしれない。なんと誇らしいではないかとね」

「そうしますと？」

「あの欲張りめ。酒造鑑札が二百石増えるなら、河合屋と半々にしても、二百五十石だ。これまで自分についてくれている顧客がいるし、米を廻してくれる在郷の名主と売り捌《さば》く。のつながりもおろそかにはできない。余った分が江戸で売れるなら自分で売ってくれという江戸の酒問屋は幾らでもいる、とこうですよ」

「二百石増やせるというのは、河合屋と亀田屋がひとつになれば、という場合の話ですよ。村人相手の細々とした商いでいいなら、元締さまも御勘定所に二百石の増石をお願いする名目が成りたちません」

「そうです。名目がなければ、無理です」

錫助は頷いた。

「御勘定所には年貢米のほかに酒造の冥加金《みょうがきん》と運上金が増え、南葛飾の百姓は寒造《かんづく》りの手間賃が増える。南葛飾の梅白鷺が江戸で売れて酒造元の儲けが増えれば、在所に廻るお金も増える。お金儲けをするのは、自分のためではありますが、元は村人のためでもあるのです。元締さまは河合屋と亀田屋がひとつになるなら、在郷の発展と村人らのために、二百石の増石をお願いすると言ってくださっているのですよ」

「だからそれが、権六の馬鹿には通じないのです。権六はここ数年、元締さまのご配慮で河合屋の酒造量が亀田屋を上回り、うちの縄張りの小松川村のみならず、権六の縄張りの船堀村や一之江村、小松村まで手を広げているのを、自分のしまを荒らしていると因縁《いんねん》をつけてきているんです」

「因縁を？」

利右衛門と与左太郎が顔を見合わせた。

「この正月に一之江村の小金治一家が潰されてから、権六は危機感を募らせておるようです。東船堀や二之江《にのえ》村の顔利きらと頻繁《ひんぱん》に会って、河合屋と事をかまえる事態になったら手を貸してほしいと、働きかけているらしいんです。権六はうちとは遠からず片をつけると、もう腹をくくっているという噂です」

「それはすなわち、河合屋と亀田屋の出入り、ということですね」

三左衛門が錫助に確かめるようにささやいた。

「それしかありません。ですから、権六がくる前にこちらから仕かける。先んずれば人を制す、です。後手に廻ったら、こっちがぶっ潰されます」

錫助は唇を殊さらに、ぎゅっと結んでみせた。

「出入りになって、かか、勝てるんでしょうね」

与左太郎が怯《おび》えた声を出した。

「そっちの方はあっしに任せてくだせえ。血の気の多いのをそろえ、支度《したく》は万全でございやす。桜田先生とお弟子さんもいらっしゃいやす。ねえ、武智さま」

鉄蔵が腕組みをし、与左太郎から武智へ横柄な笑《え》みを廻《めぐ》らした。

「権六をひねり潰して、河合屋さんは酒造株を手に入れ、あっしは念願の、中川から江戸《えど》川までの在所に縄張りを広げさせていただきやす」

「鉄蔵さんが在所在所に開く賭場《とば》で、百姓らが気晴らしをするのですね」

「気晴らしだけじゃなく、財布もばらしていただきやす」

鉄蔵と錫助、三左衛門の三人が、声をそろえて笑い声を上げた。

武智は三人には加わらず、新しい刻みを煙管につめて煙を吹かしている。

三

小松川村の河岸場から武智と鉄蔵の乗った川船が中川を下り、小名木川、砂村川と川筋をとって、蒟蒻橋の河岸場に着いたのは一刻半（約三時間）後だった。

波除け新田の三左衛門は河合屋の錫助と米の搬入の段どりの談合があって、遅れて帰ることになった。

蒟蒻橋の鉄蔵の酒亭には、武州《ぶしゅう》岩槻《いわつき》の浪人・桜田淳五、桜田の門弟である宮園壮平と川勝十郎の三名が、この正月の小松川村の軍次郎と一之江村の小金治との出入りの折り以来、寄寓《きぐう》していた。

鉄蔵は顔をさらしているが、黒羽織の武智は菅笠を深々とかぶっている。

若い衆が鉄蔵と後ろに続く武智へ、「お帰りなさいやし」と腰を折り、次々に声をつらねて出迎えた。

武智は若い衆の案内で、砂村川堤に沿って坦々《たんたん》と続く波除け新田と、十万坪との境《さかい》の十間《じつけん》川堤側を占める海辺《うみべ》新田が、まさきの生垣《いけがき》ごしに見渡せる座敷へ通った。

明障子を両開きにした濡れ縁のそばに桜田淳五が端座し、庭へ目をやっていた。

糸瓜《へちま》の棚が片隅《かたすみ》にある庭では、白の稽古着《けいこぎ》に袴の股《もも》だちを高くとった宮園と川勝が、剣術の稽古をやっていた。

日の西に傾いた午後の空に、二人が打ち合う木刀の乾いた音がはじけていた。

二人の腕が拮抗《きつこう》しているため、勝負はなかなかつかなかった。

稽古着が汗で濡れていた。

武智は桜田の背中へ声をかけ、許しも得ず座敷へ入っていった。

「先生……」

庭からふり向いた桜田が「ふむ」と、武智へ頷いた。

武智は桜田の隣へ遠慮なく着座し、宮園と川勝の試合を見守った。

桜田は五十近い年配である。宮園と川勝は共に二十六、七歳で、三十前の武智より少々若い。

ええい、やあっ、と両者の声が飛び、木刀がうなって激しく打ち合った。

「日どりが決まりました」

武智はさり気ない語調で言い、懐《ふところ》から小さな袱紗《ふくさ》包みをとり出した。

「そうか。いつになった」

桜田は武智が膝の傍《かたわ》らへおいた袱紗包みをつかんで、改めもせず袖にしまった。

「明後日です」

武智はここでも煙草盆を引きよせた。

腰の煙草入れの鉈豆煙管をとり出して、刻みをつめる。

煙管に火をつけひと息吸って煙をくゆらせ、宮園と川勝の稽古を見やった。

「終わったら岩槻へ帰る。いささか退屈した」

腕組みをした桜田が答えた。

「江戸見物でもして、ゆっくりしていかれたらどうですか。約束の金子《きんす》より少々上乗せしておきました」

「気遣わせた。すまんな」

「いいのです。どうせ陣屋の役人どもの裏金です。役人どもが懐に入れるほんの一部を、先生に廻しているだけです」

武智と桜田は、せせら笑いをそろえた。

「ところで武智、明後日のことは、当然、元締は承知なのだろうな。正月のような出入りになれば、また死者が数多く出ることになる。陣屋はどう始末をつけるのだ」

桜田が武智へ向きなおった。

武智は灰吹きの竹筒に雁首《がんくび》を、かん、と鳴らした。

煙草入れに煙管を仕舞い、一重瞼《ひとえまぶた》のきれ長な目を宙へ遊ばせた。

「出入りで実際にどすをふり廻すのは、土地のやくざな破落戸《ごろつき》や不良どもで、あとは無宿の博徒《ばくと》ら流れ者の助っ人です。そのような者らが生きようが死のうが、陣屋は関知しません。つまらぬやくざな者どもが消えていなくなれば、かえって世間はまっとうになる。世間が少しは綺麗《きれい》になる。それだけです」

「しかし今度は酒造元だろう。やくざな博徒のようにはいかぬのではないか」

「それは元締がとりつくろいます。要は、代官や勘定所が気づかなければいいのです。みな便々《べんべん》と己の地位にすがっておるだけですから」

田園の空高く、鳥影が舞っていた。

「おぬしは桜田道場始まって以来の素質だと、わが父が亡くなる前、十代の半ばにもならぬおぬしを評して言うておった。事実、おぬしが十九で小菅陣屋の侍に雇われるころ、わしは四十前の武芸者としては最も充実した時期であったにもかかわらず、おぬしにはかなわなかった。歯がたたなかった」

「先生にご紹介いただいた介錯人《かいしやくにん》や試し斬りの手間代で、乞食《こじき》侍に身を落とさずにすみました。わが父と母は、四十を幾つかすぎたころ、相次いで病に倒れ亡くなりました。わが父も母も貧乏に生まれ、貧乏のまま死んだのです。先生のお陰で、せめて弔《とむら》いだけは出してやることができたのです」

ふうむ、と桜田はうなったが、言葉はなかった。

「貧乏はつらい。父は二本を帯びていながら剣の方はからきしだめでした。仕官できる伝《つて》も才覚もなかった。幼きころのわが家の思い出は、ひもじさしかありません。にもかかわらず、父は侍をやめなかった。食うや食わずの毎日なのに、刀だけは売らなかった。この同田貫……」

と、武智はわきにおいた黒鞘の同田貫を、がしゃり、とつかんだ。

「これが唯一の、父の形見です。父はなぜ侍を捨てなかったのか、このごろ、よく考えます」

「おぬしの父親は、岩槻で手習の師匠をしていたのだったな」

「子供らに読み書きを教えるのも拙《つたな》かった。算盤さえできない。なのに……先生、なぜ父は侍を捨てなかったのだと、思われますか」

「矜持《きようじ》か」

「矜持ですか。いい言葉です。近ごろ、父の気持ちがわかってきたのです。むずかしいことではありません。父はあまりにも貧乏で、侍にしかすがるものがなかっただけなのです。侍にすがって、かろうじて生きのびていたのです。貧乏で、才覚も腕もないのに、矜持だけは人並にあった。つらかったろうな」

桜田は何も言わず、大空の鳥影を追っているかだった。が、突然、

「それまで」

と、宮園と川勝に声をかけた。

宮園と川勝は勝負がつかない格好で、咬《か》みあわせていた木刀を引いた。

桜田の傍らには、剣ではなく木刀がおいてあった。桜田は木刀をつかみ、武智へ差し出した。

「どうだ。久しぶりに二人とやってみぬか。稽古をつけてやってくれ」

武智は口元をゆるめた。

しかし、桜田の表情は真剣だった。

「久しぶりです。やりましょう」

武智は黒羽織を脱いだ。桜田の木刀をつかんで俊敏に立ち、袴の股だちをとる。

宮園と川勝が武智を黙って見上げた。

「わたしが最初に?」

宮園が訊いた。

「二人一緒で……」

武智は足袋《たび》のまま庭へ下り、木刀を、ぶん、とうならせた。

宮園と川勝が武智を挟んで左右へ分かれた。二人は師匠の桜田へ、いいのですか、というような目配せを送った。

桜田は端座の姿勢をくずさず、ふむ、と頷いた。

武智は桜田の正面に力みもなく佇《たたず》み、桜田へにこやかな黙礼を送った。

二人は二間《けん》(約三・六メートル)以上の間をおき、やおら、正眼にかまえた。

武智は両腕を左右にゆっくりと開き、垂《た》らしていた木刀を肩の高さまで上げて、右手の宮園へきっ先を向けた。しかし、顔は座敷の桜田へ向けている。

荒々しさのない、静かな十文字の体勢だった。

「いつでもいいぞ」

武智がさらりと言った。

空の彼方《かなた》を舞う鳶《とんび》らしき鳴き声が、ぴぃ、ろろろ……と聞こえた。

宮園と川勝が正眼を上段へとった。

二人が雄叫《おたけ》びを上げた。

と、二人が上段へとった途端、物静かな十文字が膝を折って体勢を沈め、左右へ広げた両腕を胸の前で力強く交差させた。

武智は右の宮園へ一瞥《いちべつ》を投げ、即座に左の川勝へかえした。

そうして川勝を見つめたまま、右の宮園の方へ、一歩、二歩、と小さな歩幅で体勢をずらし始めた。

木刀のきっ先は川勝へかえされ、眼差しも川勝へ向けられているにもかかわらず、宮園は気圧《けお》されたかのように後退った。

じり、じり、と三人は機をうかがいつつ移動する。

ぴぃ、ろろろ……

「えぇい」

最初に川勝が叫んだ。

土を蹴散《けち》らし、いきなり踏みこんで武智との間を縮《ちぢ》めにかかった。

と、瞬時を逃さず宮園が後退から鋭い踏みこみに転じた。

「あいやあっ」

武智の左右に、二つの身体が瞬時の間をおき躍動した。

明らかに川勝が早かった。

だが、打ちこみの鋭さは宮園にあった。

武智は大らかに身体《からだ》をしならせ、翻《ひるがえ》しつつ、川勝の《面》を紙一重《ひとえ》の間で眼前にすべらせ、宮園の打ち落としを斜め上へ打ち上げるように払った。

からん、と木刀が鳴った。

武智の圧力に、宮園の身体が浮き上がった。そう見えるほどの威力だった。

飛び去った木刀が、遅い午後の空へ舞い上がっていく。

「ああっ」

宮園は素手になり、呆然《ぼうぜん》として痺《しび》れる手を震わせた。

だが、その刹那《せつな》にはすでに、武智のかえした一打が空に泳いで踏みとどまった川勝の肩を咬んでいた。

肩を打たれて川勝は顔を歪めた。むろん手加減はしている。

川勝は身体をくねらせ、たたらを踏み、片膝をついて横転を堪《こら》えた。

武智の木刀が川勝から宮園へ、そしてまた川勝へと一回転した、ただそれだけの束《つか》の間《ま》だった。わずか一歩か二歩の動きの中の出来事だった。

武智は二人を見較べ、それから桜田と目を合わせた。

「見事……」

座敷から桜田が言った。

武智は折った膝を伸ばし、木刀を下ろした。

「二人とも腕を上げています。いい手応《てごた》えだった」

桜田の前の濡れ縁へ進み、師の木刀をおいた。汗をかく間もなかった。

「あばら家で、うらぶれた父を見ているのがつらかった」

武智は濡れ縁にかけ、汚れた足袋を脱いだ。

「桜田道場に通っているときが救いでした。貧乏な父を馬鹿にするやつをいつか全部斬ってやる、と念じながら稽古に励んだのです」

武智は足袋を脱いでも濡れ縁に上がらず、腰かけた姿勢のままだった。

「おぬしは剣の素質に恵まれ、才覚もある。父親とおぬしは違う……」

と、桜田がかえした。

宮園と打たれた肩を押さえて立ち上がった川勝が、師の評価に賛同するかのような眼差しを武智へ投げた。

「剣の素質？　先生、わたしの剣には何が欠けているのでしょうか。わたしの剣の弱みはどこにありますか」

武智の背中が師に訊ねた。

桜田は答えなかった。欠けているものなどない、と言いたげにも、それを指摘するのをはばかったかにも見えた。

四人は沈黙し、それぞれの居場所に固まったが、やがて桜田が言った。

「強き者には必ずより強き者が現われる。優れた才覚には必ずより優れた才覚が現われ、とって代わる。武智、高転《たかころ》びに転ばぬようにせよ」

そのとき、「失礼いたしやす」と鉄蔵の声が襖の外からかかった。襖が開き、

「飯の用意が整っておりやす。先生方、今夜は前祝いでぱっとやりやしょう」

と、顔をのぞかせた鉄蔵が言った。

四

「なんだって。市兵衛は、砂村新田の名主のとこに雇われているってかい」

渋井は舐《な》めたぐい飲みを卓へ戻し、柳町の蘭医・宗秀へちぐはぐな目を剝《む》いた。

「そうだ。昨日からだ。市兵衛らしいだろう」

宗秀は得意げに顔をほころばせ、ぐい飲みをあおった。

「うんうん、市兵衛らしい。肥溜《こえだ》め臭《くせ》えところがよ、なんとも市兵衛らしいじゃねえか。なあ助弥」

「ええ、ええ。肥溜め臭えってえのが市兵衛さんらしいとは思いやせんが、雇い人がお武家だろうが商人だろうが村名主だろうが、雇われたからには務めを果たすと、市兵衛さんなら仰るでしょうねえ」

助弥が徳利《とっくり》を宗秀と渋井に廻しながら答えた。

深川油堀の一膳飯屋《喜楽亭》の、醬油樽《しょうゆだる》に長板を渡しただけの卓に、醬油樽の腰掛にかけた渋井、宗秀、助弥の三人が、仲春をすぎてそろそろ冷《ひや》がころ合いの、徳利の地酒を酌《く》み交《か》わしていた。

肴《さかな》はいつもの煮物に、ぱりっと炙《あぶ》った浅草海苔《あさくさのり》と大根の漬物である。

ただ、今夜の亭主の煮物は、牛蒡《ごぼう》、人参《にんじん》、里芋《さといも》、蕗《ふき》に蒟蒻《こんにゃく》と鴨《かも》肉を細長くきって一緒に煮た沢煮《さわに》だった。

「旦那《だんな》、久しぶりじゃねえか。今夜はいつもと違う沢煮だぞ」

と、胡麻塩《ごましお》になった髷《まげ》を月代《さかやき》にちょこんと乗せた亭主が、この早い刻限に数日ぶりに喜楽亭へ顔を出した渋井と助弥に言った煮物だった。

「あんまり代わりばえしねえな」

渋井は憎まれ口を叩《たた》きつつ、それでも沢煮を頰張《ほおば》って、

「おやじの代わりばえのしねえ煮物を食わなきゃあ、腹が落ちつかなくってよ」

と、《鬼しぶ》の渋面をゆるめるのだった。

その夕刻、喜楽亭に相変わらずほかの客はなく、宗秀がひとりで痩せ犬の《居候》相手に呑んでいた。

居候は嬉しそうに、旦那、お久しぶりで、というふうに渋井の白衣《びゃくえ》の裾《すそ》にまとわりついて離れなかった。

日が落ち、さっきまで表戸の油障子を染めていた赤い夕焼けが消えたあとだった。

川幅十五間の油堀を、油の壺《つぼ》を積んだ船が櫓《ろ》を軋《きし》ませていく。

「で、その砂村新田の名主の伝左衛門に雇われて、人捜しなのかい」

渋井はぐい飲みを勢いよくあおった。

「ふむ。伝左衛門は村人の信頼を集めているできた名主だ。心の臓に持病があって、年に数回、定期に具合を診《み》たて薬を処方してきた。先だって、柳町の診療所にきたと

き、かくかくしかじかで姿を消した村の者がおり、今、その者の行方を捜してくれる人物をあたっている、誰か心あたりの人物はいないかと訊かれた」

宗秀は卓へ肘《ひじ》をつき、久しぶりの渋井へ顔を突き出した。

「伝左衛門が言うには、その者が姿を消した詳しい事情がわからぬ。行方捜しではあるが、連れ戻すというより、姿を消した事情を知りたい、事情を探り出してほしいというのだ。事情がわかればそこから先は自分らがやる、とな。ちょっと、謎めいているだろう」

宗秀は渋井のぐい飲みに徳利をかたむけた。

「助弥、久しぶりだな。おまえもどんどんやれ」

と、助弥にも差し、今夜の宗秀は機嫌がいい。

「本来なら名主の自分のやるべき務めだが、持病を抱えているし、何よりも村はこれからが一年の繁期になり、名主としては村の様々《さまざま》な行事の役目を優先しなければならぬ。ゆえに、自分の代わりを頼める適当な人物なのだ。姿を消した者には女房と幼い子供がおり、伝左衛門はその女房と子供が途方に暮れているのに同情して、なんとかならぬものかと真剣だった。ならば、市兵衛はどうかな、と思ったのだ」

「陣屋の手代勤めの百姓が行方知れずか。陣屋の方でも当然捜しているだろう。そっちに手がかりはないのかい」

「埒《らち》が明かぬから、陣屋の方でも当惑しているらしい」

「陣屋でもわからない妙な行方知れず、か。強《し》いてあげれば、手代勤めの不始末の責任を問われるのを恐れて逃げ出した？　ないとは言えねえが、確かに謎めいてもいるな。砂村新田というのは、砂村川のあの砂村新田だよな」

「ふむ。砂村新田を知っているか。あのあたりはみな新田だ」

「知っているさ。南が寄洲に堤防を築いた築地だな。東方が中川、北は砂村川を境にして、こっち側が十万坪で……」

渋井はぐい飲みを持ち上げ、ちょっと考えた。

「旦那、波除け新田の隣でやすね」

助弥が大根の漬物を噛《か》みくだきながら言った。

「そうなんだ。おれのいき先いき先にいつも先廻りしてやがる。市兵衛とはどうもそういう相性なのさ」

そばにちょこんと坐った居候が尻尾《しっぽ》をふりながら、さいですね、と調子のよさそうな面《つら》つきで渋井を見上げていた。

「波除け新田とはなんだ」

「だから、砂村川周辺の新田のひとつさ。深川の白子屋と千倉屋という町人請負新田で、寛政のころに開拓したそうだ」

「寛政のころ……そんなころまで、まだ未開拓地が残っていたか」

「残り物の、誰も手を出さなかった土地だと言ってた。新田開拓につぎこんだ元手すらまだ回収できねえとかな」

「へえ。じゃあ、鬼しぶの旦那がここんとこ、喜楽亭に顔を出せないくらい忙しそうに動き廻っていたのは、その白子屋と千倉屋にかかわる調べ事だったのか」

宗秀が痩せた喉を、ごくり、と鳴らして冷酒をあおった。

「千倉屋は関係がなくて白子屋さ。白子屋は酒問屋だ。どんな調べかは言えねえぜ」

すると、板場と店土間の仕きり棚の出入り口から亭主が顔をのぞかせた。

「白子屋なら、この前旦那が訊いてた梅白鷺が評判の酒問屋だな」

亭主は前垂れで濡れた手を拭《ふ》きながら言った。

「ああ、そうだ。梅白鷺は手に入ったかい」

「今、旦那方が呑んでいるのが梅白鷺だ。ようやく仕入れた。下り酒は言うまでもねえが、ほかの地酒より安いので、ここ数年のうちに人伝《ひとづて》に広まった南葛飾の地酒だ」

「ほお、これが梅白鷺だったのか。今までの酒とあまり変わらねえな」

渋井は、きゅっとぐい飲みを乾《ほ》し、「おやじ、酒がねえぜ」と言った。

「そりゃそうだ。安いので広まっただけの、おれに言わせりゃ普通の酒だ」

亭主がそう言って板場へ引っこんだ。

「梅白鷺の評判は聞いたことがある。梅白鷺の酒問屋が町人請負新田か。景気のいい話じゃないか。旦那、どんな調べ事なんだ」

「だから言えねえったら」

と、渋井はぱりぱりと浅草海苔をかじった。

「旦那、あっしは今日の昼間もよく知らねえで聞いてやしたが、町人請負新田たあ、そりゃあどういう新田なんです」

助弥が、亭主の運んできた新しい徳利を渋井のぐい飲みにかたむけつつ訊いた。

「それはだな、金持ちの町人がお上《かみ》に請負金を納め、自前で開拓する田んぼのことだ。町人請負新田に入村した百姓は、お上の年貢と町人への小作料の両方を納めなけりゃならねえ。小作料目あての金持ちの一種の投資だな。およそ百年前の享保《きようほう》のご改革（一七一六〜四五年）の折りに解禁になった施策で、お上は、町人の資金のとりこみと米の増産の一挙両得を目論《もくろ》んだってわけさ」

「ははん、白子屋と千倉屋の波除け新田たあ、そういう新田なんでやすか。だけど、そんな昔のことなのに、なんで新田なんでやすか」

「新田というのは、江戸に御公儀ができてお上の正確な石高を調べるために総検地をやった。それまでの田んぼを本田《ほんでん》と言い、総検地以後に開拓してできた田んぼを新田と区別しているのさ」

「あ、本田と新田でやすか。市兵衛さんは、その新田の方の肥溜めの臭いを嗅《か》ぎながら、お勤めなんでやすね」

助弥は宗秀のぐい飲みへ徳利をかたむけ、戯《たわむ》れて言った。

「そういうことだ。中でも砂村新田は、万治年間に開拓が始まった、もっとも古くて大きな砂村一族が代々名主を継いでいる田んぼだ」

宗秀がかえすと、渋井がふざけて、

「さぞかし砂村新田の肥溜めも、古くて大きいだろうぜ」

と言って、三人は顔をしかめて笑った。

そのとき表戸が、ごろごろっ、と開いて、助弥の下《した》っ引《ぴき》の蓮蔵《れんぞう》が店土間に顔をのぞかせた。蓮蔵は後ろに手下を従えている。

「旦那、兄き、いってきやした」

蓮蔵が言った。

「おお、蓮蔵、ご苦労だった。二平《にへい》も一緒か。入れ」

渋井が二人を手招いた。

「宗秀先生、お楽しみ中にお邪魔いたしやす。こいつはあっしの弟分で……」

蓮蔵と二平という下っ引が宗秀へ低頭し、卓の端の腰掛にかけた。

「うむ。よろしくな——と、宗秀がぐい飲みをかざしたところへ、亭主が二人のぐい飲みを持って現われた。

渋井は今日の昼間、白子屋の利右衛門にあたり、わざと白子屋にかかる密造酒の疑いをほのめかした。

そのあと利右衛門がどういう動きに出るのか、下っ引の蓮蔵に見張らせるためである。二平は蓮蔵の手下である。

というのも、渋井が与力の柳田金之助の指図を受けて白子屋の利右衛門を調べ始めてから、特段に怪しい動きや人物との接触はなく、白子屋の日ごろの営みに不審は見つからなかった。

白子屋は、ごく普通の中堅どころの地酒専門の酒問屋だった。

ただ、白子屋から暖簾分けした千倉屋という米問屋が同じ深川にあり、白子屋と千倉屋は、寛政年間に町人請負新田の波除け新田を開いているということが新たにわかってはいた。

もっとも、それがこの白子屋調べの一件に、かかわりがあるとは思えなかったが。

渋井は利右衛門にゆさぶりをかけて、それでも何も出てこない場合は、白子屋の安売りや仕入れに密造酒を疑わせる不審は見あたらず、と報告を入れるつもりだった。

蓮蔵と二平は、今日の見張りの顚末《てんまつ》の報告にきたのである。助弥が二人のぐい飲みに冷酒をつぎながら蓮蔵へ言った。

「やっぱり白子屋の利右衛門に、あれから動きはあったかい」

「あのあと利右衛門が出かけやした。ただ、前からの約束だったようで、蓬萊橋の河岸場で千倉屋の与左太郎と待ち合わせて、船で小松川村まで」

「米問屋の千倉屋が一緒で、小松川村へ？　利右衛門と千倉屋が二人して小松川までいったのかい。それはもしかしたら、酒造元の河合屋じゃあ……」

渋井が酒の飛沫《しぶき》を飛ばして訊いた。

「旦那のあたり。河合屋でやす。瓦屋根の酒蔵が二棟ありやしてね。村の酒造元にしちゃあ大きな屋敷でやした。ああ、ここで梅白鷺が造られているのかと、ちょいとのぞいてみたくなりやした」

蓮蔵と二平は喉が渇《かわ》いているらしく、ぐい飲みをひと息に呑み乾した。

「ふう、美味《うめ》え。兄き、お願《ねげ》えしやす」

「この酒は梅白鷺だぜ。親父さんが今日、やっと仕入れることができたんだと」

助弥が二人のぐい飲みに続けて酌《しゃく》をした。

「へえ。嬉しいじゃねえか。なあ二平。小松川村までいった甲斐《かい》があったな。何しろ小松川村は遠くて。喉は渇くし、腹はへるし……」

「白子屋と千倉屋が河合屋へ入《へえ》ったんだな。ただの仕事の談合か」

「旦那、酒がこぼれてますぜ」

助弥が渋井の膝を手拭《てぬぐい》でぬぐい、宗秀が久しぶりに見る渋井の変わらぬそそっかしさに噴《ふ》いた。

「へえ。仕事の談合なんだろうなと思って、評判の梅白鷺を買いにきた江戸の客のふりをして、それとなく使用人に探りを入れやすとね、ただの仕事の談合じゃなく、寄り合いみたいでやした。なあ、二平」

二平が頷いた。

「寄り合いか。すると、河合屋と白子屋、千倉屋の三人だけじゃなかったってえことだな。ほかの酒問屋や酒造元が集まっていたのかい」

「それがそうでもねえんで。ちょいと妙な具合なんでやすよ。へえ、兄き、梅白鷺のお代わりをお願えしやす」

蓮蔵が助弥に乾したぐい飲みを差し出し、二平が続いた。

「もったいぶらねえで、早く話せ」

渋井がせっつき、居候が、旦那をお待たせするんじゃねえ、と二度吠えた。

第三章　酒造鑑札《かんさつ》

一

新宿から北へ飯塚村まで、一里（約四キロメートル）ほどの道のりである。

小菅村の名主・次郎右衛門に宿を借りた翌朝早く、籐《とう》の行李《こうり》を背負った市兵衛とお純、お鈴の三人は水戸街道をとって新宿の渡し場を新宿へ渡り、そして飯塚村へと、春の青空の下の野道をたどった。

飯塚村は、村の中川河岸《がし》に肥宿と会所が設けられ、葛飾郡の百姓が田畑に使う人糞《じんぷん》は言うまでもなく、干鰯《ほしか》や魚《うお》かす、灰、油などの肥《こや》しの販売と輸送が盛んに行われている、近郷の肥料の集積地だった。

飯塚村名主の正吾の役邸は広く、村の名主の豊かな暮らしがうかがわれた。

だが、市兵衛らを迎えた正吾は、綿《めん》の単物《ひとえもの》に裾《すそ》をくくった綿袴《ばかま》に袖《そで》なしの質素な黒い刺子《さしこ》の羽織姿で、日に焼けた顔だちが一徹な百姓を思わせた。

ただ、物腰にやわらかで穏《おだ》やかな落ちつきがあった。

「さあどうぞ、手を上げてください。あなたがお純さんですか。それからこちらがお鈴さんですな。清吉さんからよくうかがっております。女房があした、娘がこうした、と愛《いと》おしげに嬉しげに話しておられたわけがわかりました。こんなに器量よしのおかみさんと可愛《かわい》らしい娘さんと離れて、ご陣屋の長屋住まいなのですからね」

お純とお鈴へ向けた笑顔には優しさがあふれていた。

「遠いところを、お疲れ様でした。どうぞ気がねなくお寛《くつろ》ぎください。仕事ばかりではなく、清吉さんはうちへよくこられたのですよ。歳《とし》は離れておりますが、清吉さんがご陣屋の手代勤めを始められて二、三年がたったころよりですから、かれこれ十五年、心許し合う友としておつき合いさせていただきました」

正吾は百姓らしい節くれだった分厚い手を膝《ひざ》へ静かにおき、眼差《まなざ》しに浮かべたほのかな笑《え》みを消さなかった。

市兵衛は頭《こうべ》を垂《た》れたまま、改めて名乗った。

「……よって、このたびの清吉さんの行き方知れずのわけ、姿を消した事情を調べる役割を、砂村新田の名主・伝左衛門さんより依頼を受け、お引き受けいたした次第です。小菅村ご陣屋の彦六さんより、正吾さんが清吉さんと長い交誼《こうぎ》を結んでこられたとうかがい、清吉さんの行方《ゆくえ》を探る手がかりになる事情をお知りではないかと、無礼をも顧《かえり》みずうかがいました。何とぞご推察、お願いいたします」

正吾は市兵衛に頷《うなず》き、お純へ顔を戻して穏やかに答えた。

「伝左衛門さんのお名前は存じております。十七年前、まだ十八の村の若い衆だった清吉さんをご陣屋へ推挙なさったのは、伝左衛門さんなのですね。清吉さんは、伝左衛門さんの恩に報い期待を裏ぎらぬようしっかり勤めなければと、それもよく言っておられました」

「名主さま。日ごろより、夫がお世話になっております。ありがとうございます」

お純が、昨日よりは幾《いく》ぶん落ちついた様子で言った。

「夫は、ご陣屋のお役目の上でおつき合いいただいております方々の話は、うちではほとんどしてくれません。お役目上でおつき合いいただいている方々のお噂《うわさ》を、うちの者にあれこれ話すのは不埒《ふらち》なことと思っていたようでございます」

「清吉さんらしい。お役目とわたくし事のけじめはきちんとつけなければならないと、生真面目《きまじめ》な人でした。お役目がないと清吉さんはうちへもきませんから、わたしが大した用件ではないのに飯塚村へお呼びたてするのですよ。うちへ無理やりお泊めして、夜更《よふ》けまで呑《の》みながら、百姓仕事の事柄やお上《かみ》の施策の事柄などを語り合うのが楽しくてねえ。と言いましても、清吉さんが飲むのは茶ですが」

「夫に、清吉に何があったのか、何ゆえに、どこへ姿を消したのか、名主さまはお心あたりはございませんか。女房でありながら、わたしは夫のことを何もわかっていなかったのかもしれません。夫が、大事なご陣屋のお役目ばかりか、砂村の小百姓ではございますけれど、何代も続いてきた田畑を捨ててまで姿を消した理由が、わたしには思いあたらないのでございます」

「わたしとてそれは同じです。清吉さんがご陣屋より姿を消さなければならなかった理由など、わたしは何もないと、今でも心底、思っております」

正吾はお鈴へほころばせた顔を向け、それからお純へ物思わしげな表情を戻した。

「お純さん、わたしはおかしいと思うのです。わたし一己の考えですので確かなことは申せません。が、わたしの知る限り、清吉さんに姿をくらます事情はなかったし、それを疑わせるふる舞いもなかった。これは断言できます」

そう言ってひと呼吸、おいた。

「ですから事情は、姿を消した理由は、清吉さんにではなく、ほかの者にあったのではないか、とわたしには思えてならないのです」

「そ、それは、夫がほかの方の事情に、巻きこまれたということでございますか」

「わたしの推量です。ですが、もう半月近く、消息が知れないなんて、どういうことでしょう。合点《がてん》がいかないのです」

お純はうな垂れた。そして、隣《となり》のお鈴の肩を抱き寄せた。

「母ちゃん……」

お鈴はお純を見上げ、鈴のような声を投げた。

お純はそれ以上、訊《き》かなかった。心の底の暗闇に押しやって、見ないように、考えないようにしていた恐れが、脳裡《のうり》を廻《めぐ》ったのかもしれなかった。

お純の唇がかすかに震えていた。

「老いた百姓の埒もない推量です。申しわけありません」

正吾は言い、それから市兵衛へ向いた。

「唐木さん、わたしも知りたいのです。わが友である清吉さんのことで、一体わたしは何を知っているのでしょうか」

市兵衛は正吾へ首肯《しゅこう》した。

「昨日、ご陣屋の元締・勝平五郎さまよりうかがいました。去年、清吉さんが巡見《じゅんけん》を受け持っておられるある村で、検見《けみ》に不都合が見つかりました。勝さまは、故意ではないと思うが確かな事情はまだわからない、内々のお調べの最中である、と申しておられました」

正吾は明障子《あかりしようじ》を開け放った庭へ目を投げ、何かを思いつめているふうだった。

「しかも勝さまは、その村の検見の不都合の一件を、江戸のお代官さまには伏せておられるそうです。事の真偽が明確になるまで、事を荒だてぬご配慮をなされた、とうかがっています。清吉さんはそのご配慮の隙《すき》に姿を消したのです。ゆえに勝さまは、清吉さんが役目の間は二刀を差すご陣屋の手代の立場では、不都合の責めを問われ詰《つめ》腹《ばら》をきらされる恐れを抱き、行方をくらましたのではないかと申されました」

正吾の表情に戸惑《とまど》いが浮かんだ。

「それは……わたしが検見の不都合の噂を聞きましたのは、清吉さんの行方がわからなくなり、ご陣屋の騒ぎが伝わってきてからでした。どこかの村で検見に不都合が見つかって、清吉さんに疑いがかかっており、そのために行方をくらましたらしい、という噂も一緒に聞こえたのです」

「それはどこの村の一件か、正吾さんはお聞きになっていませんか。ご陣屋からではなく、お百姓同士の間に言い伝えられている噂や評判などでも、お聞きになったことはありませんか」

「そこが訝《いぶか》しいのです。同じご陣屋支配地の不始末なのに、わたしはどこの村なのか今もって知りません。検見の不都合で手代の清吉さんが責められるのなら、その村の名主始め村役人も責められるのがあたり前です。当該《とうがい》の村役人たちは、今ごろさぞかし大騒ぎに違いないのです」

「夫は、自分の責めを逃れたりする人ではありません」

「その通り。わたしもそう思っていますよ。どこかの村や村役人が妙な騒ぎになっている、とそんな話はどこからも聞こえてきません。検見はお代官所のもっとも重要なお役目です。同じ百姓同士です。その検見に不都合が見つかって、村役人がそれを隠そうとしても、またご陣屋が緘口《かんこう》を厳命しても、隠しておけるはずがないのです」

「清吉の朋輩《ほうばい》の方々もよくは知らないと……」

お純が顔をもたげた。

「お純さん、噂なのです。じつは噂でしか検見の不都合は見つかっていないのです。ですが、そご陣屋のお調べがこの春の初めから内々に続いていると言われています。ですが、それすら伝わってこなかったし、この春の初めから清吉さんが姿を消すまでに二度会っているのに、訝しい素《そ》ぶりはまったくなかった」

「はい。夫は正月休みに、お彼岸の種浸《たねひた》しのころに戻って犂起《すきお》こしの段どりなどを決めておりました。例年のことでしたから、夫の異変など思いもよりませんでした」

「おかしいのは、そんなに厳しく緘口を命ぜられてきた一件が、なぜか今になって清吉さんの行方知れずとからんで、噂になって流れ始めたことです。唐木さん、勝さまご自身が内々の調べをしている最中と仰《おつしや》ったのですね」

そうです――と、市兵衛は答えた。

「内々のお調べの最中なら、なぜそんなことを明らかにする必要があったのでしょう。一件はお役目上のことです。そんなお調べなどないと、たとえ噂が流れていたとしてもご陣屋は突っぱねるのが筋ではないでしょうか。それをまるで、清吉さんの行方知れずをつくろうかのように……」

お純は唇を強く結び、何かを考えこんでいるふうだった。

市兵衛は懐《ふところ》から清吉の残した紙きれをとり出した。

「正吾さん、これを見てください。清吉さんの着物の袖にあった走り書きなのです。ここに書かれていることにお心あたりがあれば、教えていただきたいのです」

紙きれを正吾へ差し出した。

正吾は二つ折りの紙きれを開き、記された走り書きに目を通した。

「かわ……かめ……」

　正吾は紙きれを手の上で開いたまま、謎《なぞ》ときをするみたいに呟《つぶや》いた。

　それから明るい庭へ目を投げ、短く考えた。

「おそらくこれは、河合屋と亀田屋です。酒造元の屋号です」

「ほお、河合屋と亀田屋という酒造元なのですか」

「間違いないと思います。河合屋は小松川村の酒造元で、錫助という主人です。亀田屋は船堀村の酒造元で、こちらの主人は権六です。ここに書かれてある数は、酒造鑑《かん》札《さつ》の石高《こくだか》を指していると思われます。唐木さんは酒造が御勘定所の鑑札によって認可されているお定めはご存じですか」

「知っています」

「小松川と船堀を挟んだ南葛飾のこの在郷に認可された酒造高は、三百石なのです。その石高を河合屋と亀田屋が分け合って、酒造が毎年認可されているのです」

「酒造高の？　なぜこの走り書きが清吉さんの着物に残されていたと思われますか」

「なぜでしょうねえ。酒造鑑札にかかわる仕事は、掛《かかり》ではなかったはずですが。それに清吉さんはお酒がまったく呑めませんし……」

　正吾は首をかしげた。

「清吉さん一己の関心事を書きとめただけでしょうか」

「そうとも限りません。一己の関心事なら、清吉さんはたいていわたしに話していると思いますよ。在郷の酒造高に関心があったのなら、亀田屋は幾《いく》ら河合屋は幾ら、と話していたでしょう。しかし、近ごろ聞いた覚えはありませんし、口外してはならないことだったのかな？」

「三百石は同じですが、年々、両店の酒造高に差が出ています。これはどういう場合なのですか」

「この河の二百は、もしかすると、梅白鷺の銘柄にかかわりがあるのかもしれません」

「梅白鷺？　清酒の梅白鷺ですか」

「そうです。南葛飾の地酒です。梅白鷺と名をつけて売り出し、ここ数年、江戸で次第に人気が高まっていると聞いています。下り酒《くだざけ》より値が安く、下り酒の芳醇《ほうじゅん》さはないけれど、さっぱり辛味のある通好みだとか、あまり手に入らず、通の間では、幻の酒、と持てはやされているとか」

梅白鷺は、ここ数年、急に江戸市中に出廻り始め、市兵衛も幻の酒が手に入りやすくなったという評判を聞いた覚えはある。

しかし下り酒の芳醇さに馴染《なじ》んでいる市兵衛は、あまり気に留めていなかった。

「河合屋はその梅白鷺の酒造元なのです。と申しますか、梅白鷺は昔から造られ在所の百姓が呑んできた地酒にすぎません。それを梅白鷺と名づけて、江戸の酒問屋に卸《おろ》したのが、値段の安さと相まって通の間で好まれたのです。近ごろは、江戸の一般の町民やお武家にも人気が高まり、売れゆきがいいものですから、値も下り酒と変わらないくらい上等な酒になってきたようですが……」

そこで正吾は、胸の前で腕を組み眉《まゆ》をひそめた。

「ただ、河合屋には近在の百姓の間でおかしな噂がささやかれていましてね。鑑札で認められた酒造高以上の酒造に手を染めている噂です。つまり、梅白鷺を酒造鑑札以上に醸造し、江戸の酒問屋に思いきって安く卸している。値が安ければ、当然、江戸での売れ先が広がります。だから造れば造るほど儲《もう》かると」

「鑑札がなければ運上が課せられません。その分を安くできる、ということですね」

市兵衛は訊きかえした。

「そうなんです。ただそれが噂にすぎないのは、鑑札の酒造高以上の米を手に入れる手だてがむずかしいからです。酒造に廻る米は、村役人やご陣屋のお役人の目をくぐり抜けなければなりませんし、仕入れ先の酒問屋も気づくでしょうし……」

「清吉さんのこの走り書きは、その噂とかかわりがあるのでしょうか。もしかして、河合屋の鑑札以上の酒造について疑念を持って、調べている中で書かれた。だから、お役目とわたくし事の区別に真面目な清吉さんは、正吾さんに話さなかった」

正吾はうなり、太い腕を組んだ胸を反らせた。すると、

「あの、名主さま、市兵衛さん……」

と、お純が戸惑いつつ言った。

「一昨年《おととし》のことで、違うのかもしれませんけれど……砂村川の分流の用水の西方に、波除け新田があります」

「ああ、海辺新田の南方で、西境が十万坪と六万坪《ろくまんつぼ》になっている新田ですね」

正吾が言った。

「はい。波除け新田は七年前の高潮で、用水の作りかけの堤から潮があふれて収穫がだめになったんです。ご陣屋のご見分があって、川欠引《かわかけびき》が許されております。川欠引は三年に限っていたのですけれど、三年かかって起返《おきかえ》しをした田畑の年貢を納めると用水の堤の修復が間に合わないという訴えが、波除け新田の名主さまから出され、新たに三年の川欠引がお聞き届けになったのです」

「川欠引？　つまり免租ですね」

市兵衛と正吾は顔を見合わせた。

「三年に、新たに三年……六年の川欠引は長いですなぁ」

正吾が呟いた。

川欠引とは、災害などで被害を受けた田畑の年貢を田畑が回復するまで免除する、勘定所の定めである。

「河合屋さんは、その波除け新田から仕入れたお米を酒造に使っていると、夫から聞いた覚えがあります。夫はお役目のことはいっさい家でも話しませんから、それをぽつんと言ったのを、聞いただけですけれど」

「河合屋と亀田屋の酒造高を記したこの走り書きは、いつのことなのでしょうか」

と訊いたが、正吾は腕組みのまま首をひねった。

「正吾さん、波除け新田の名主さんはご存じですか」

「親交があるというわけではありませんが、確か、三左衛門という者です。村高は三百数十石、だったですかな」

「その村高のすべてが、免租になっていたのでしょうか」

「相すみません。七年前の高潮でどれほどの被害を出したのか、詳《くわ》しくは存じませんでした」

正吾が答えたとき、村の寺の鐘《かね》が庭の彼方《かなた》の青空遠くに響き渡った。

「おお。ところで、昼の支度《したく》をさせております。粗末な田舎《いなか》料理ですが、どうぞ、ごゆっくり召し上がっていってください。お鈴、お腹が空《す》いたろう」

正吾がお鈴に微笑《ほほえ》みかけ、お鈴は恥ずかしそうに、こくりと頷いた。

二

正吾の世話で、飯塚村の中川河岸から葛西《かさい》へ戻る荷足船《にたりぶね》に便乗し、中川を下った。

穏やかな午後の日差しが川面《かわも》に降り、葛飾の田野《でんや》を覆《おお》う空を群れをなした鳥影が、空の彼方へ渡っていくのが見えた。

水辺の草むらから鴫《しぎ》の鋭い鳴き声が聞こえ、船頭の櫓《ろ》が軋《きし》み、船縁《ふなべり》を叩《たた》く水音が川面の息吹《いぶき》を奏《かな》でていた。

船縁に凭《もた》れてすぎゆく田園の景色を眺めていたお鈴は、そのうちに退屈してお純の膝にすがって眠ってしまった。

お鈴の白い寝顔が、お純の膝の上で薄桃色に染まっていた。

「お純さん、お鈴はさぞかし気疲れしているでしょう。昨日からずっと、大人にまじって我慢して話を聞いているのです。十歳の子供にはつらい旅です。今日はこのまま砂村の家に戻ってはいかがですか」

胴船梁《どうふなばり》の舳側《へさき》の板子《いたご》に端座している市兵衛が、艫《とも》側の板子に坐したお純と、お純の膝で寝息をたて始めたお鈴へふりかえって言った。

お純はお鈴の菅笠《すげがさ》を、お鈴の顔が日陰になるようにかざしていた。

「市兵衛さんは、どうなさるのですか」

「わたしは船堀村の亀田屋の、主人の権六を訪ねようと思うのです。清吉さんの走り書きのことがいささか気になります。何もないかもしれませんが」

「河合屋へも、いかれるのですか」

「そのつもりです。ですが、まず亀田屋へいきます。わたしの勘です。亀田屋の話を先に聞いた方が、いいような気がするのです」

菅笠の下のお純のほつれ毛が、ゆるやかな川風になびいていた。

色白だが日に焼けた百姓女の顔にかすかな憂《うれ》いが見え、それが野に咲く花の可憐《かれん》さを思わせた。

「市兵衛さん、ごめんなさい。わたしたち、ただ市兵衛さんのあとについていくだけで、なんにも役にたたなくて。ただ邪魔をしているだけみたいですね。清吉の荷物まで持っていただいて」

お純が寂《さび》しそうに目を落として言った。

市兵衛は傍《かたわ》らにおいた清吉の行李へ手をおいた。

「これほどの荷物など、大した負担ではありません。つまらないことを気にしてはいけません」

「でも、市兵衛さん。ご迷惑でも、わたしもいきたいのです。船堀村へ一緒にいかせてください。夫がご陣屋の手代としてどんな仕事をしているのか、少しでも知りたいのです。何も知らないでいることが、とてもつらいのです」

お鈴の背中に廻したお純の働き者の手が、小さな寝息をたてる娘の背中を優しくなでていた。

青空の下、水鳥が鳴き、青い川が流れ、強く純朴な絆《きずな》に結ばれて寄り添う母と娘の姿は、うっとりするような清《きよ》らかさだった。

「わかりました。三人で一緒にいきましょう。その方が何かと心強い」

市兵衛はお純へ再び微笑んだ。

お鈴が膝から、ふ、と顔をもたげ、「なに?」とお純を見上げた。

「なんでもないよ。いいからお休み。着いたら起こして上げるよ」

お純のささやき声に、お鈴は「うん」と頷き、安心して膝にうずくまった。

小名木川から中川をこえ、船堀へ入ると流れが少し急になる。

小名木川に続く船堀は、江戸川の本行徳《ほんぎょうとく》や市川《いちかわ》の河岸場と江戸の行徳《ぎょうとく》河岸を結び、江戸川舟運《しゅううん》と江戸の人と荷を運ぶ川船が盛んに往来している。

市兵衛とお純、お鈴の三人は西船堀の河岸場へ下り、亀田屋の酒蔵を目指した。

地酒の仕こみは、土地の百姓が冬場の手すきに行う寒造《かんづく》りである。

この時季、酒造と出荷はすでに終わっていて、船堀村の集落のはずれに酒蔵と土蔵造りの主屋《おもや》をかまえる亀田屋は閑散としていた。

三人が通された座敷に垣根に囲われた庭に面して濡《ぬ》れ縁《えん》があって、庭には椿《つばき》の樹木が薄紅色の蕾《つぼみ》をつけてたち並んでいた。

日はだいぶ西に傾き、垣根ごしの遠くの田んぼで百姓が馬に犂《すき》を牽《ひ》かせる犂起こしに精を出している様子が眺められた。

権六は留守で、代わりに応対に出たのが福次郎《ふくじろう》という二十代半《なか》ばの倅《せがれ》だった。

福次郎は小紋《こもん》模様をぞろっと着流し、あまり働き者には見えなかった。

在所でこういう格好をしているのは、やくざな博徒《ばくと》ぐらいである。

「ほお。あんたが清吉さんのおかみさんか。清吉さんは知っているよ。去年一度、親父《おやじ》を訪ねてきたのを覚えているから。仕事熱心な真面目な様子の人だった。いなくなったって聞いて、親父もおれも吃驚《びっくり》しているんだぜ。どう考えたって、おかしいよな」

福次郎は三人を前にして、生白《なまじろ》い脛《すね》を見せて胡坐《あぐら》を組んだ。

「やはり、清吉さんは権六さんを訪ねていたのですか」

市兵衛が訊くと、福次郎はそれには答えず、

「で、あんたが清吉さん捜《さが》しに雇われたってわけ？」

と、尖《とが》った顎《あご》の面長《おもなが》な相貌《そうぼう》を市兵衛へ向け、ぞんざいな口調で言った。

市兵衛は福次郎へ頭を垂れ、「ご主人の権六さんが戻られるのは、いつごろになりましょうか」と訊《たず》ねた。

「親父？　親父は二之江村の浜蔵《はまぞう》親分のとこへいってる。ここんとこ野暮用が重なってね。ちょいとごたついているんだ。戻りはいつごろになるかわからねえ」

福次郎は、村の裕福な酒造元の倅にしては、言葉遣《づか》いや仕種《しぐさ》が妙に軽い男だった。

「けど、じつは親父はもう隠居の身で、亀田屋の主人はおれなんだ。親父は今まで通りの仕事はこなしているが、親父に訊きたいことがあったら、おれにも大体のことは

わかるぜ。清吉さんのことが訊きたいんだろう。いいよ。なんでも訊きな」

お純は少し怖い顔になって、粋《いき》がった福次郎を睨《にら》んだ。

「去年、清吉さんはなんの用で権六さんを訪ねたのですか」

市兵衛も福次郎を見すえた。

「それがさ、南葛飾のここら辺でお上から酒造元の鑑札をいただいているのは、うちと小松川村の河合屋だ。河合屋が小松川村から宇喜田《うきた》村、うちがここの船堀村と一之江村、小松村が地元の酒造元ってえわけさ。百姓がてめえの家用に濁《にご》り酒《ざけ》を造るのは勝手だが、清酒の仕こみは人手も手間も、職人の腕もいるし、お上の米相場にもかかわりがあるため、誰でもってえわけにはいかねえ。お上の酒造株がいる」

福次郎は市兵衛からお純、そしてお鈴へ顔を廻して、いいかい、というふうにお鈴へ味噌《みそ》っ歯《ぱ》を見せて笑いかけた。

粋がった顔つきが急に味噌っ歯の間抜け面《づら》になったので、お鈴が、くすっ、と笑った。

「でな、これまでうちと河合屋がここら辺の鑑札の出た酒造米三百石を、百五十百五十で分け合ってきた。というか、五年前まではうちが二百で河合屋が百だった。河合屋は元々、小松川村の高利貸しだったんだ。それが借金のかたに酒造株を手に入れ、河合それから酒造元になった、ある意味じゃあ新参者《しんざんもの》さ」

「高利貸しが、借金のかたに酒造株を手に入れたのですか」

「そう。それについちゃあ、河合屋は、いつからかは知らねえが、ご陣屋の元締の勝平五郎っていうお役人にだいぶ融通《ゆうずう》した貸しがあるらしく、その勝さまの口利《くちき》きがあって酒造株を手にしたってえ噂を聞いている。実際のところ、勝さまの河合屋への肩入れが露骨で、親父に言わせりゃあ、惚《ほ》れ合った男と女みてえにべったりだとさ」

そう言って福次郎はひとりで笑った。

「元締の勝さまと……」

お純が呟いて、市兵衛へ向いた。

「すると、五年前の二百と百の酒造高が逆転したのですか」

「その通り。唐木さん、よく知っているねえ」

福次郎が市兵衛に味噌っ歯を向けた。

「三年前、百五十と百五十になって、それが去年、河合屋が二百になり、うちが百にされた。とんでもねえ、と親父がご陣屋に訴えたがなしのつぶてだ。だが、そういう鑑札が出たんだからどうしようもねえ。いっそ、江戸の御勘定所へ訴えるか、と話し合っていたとき、手代の清吉さんが親父に会いにきた。河合屋の酒造高が増えて亀田屋が減ったのは、何か事情があるのかと、訊きとりにきたのさ」

「そのとき、清吉さんは、こういう紙きれを持っていませんでしたか」

市兵衛は、清吉の走り書きを記した二つ折りの紙きれを出して見せた。

「ああ、これはよう、うちの親父がこれまではこうだったと、酒造鑑札の台帳を見せたのを、清吉さんが矢立《やたて》と紙を出して、数をささっと書き写していたから、たぶんそれなんじゃねえか」

福次郎は紙きれを手にとって言い、それをお純へ差し出した。

お純のとった紙きれが、小刻《こきざ》みに震えた。

「親父は清吉さんに、事情があるもないも、それはこっちが訊きてえと不満をぶつけたね。ご陣屋が河合屋の都合のいいように勝手に決めて亀田屋はひどい目に遭《あ》わされているから、江戸の御勘定所に訴えようと思っている、と言った。元締の勝さまは河合屋にええ肩入れをしていなさるが、同じ冥加金《みようがきん》と運上金をお納めしている酒造元なのに、お役人がどっちかに肩入れするのは不公平じゃねえか、とも問いつめた」

「清吉さんは、どう答えたのですか」

「答え方も根が真面目だった。勝さまには自分からおうかがいしておくので、江戸の御勘定所に訴える前にもう一度ご陣屋へ質《ただ》し、そのうえで埒が明かなければ御勘定所へ訴えてはどうか、と言ったんだ。だから親父は、清吉さんがちゃんととり上げるよう口添えしてくれるならそうしてもいい、と答えた。ともかく、清吉さんも、勝さまが河合屋をひいきにするわけは知らねえみたいだった」

「清吉さんが訪ねた用は、それだけですか？」

「もうひとつあった。清吉さんの家は砂村新田なんだろう、中川の西方の」

福次郎はお純とお鈴へ、にたにたと顔をゆるめ、お純は怖い顔のまま頷いた。

「砂村新田の西隣に波除け新田があるよな。名主が三左衛門とかいう男だ。その波除け新田から河合屋は酒造に使う米を大量に仕入れている噂があるが、知っているかと訊くからよ。正確な量はわからねえが、波除け新田から相当量の米を仕入れているのは間違いねえ、と親父は言ったよ」

「相当量というのは、どういう相当量ですか」

「ううん。上手《うま》く言えねえ。相当量は相当量さ。亀田屋は船堀と一之江と小松、河合屋は小松川と宇喜田から、だいたい村高に応じて米を仕入れているのはわかるだろう。つまりさ、御勘定所の酒造鑑札で決められた百五十石とか二百石とかの米をだぜ。ところがよ、河合屋は決められた量のほかに、波除け新田から相当量の米を仕入れ、酒造に廻しているってえ話の相当量さ。わかるかい」

福次郎の言い方は曖昧《あいまい》で定かにはわからないが、不審は伝わってきた。わかって言っているのかいないのか、それもわからないけれど、福次郎の言葉は明らかに河合屋が密造酒に手を染めていると言っている。

市兵衛は不審を質した。

「村高はご陣屋が把握し、収穫された米を年貢米、貯蔵米、米問屋などに卸す量などは、村役人が厳格に把握しているはずですが」

「ふん、清吉さんも同じことを言っていたぜ。だから真面目な人は世間がわかっちゃいねえってんだ。そんなこたあ、ご陣屋のお役人と村役人と河合屋で上手く談合すりゃあ幾らでもできるじゃねえか。親父はだいぶ前から、波除け新田の米が怪しいと睨んでいたから、清吉さんに調べた方がいいんじゃねえかと、忠告した」

「それにしても、酒造米の仕入れとなると、遊び金欲しさのわずかな横流しとは量が違うはずです。福次郎さんが相当量と言った量ですよ。どうやればそんな相当量を、検地帳や名寄《なよせ》帳で明らかな村高の中からねん出し、ご禁制の網の目をくぐって酒造元へ廻すことができるのですか。村の者はみな、それを承知しているのですか」

「むずかしいことは、おれにはわからねえ。きっとなんか、上手いからくりがあるんだろう。竿《さお》入れをわざと少なくして、余分な米が蔵にしまってあるとかよ」

「お純さん、清吉さんが波除け新田の川欠引が認められていた件で、何か言っていた覚えはありませんか。波除け新田の免租についてです」

「い、いいえ。ただ夫は、河合屋さんの酒造に波除け新田からお米が廻っているらしいと、ぽつんと言ったのを聞いただけですから」

お純が答えたとき、突然、市兵衛の不審が鮮明になった。

そうか──市兵衛は呟いた。

お純の潤《うる》んだ目が訝しげだった。

お鈴は母親の腕にすがって、ためらいつつも市兵衛を見上げていた。

清吉は、波除け新田の川欠引を認められ免租になった年貢分が、河合屋の酒造に廻されているのを疑ったのだ。

波除け新田は清吉が手代として巡見する村ではなかった。だが、砂村新田の隣に波除け新田がある。清吉は家へ戻るたび、波除け新田の田んぼの作柄《さくがら》を気にした。

なぜなら、波除け新田の川欠引に不審を抱《いだ》いていたからだ。

清吉は決心し、ひとりで調べ始めた。

すると、河合屋と波除け新田の酒造鑑札以上の酒造にかかわる、すなわち、密造酒にからんだつながりが浮かんだ。

清吉は考えた。そんなことがどうやってできる。河合屋と波除け新田の村役人が結託していたとしても、両者だけでできることではない。

清吉は、ほかにももっと何かをつかんだ。ご陣屋をゆるがし、のみならず御勘定所をもゆるがす重大な何かをだ。

それを探っているさ中、清吉は忽然《こつぜん》と姿を消した。忽然と……

お純の目に怯《おび》えが走った。

市兵衛は、それを口には出せなかった。

三

福次郎は顎の尖った顔をしかめ、味噌っ歯を剝《む》き出して言った。

「それでよ、河合屋はしこたま仕こんだ清酒を江戸の酒問屋へ卸し、しこたま儲けて、今も儲けていやがるってえわけさ」

「それが幻の酒の梅白鷺ですね」

「何が幻の酒だ。ざけんじゃねえや。いいかい、市兵衛さん。酒はどうやって造るか知ってるかい」

と、福次郎はいつの間にか馴《な》れ馴れしい口調になっている。

「今の福次郎さんより若いころ、上方の灘五郷《ごごう》の西宮郷《にしのみやごう》の酒蔵で、酒造りを学んだことがあります」

「なだ？　なだって、どこのなだだい」

「上方の酒造で評判の郷です。下り酒はご存じですね」

「あたり前《めえ》よ。おれに言わせりゃあ、下り酒なんぞ妙に味がこみいってはっきりしねえ。亀田屋で造る酒の方が喉《のど》ごしがしゃきんときて潔《いさぎよ》い男らしい酒だ」

「灘の酒は下り酒では評判なのです。上方で造られた酒が江戸へ下ってくるから下り酒なのです」

「ああ？　上方から江戸へ下ってくるから下り酒なのか。なんだ、そういうことか。おめえ、知ってたかい」

福次郎はお鈴へ顔を突き出して訊いた。

お鈴が頷き、お純は呆《あき》れたように福次郎から顔をそむけていた。

「寒造りの数ヵ月、酒蔵の主人のはからいで酒杜氏《さかとうじ》の弟子のひとりに加えてもらい、麹《こうじ》、酒母《しゅぼ》造り、初添《はつぞえ》から留添《とめぞえ》までの三段仕こみ、熟成させたもろみを搾《しぼ》ってできた濁り酒が清澄に澄んでいき、最後にそれに火入れして安定させるまで、親方に従ってひと通りは酒造りの経験をしました。杉樽につめて木の香りを染《し》みこませた新酒の味わいは、忘れられません」

「へえ。市兵衛さん、野暮な侍のくせにそんなこと知ってんの。はは……侍におい
とくのは惜しい男だ」

福次郎は市兵衛を指差し、お鈴にまた顔を突き出した。

お鈴が、くす、と笑った。

「で、ざけんじゃねえとは、どういうことなのです」

「それよ。いいかい、市兵衛さん。酒造りにはな、よく搗《つ》いた白米と澄んだ綺麗《きれい》な水が必要なのさ。米はよ、ここら辺の土地でも西国《さいごく》にだって負けねえいい米がとれる。何しろ江戸のいい肥《こや》しが手に入《へえ》るからよ。だが、残念だが、水が今ひとつだ。水のせいで、ここら辺の地酒は下り酒よりあくが強《つえ》えんだ。おれはそのあくの強さが、天下《てんか》さまのお膝元に相応《ふさわ》しい男らしい酒だと思っているけどな」

なんだったら、今から一杯やるかい――と、福次郎の話はよくそれる。

「いや。次の機会に。話を続けてください」

「そうかい。うちのはできのいい酒なんだぜ。残念だな。で、なんだったっけ。そうそう、つまりさ、うちの酒は天下さまのお膝元に相応しい喉ごしのしゃきんとした男

らしい酒ってわけさ」

「ただ、水が今ひとつのために少々あくが強いのですね」

「そこだ。しかし、少々あくが強くたって下り酒よりうんと値が安い。下り酒は一升が三百文《もん》から四百文。亀田屋の酒なら三百文も出せばたっぷりお釣《つ》りがくる。百姓仕事に疲れた村の百姓たちが、安くて男らしいうちの酒を買って呑み、気持ちよく酔って疲れを癒《いや》すことができる。創業者の祖父《じい》さんは考えた。江戸の町で売り出せば、値段の高い下り酒を呑めない貧乏な町民に、亀田屋の酒が喜ばれるんじゃねえかってな」

「亀田屋の創業者である福次郎さんのお祖父さんが、江戸の酒問屋に亀田屋の安くて男らしい酒を卸し始めたのですね」

「そうさ。名前をつけてな。ここら辺は梅が綺麗だ。白鷺だって飛び交《か》っている。亀田屋の酒を梅白鷺と名づけて江戸で売ろう。祖父さんはそう考えた。祖父さんの考えはあたった。亀田屋の梅白鷺は、江戸の通の間で評判になった。なんだ、こんないい地酒が天下さまのお膝元でも造られているのか、とな」

　福次郎は自慢げに鼻を鳴らした。

　お鈴が福次郎の仕種を不思議そうに見つめている。

「しかしひとつ、やっかいな事柄があった。酒造りは御勘定所の鑑札が必要だ。酒造に使える米が限られている。残念だが、造りたくとも造れねえ。口惜《くや》しいじゃねえか。せっかく江戸のお客に認められたのに、売る酒がねえときた」

と、今度は残念そうに膝を、ぱちん、と叩いた。

「ここら辺で酒造株を持っているのは、亀田屋と遅れて創業した小松川村の河合屋だった。酒造できる米が亀田屋は二百石で、河合屋は百石。創業当時からそうだった。うちは江戸の酒問屋に卸していたが、河合屋は近在の小さな酒造元だったしよ。理由はねえ。まあ、そういう慣行だったわけさ。仕方がねえ。お上が決めたからにゃあ、おれたちにはどうしようもねえ。そうだろう」

福次郎はまたお鈴に同意を求めるように言い、お鈴は目をぱちくりさせた。

「梅白鷺は売れるのに売る酒が少ねえ。簡単に手に入らねえから幻の酒と言われた。けど、祖父さんは偉かったね。水増しするような酒を造るのは職人魂《だましい》が許さねえし、いくら売れるからって、ご禁制にそむいて密造酒に手を染めるわけにはいかねえ。ましてや、下り酒みてえに値段を高くするんじゃ、お客に申しわけがたたねえ、と考える酒造りの職人だったからよ」

「すると、梅白鷺は亀田屋の売り出した酒だったのですか」

「そういうこと。ここら辺は綺麗な水が乏《とぼ》しいが、そこを腕のいい職人の祖父さんがここら辺ならではの梅白鷺を造り上げた。祖父さんが亡くなって、親父の権六が祖父さんの志《こころざし》を継《つ》ぎ、孫の福次郎のおれも祖父さんの教えを守っていくつもりさ。こう見えて、おれは親父より酒造りの職人の気質が備わっていると、職人の間じゃあ言われているんだぜ」

福次郎は腰は軽そうだが、遊び人の博徒とは違うようだ。

「ところが十年ほど前、親父に酒造りを教わっている弟子のころだった。河合屋が博奕《ばくち》で拵《こしら》えた借金をかえすために、高利貸しの錫助に酒造株を売っちまって、錫助が酒造元になってから様子が変わってきたのよ。錫助が河合屋の主人になった次の年かそのあたりに、なんと河合屋が梅白鷺を江戸の酒問屋に大量に卸して売り始めた。しかも、亀田屋より値段を安くしてよ」

唇を歪《ゆが》めて味噌っ歯を剥き出した。

「んな馬鹿な。うちより酒造高の少ねえ河合屋に、うちより多く梅白鷺を卸せるはずがねえじゃねえか。第一、梅白鷺は亀田屋の酒の名だろう。真似《まね》るんじゃねえ、と思ったが、名前と値段はともかく、わけはすぐにわかった。河合屋は梅白鷺を水で薄めて一番酒、二番酒、と薄め具合を変えて卸していやがった。職人ならひと舐《な》めすりゃあわかる。親父が言ったね。これは梅白鷺じゃねえ。梅白鷺もどきだとな」

「そうすると、梅白鷺の評判が落ちたのでしょうね」

「ところがよ、喉ごしがしゃきんとした天下さまのお膝元の男らしい酒のあくが、水で薄めることによってかえって薄まり、さっぱり辛口の梅白鷺ができ上がった。で、河合屋の梅白鷺がうちの梅白鷺より人気が高まり、あっちが本物の梅白鷺になっちまいやがった。何が幻の酒だ。水で薄めたいい加減な梅白鷺なら、幾らでも出廻っているじゃねえか。人を馬鹿にするにもほどがあらあ。あんな物、まともな酒じゃねえ」

福次郎の唾《つば》がお鈴の額《ひたい》へ飛び、お純がお鈴の額を指先でぬぐった。

「しかし、水で薄めても限りがあります。河合屋の酒造の量は、それからどうなったのですか」

「それが本題だよ、市兵衛さん。河合屋はうちより確かに商売は上手《うめ》え。幻の酒が安く手に入るという評判が評判を呼び、江戸の人気が高まるのに合わせて、河合屋の酒造量が増えていった。だが酒造鑑札は決まっている。増やしたくても増やせなかったのになんで増やせるんだ、おかしいじゃねえかって、子供でもわかる理屈だ。なあ、お鈴、おめえにもわかるだろう」

お鈴がこくりと頷いた。福次郎は、十歳のお鈴とは気が合いそうである。

「二、三年がたって、河合屋は酒造鑑札以上の酒を造っている。でなきゃあ、あれだけの酒は卸せねえ、と職人の間でも近在でも言われ出した。同時にそのころから、ご陣屋の河合屋への肩入れが露骨になった。河合屋の元高利貸しの錫助と元締・勝平五郎さまの元々のかかわりが半端じゃねえ。次第次第に亀田屋の酒造高が減らされ、河合屋の酒造高に廻され出した。みんな勝さまの差し金だと、親父は怒っているさ」

福次郎は白い脛を剝き出して胡坐を組み替えた。

「早い話が、河合屋にはご陣屋の勝さまが後ろ盾《だて》についていやがる。明らかに勝さまは、ここら辺の、いや、親父に言わせりゃあ南葛飾の酒造元を河合屋一本に任せようと目論《もくろ》んでいる。親父はそう見ているし、むろん、そうはさせねえがな」

「河合屋が波除け新田の米を仕入れていることと、河合屋の酒造高が増えていることにつながりがあると、権六さんは思っているのでしょうか。福次郎さんも、何か不審を持っているのですか」

「そっから先は今は言えねえ。親父に止められているからよ。ただ、酒造高や酒造株のかかわりで、新たな難題が持ち上がっていることは確かだ。何があろうと、うちはうちだ。わが道をゆくまでさ。だが河合屋は柄が悪い。儲かりゃあなんだってやる中身は強欲な破落戸《ごろつき》だ。蒟蒻橋の鉄蔵と組んでいやがる。この鉄蔵が物騒な野郎でよ。

しかもご陣屋から十手を持つことを許されていやがる蒟蒻橋のやくざさ」

知ってるかい——と、福次郎がお純へ言った。

「去年、清吉さんがうちへ事情を訊きにきた。清吉さんは、ご陣屋の唯一信頼できそうな役人だった。ここら辺の掛でもねえのに、気にかけてくれたからよ。ありがてえじゃねえか。けど、ひとりじゃあ何もできねえ。調べると言ったのに、姿消しちまったしよ」

お純は目を伏せた。

表の方からざわめきが聞こえ、使用人が福次郎に来客を告げにきた。

「小松村の作五郎《さくごろう》さんか。手下が五人？　そうかい。座敷に通して酒の用意をしておいてくれ。ゆっくり寛いでもらってな」

使用人が下がると、福次郎は市兵衛に言った。

「市兵衛さん、お純さん、ちょいとこみいった用が重なってよ。忙しいんだ。申しわけねえが。まあ、そう長くはかからず片がつくと思うんだがな。片がついてから改めて詳しい事情を話してやるからよ。お鈴、またきな」

福次郎は片膝をたて、お鈴へ味噌っ歯の笑みを投げた。

庭の垣根の彼方の空が赤味を帯び始め、遠くの田んぼの犂起こしの百姓の姿はいつの間にか見えなくなっていた。

三人が中川に合流する砂村川河口の河岸場に上がったとき、川面は黄昏《たそが》れて夕暮れどきが迫っていた。

河合屋へ話を聞きにいくことを考えたが、これ以上はお鈴の疲れが気になった。

それに、今日の飯塚村の正吾と亀田屋の福次郎の話から、名主・伝左衛門から、波除け新田と河合屋とのかかわりと、何よりも波除け新田の川欠引の実情を少しでも詳しく聞きたかった。

新田の多い築地のこの地域、七年前の高潮の被害はほかの新田はどうだったのだ。三年と、さらに延長して三年。去年までの六年の川欠引は、確かに長すぎる気が市兵衛にはした。

元締・勝平五郎の温厚そうな面差《おもざ》しがよぎった。二つの顔があるのか。温厚そうな顔の裏にもうひとつ。清吉もそう思ったのだろうか。だから……

伝左衛門の役邸に着くと、下男がいそいそと出迎え、

「お帰りなされませ。唐木さま、じつは旦那さまが本日昼すぎ……」

と、伝左衛門が陣屋の元締・勝平五郎より急な呼び出しを受け、小菅村へ出かけた

経緯《いきさつ》を告げた。

「いいえ。なんのお呼び出しなのか、わたしどもにはわかりかねます。昨日、唐木さまとお純さんが清吉さんの消息の件でいかれましたね。もしかすると、清吉さんの消息にかかわりのあるお呼び出しかもしれません。お出かけになる前に、旦那さまより言いつかっております。唐木さまにゆっくりしていただくようにと。どうぞ、お部屋にご案内いたします」

市兵衛は下男に、荷があるのでお純とお鈴を家へ送ってから戻ってくると伝え、伝左衛門の役邸を出た。

お純と夫の清吉、娘のお鈴が暮らしていた家は、中川と寄洲の堤が築かれた海辺に近い、砂村新田の東南の一画に用水にそって並ぶ集落にあった。

黒い数反《たん》（数千平方メートル）の田んぼ道の先に、葱畑《ねぎ》や青菜《あおな》の畑に囲まれた庭と百姓家が、暮れゆく空の下で主《あるじ》の帰りを待っているかだった。

かすかに潮の匂《にお》いがし、波の音が聞こえた。

田んぼの彼方には、中川堤に黒々とした葉を繁《しげ》らせた樹影が、帯になってつらなっていた。

「市兵衛さん、ご飯の支度《したく》をします。ご馳走《ちそう》はありませんけれど、一緒に食べていってください。お風呂《ふろ》も沸《わ》かしましょう。汗を流してください」

行李を下ろした市兵衛にお純が言った。

「市兵衛さん、うちで食べていきなよ。母ちゃんはご飯を作るのが上手なんだよ」

お鈴が市兵衛の袖を引っ張った。

疲れは平気だったが、わずか二日の短い旅でも、市兵衛はお純とお鈴と共に寛ぎたい親愛の情を覚えていた。

では遠慮なく——市兵衛は晩飯をよばれることにした。

飯炊《めした》きや風呂の支度などにお純がとりかかった間、お鈴は庭の小屋の馬に飼葉《かいば》を食べさせたり水を飲ませたり、小屋の掃除と、甲斐甲斐《かいがい》しく世話をした。

市兵衛はお鈴を手伝い、藁《わら》で馬の身体《からだ》を綺麗にしてやった。

馬は働き者の太い脚《あし》を踏み鳴らし、長い間、ひとりぼっちにされた不平を言うかのようにいななき、お鈴の小さな身体に首をふってすりつけた。

「お鈴、いい馬だな。名前はなんというのだ」

市兵衛は馬の毛並みに藁の束《たば》を小気味よくすべらせ、お鈴に言った。

「海児だよ。海の児《こ》と書くんだ。父ちゃんがつけた。七年前の高潮のときに生まれたんだ。だから、海から生まれた児だよ」

　お鈴が藁束で毛並みを整えながら答えた。

「海から生まれた児で海児か。大きくて清々《すがすが》しい名だ。明日は海児と犂起こしをするのだろう」

「うん、するよ。田んぼを、放っておけないからね」

「ならば明日は、わたしも犂起こしを手伝おう。伝左衛門さんが小菅のご陣屋から戻ってくるのを待つ間、ときがある」

「お百姓仕事ができるの」

　お鈴が目を輝かせた。

「ふむ。昔な、上方のお百姓の家に一年間世話になり、お百姓に教えられながら米作りを験《ため》したことがあるのだ。犂起こしもやった。ちゃんと覚えている」

「へえ。市兵衛さんはなんでもできるんだね。父ちゃんもなんでもできた」

「お鈴の父ちゃんは、働き者なのだな」

「そうだよ。人は一生懸命働くものなんだって。一生懸命働けば、今にいいことがいっぱいあるって、父ちゃんは言って……」

　言いかけたお鈴は、子供心にも何かを感じたらしく、最後までは言わなかった。

　海児の毛並みを整える藁束の音が、馬小屋に続いた。

四

犂起こしは、彼岸のころの荒起こしのあとに馬や牛に犂を牽《ひ》かせて堅田を起こし、土をやわらかくするための荒仕事である。

種下ろしの日、百姓は物忌《ものい》みを守る。

池川に種浸しから始まり、苗代《なえしろ》の播種《はしゅ》をへて田植えが始まるまでのおよそ二ヵ月、百姓は土に豊饒《ほうじょう》な粘り気が出るまで、繰《く》りかえし田を起こしてはならすのである。

株割り、荒起こし、犂起こし、小切《こぎり》、こなし、打ち起こし、ならし、馬鍬《うまぐわび》引き、さらにまた、ならし……

ひたすら土と向き合い、大事に大事に土をこね、作り上げるのである。

犂起こしは、播種までの初期の米作りに欠かせない。

清吉は本百姓でも、一町《ちょう》（約百アール）にも足りない田畑を持つ小百姓の倅である。

小さな田畑を耕《たがや》す小百姓の男として、生きるはずだった。

だが清吉は、小百姓だが子供のころから村一番の神童と言われた。

縁があって、十八の歳に小菅陣屋の手代に雇われた。

小百姓の倅が、陣屋勤めの間は二本を差すことが許される身分になった。両親にはさぞかし自慢の倅だったろう。

お純は小岩村からその清吉に嫁《とつ》ぎ、お鈴を産んだ。

そうやって人はつながっていく。

翌日は、薄曇りの日だった。湿り気のある海風が吹いていた。

市兵衛はお純の用意した黒い刺子の野良着に着替え、お純とお鈴は野良着に手甲脚《てっこうき》絆《はん》姿も似合って、三人は早朝から犂起こしにかかった。

市兵衛が犂を押した。お鈴は海児の轡《くつわ》をとり、お純があとから犂で起こした土を風呂鍬で細かくきり割っていく。

土の匂《にお》いが懐《なつ》かしく、河内の百姓家で一年をすごした若き日の覚えが甦《よみがえ》った。

犂起こしが始まると、たちまち汗が噴《ふ》き出した。

湿り気のある生《なま》暖かな海風でも、汗の噴き出した身体に心地《ここち》よかった。

楢《なら》や樫《かし》や松、さかきの林が中川堤から寄洲側の土手にたち並んで葉を繁らせ、海風がそれらの木々をかすかに騒がせている。

海児の牽く犂がうなりを上げて黒い土を起こし、起こされた土は市兵衛の足にねっとりとからみついてくる。

お鈴は、海児の轡をとるのが巧《たく》みだった。

海児は相棒のお鈴へ、とき折り得意そうにいななきかけた。お鈴はそれに答えるように海児へ話しかけてやる。

畦《あぜ》から畦へひと筋の犂起こしがすむと、お鈴が海児を巧みに引き廻《まわ》し、それに合わせて市兵衛は犂の方向を逆転させる。

犂が土を勢いよく嚙《か》み、そうしてまた畦から畦へと犂起こしが続くのである。

畦道を通りかかる田植え組のおかみさんや村人らが、お純に声をかけてきた。

声をかけられるたびに、お純は二日間の留守を詫びていた。

行方知れずの清吉を捜すため、唐木市兵衛という侍が名主の伝左衛門に雇われたことは、むろん村中に知れ渡っている。

狭い田んぼの犂起こしは、昼までに半ば以上がすんで、残りは午後の半刻（約一時間）ほどで終わりそうなまでにはかどった。

お純がほっとした表情で、市兵衛に言った。

「市兵衛さん、残りは昼がすんでからにしましょう。支度をしてきます」

と、お純は風呂鍬を携《たずさ》え、先に戻った。

そのお純が戻る畦道の向こう側より、二人の男がこちらの方へ向かってきた。

お純は二人とすれ違うとき、畦道をよけて二人へ腰を折った。

ひとりがそんなお純へ何か話しかけたようで、お純は顔を上げて市兵衛の方を指差す仕種をした。

二人はお純に軽く手をかざし、また畦道をやってくる。

前のひとりは、黒塗り笠をかぶって着流しに黒羽織に二本差し、というのどかな田野の景色に無粋《ぶすい》なほど不似合いな江戸町方同心の定服《じょうふく》だった。

後ろは菅笠の頭がひょろりと出ていて、着物を尻端折《しりっぱしょ》りに黒の股引《ももひき》の拵えで、身軽そうに歩んでいる。

市兵衛とお鈴は、海児につないだ犂をはずしていた。

「市兵衛さん、人がくるよ」

お鈴が手を動かしながら、畦道の二人を見やっていた。

「うん。少々変な人たちだがな。二人ともわたしの友なのだ」

市兵衛はお鈴へ微笑んだ。

二人は田んぼの畦道にたち止まり、背の高い助弥が市兵衛を呼んだ。

「おおい、市兵衛さん……」

塗り笠の下の、渋井の渋面《しぶづら》がにやついているのがわかった。

「お鈴、海児を連れて先に戻っていてくれ」

「うん。じゃあ先に戻っているよ」

お鈴が「おいで」と海児を牽いてゆき、市兵衛は田んぼを横ぎって畦道の渋井と助弥の方へ近づいていった。

「よう、市兵衛、おめえ、似合うじゃねえか」

渋井が軽口を投げた。

「よくここがわかりましたね」

市兵衛は手拭《てぬぐい》で汗や土の汚れをぬぐいつつ、畦に上がった。

「宗秀先生から聞いたんです。砂村新田で人捜しだって」

助弥が言った。

「《おらんだ》が村名主から頼まれた仕事らしいな。知らなかったぜ。名主の館へいったら、今日は人捜しじゃなくて、野良仕事だと聞いたもんでよ。どんな様子か、見にきたのさ」

渋井が、半分おかしそうな、半分不思議そうな顔をした。

渋井は蘭医の宗秀をくだけると先生ではなく、おらんだ、と呼んでいる。

「農は人真似、と言います。この通り、百姓を真似ています。しかし、田んぼは正直ですね。未熟な百姓には気むずかしい相手です」

「ふん、別嬪《べっぴん》みてえに、ってか。ところで、さっきおれたちがいき違った百姓女が、行方知れずの手代の女房なのかい」

「そこまで宗秀先生から聞いたのですか。そうです。さっきの人が小菅の陣屋に勤めている清吉という手代のおかみさんです。あの子がひとり娘のお鈴で……」

と、海児を牽いて畦道を戻ってゆくお鈴へ眼差しを投げた。

「鄙《ひな》びた田舎にしちゃあ、えれえ別嬪じゃねえか。別嬪は土臭《つちくせ》え野良着を着ていても、やっぱり別嬪だってわかった」

「あの娘っ子だって、可愛い顔だちをしてやすぜ、旦那」

「肥溜《こえだ》めの臭いを嗅《か》ぎながらの勤めはさぞかしつらかろうと同情して、励ましにきてやったのによ。あんな別嬪のかみさんと一緒だったとは、意外もいいとこだぜ。同情して損したな」

まったくで――と、助弥は同意した。

「市兵衛は女に縁がねえくせに、周りには妙に別嬪が集まる。神さまが女に縁のねえ市兵衛が不憫《ふびん》だから、せめて別嬪をあてがってくださっているのかな」

ふむふむ、と助弥はしきりに頷いている。

「渋井さん、ご用件をどうぞ」

「ふむ。じつはただ市兵衛を励ましにきたわけじゃねえ」

渋井は白い雲が流れる村の空を見上げた。

ゆるやかな海風に乗って、鳥の群れが雲間近くを飛んでいた。

「これでも御用だから、内密に頼むぜ」

「承知しました」

「といって、確かな証拠やらなんやらがあっての御用じゃねえ。まあ、勘だ。市兵衛の勤めとこいつはかかわりがあるかもしれねえ。そういう勘だ。今、江戸の町である酒が評判を呼んでいる。梅白鷺という南葛飾の地酒だ。聞いたことがあるかい」

市兵衛は頷いた。

「そりゃそうだ。梅白鷺の名前ぐらいは聞いたことはあるだろうな」

「聞いたことがあるだけではありません。手代の清吉さんが行方知れずになる前、陣屋の御用ではなく、独自に梅白鷺の酒造元を、ある事情があって調べていたらしいのです。それで……」

「ほお。興味深いね。酒造元は小松川村の河合屋というんだが」

「そうです。小松川村の河合屋です」

「ところで、河合屋が梅白鷺を卸している江戸の酒問屋がどこか、知っているかい」

「いえ。気が廻りませんでした。なるほど。河合屋が卸している酒問屋ですか」

市兵衛と渋井は畦を並んで歩き始めた。助弥が後ろをついてくる。

「深川の白子屋という寛保創業の酒問屋だ。大店《おおだな》じゃねえ。地酒専門の中店《ちゅうだな》だ。梅白鷺は白子屋でしか売っていねえ。江戸の酒も捨てたもんじゃねえと通をうならせる地酒で、なかなか手に入らねえから、幻の酒と言われたりもしている。だが何よりも、売り値が安いときた。安くていい酒、というのが評判になる始まりだった」

「白子屋が河合屋の梅白鷺に目をつけたのですね。通をうならせるいい酒で手に入りにくいのに、売り値は安いということで」

「そりゃあ評判になるわな。七、八年前らしいが、売り出されてから江戸の小売店を中心に次第に客を増やし、当初はなかなか手に入らなくて幻の酒なんぞと言われていたのがそれなりに出廻って、酒問屋仲間の顧客を奪うほどになった。近ごろでは、白子屋の手代が小売店に卸すとき、どこの問屋さんより安く卸す、というのが売り文句らしい。白子屋の梅白鷺は小売りの酒店のひっぱりだこってえわけさ」

市兵衛は沈黙した。

三人は田んぼの畦から細い水路をこえ、中川堤に出ていた。

中川堤には松や樫、楢、さかきなどの木々がつらなり、木々の間に中川の流れが南へ下っている。

薄曇りの下に対岸の広い河原に蘆荻《ろてき》が繁って、水鳥の鳴き声が、くっくっく……と聞こえていた。

「酒問屋仲間は、白子屋に不当に安く卸されたんじゃあ値下げ競争になって商《あきな》いがもたねえ、そんなに安く卸せるのはおかしい、何かあるのではないか、と仲間の行事役に相談し、行事役は御奉行にお調べ願います、と訴えた」

「お調べの掛が、渋井さんに命じられたのですね」

「そういうことだ。しかも、上からは大っぴらにはせぬように、とひと言注文をつけられたうえでだ」

「大っぴらにせぬように、ですか」

「行事役の訴えは、ただ梅白鷺が安いからだけじゃねえんだ。問屋仲間からの何かあるのではないか、という疑いには、幻の酒のはずの梅白鷺が出廻っている量についても怪しい、というのさ。酒造には御勘定所に認められた酒造株があって、酒造鑑札が出た酒造高しか造ることはできねえ。鑑札以上の酒造をこっそりやったら、そいつは密造酒ってえことになる」

「すなわち、梅白鷺の調べは御勘定所の支配、だから大っぴらにはせぬように、というわけですね」

「市兵衛、察しがいい。話がしやすいぜ。ところで、行方知れずになった清吉という手代は、河合屋の何を独自に調べていたんだい」

「昨日、亀田屋という船堀村の酒造元へ話を聞きにいってわかったのです。亀田屋の福次郎という三代目が話してくれました。亀田屋は小松川村の河合屋と、小松川、宇喜田、船堀、一之江、小松などの在郷一帯の酒造を許されてきたのです。亀田屋と河合屋に御勘定所の鑑札が出され、三百石の酒造高を分け合って受け、長年にわたって亀田屋が二百石、河合屋が百石でした」

　渋井は渋面を黙って頷かせた。

「それが、何年か前より様子が変わり出し、百五十石と百五十石になり、去年は亀田屋が百石に減らされ、河合屋が二百石になったそうです。清吉さんは、去年、その事情を亀田屋へ訊きにいったのです。陣屋から御勘定所の出した酒造鑑札について、河合屋が二百石で亀田屋が百石になぜ減らされたのかをです。亀田屋は、事情はこっちが訊きたいくらいだ、と清吉さんに訊きかえしたと言っておりました」

「河合屋は江戸で今人気の幻の酒・梅白鷺の酒造元だから、田舎の百姓相手の亀田屋の細々とした商いとは異なる配慮を、御勘定所がやったってわけかい。江戸近郊の地酒が人気になりゃあ、下り酒の商いで上方に持っていかれる金が在郷にも廻って、景気がちっとは良くなるだろうからな」

「表向きの理由は、そうなのかもしれません。ただし、在郷では知られていることです。梅白鷺は元々南葛飾で造られてきた地酒なのです。梅白鷺は、福次郎の先々代、つまり祖父が地酒に梅白鷺と銘柄をつけて以前からすでに売り出していました。江戸の酒問屋にも卸しており、酒造高が少なかったことと、近郊の水の質の加減で呑み味に少々あくがあり、通の間でだけ知られた酒だったようです」

「そうなのか。梅白鷺は前からあった酒かい」

渋井は腕組みをし、中川の川面を物思わしげに見つめた。

「河合屋は売り出す量を増やすために、地酒に水を加えて勝手に梅白鷺の銘柄で売り出したところ、水で薄めたことによりたまたまあくが薄まり、辛味だけが残った。それが江戸で受けただけだ、あんな酒は梅白鷺ではない、梅白鷺もどきだ、と亀田屋の福次郎は言っておりました。亀田屋の梅白鷺は、もう江戸ではほとんど出廻っていないそうです。河合屋から売り出す梅白鷺が本物、ということになってしまいましたから」

「とんだ食わせ物じゃねえか。と言いたいところだが、まあ、珍しい話じゃねえな。さっぱりすっきり味はまがい物の薄味ってことか。それはそれとして、清吉は河合屋と亀田屋を合わせた酒造高以上の、密造酒の疑いについては、なんぞ独自に探ってはいなかったのかい。三百石以上の酒造についてはどうだい」

渋井が核心に迫る問いを投げかけた。

「福次郎に言わせれば、河合屋が鑑札の酒造高以上の酒造をやっている。でなければ今、江戸市中に売り出されている量の梅白鷺が卸せるはずがない。それは酒造りにかかわる者や在郷の村人の間では、あたり前に噂されているそうです。亀田屋の先代の権六が、清吉さんが訪ねてきたとき、それを調べるようにと訴えたとも……」

市兵衛は束《つか》の間《ま》考え、続けた。

「しかしながら、清吉当人が行方知れずのため、どこまで河合屋のご禁制破りの酒造を疑っていたのかは不明のままです。清吉さんは、仕事にかかわりのある事柄を女房にさえほとんど話しませんでしたから」

「わかる。適当にあちこちに、これは内密にと釘《くぎ》を刺して言い触らしゃあいいものをよ。そういう堅物《かたぶつ》は生真面目な分、かえって厄介《やっかい》なんだ」

渋井の顔をしかめた言い方がおかしく、助弥がくすくすと笑った。

「ですが、渋井さん、鑑札の出された酒造であれ密造であれ、酒造元は米を在郷より仕入れなければなりません。米は御公儀の政《まつりごと》の根本です。米相場の変動で人々の暮らしにも障《さわ》りが出ます。ゆえに、村役人と代官所の役人が勘定して管理し、御勘定所の厳重な支配下にあります。その米をどうやって、お上の目をぐって仕入れるのでしょうか。密造酒は簡単にはできません」

「もっともだ。んなことが河合屋の一存で、ちょいちょいとできるわけがねえ」

渋井が中川から市兵衛へ、妙に真剣な顔つきをねじむけた。

「ですが、亀田屋の福次郎があっさりと言ったのです。河合屋と村役人と陣屋の役人が談合すれば、簡単にできるじゃないかとです」

「おいおい。そいつあ、ただ事じゃすまねえぜ」

渋井は笑ったが、すぐに中川へ顔を戻し、「ふむ」とうなった。

「というのも、清吉さんが河合屋の酒造高の件で亀田屋を訪ねたのには、わけがありました。ここの砂村新田の隣に、波除け新田という村があります。村高は、田畑合わせて三百石に三、四十石を超えたぐらいかと思われます。河合屋はその波除け新田より米を仕入れているのです。それ自体は特に不審はありません」

市兵衛は渋井と肩を並べた。

「ただ、波除け新田は七年前の高潮で用水の堤に被害が出て、去年まで六年間、陣屋の見分《けんぶん》で川欠引になってきた新田なのです」

「川欠引？　免租のことかい」

そうです――と、市兵衛は中川の川筋を眺めた。

水鳥の鳴き声が河原の蘆荻の間より聞こえ、中川が南の海にそそぐ彼方の水平線にひと筋の黒雲が見えていた。

「一方、河合屋は十年ほど前、小松川村の錫助という高利貸しの借金のかたに酒造株を売り払ったのですが、それは勝平五郎という陣屋の元締の口利きがあったからだそうです。勝平五郎という元締は、高利貸しの錫助に借財があったように福次郎は言っておりました。もっとも、それについての真偽のほどは定かではありません」

「陣屋の元締と高利貸しか……」

「しかし、河合屋は高利貸しの錫助が引き継ぎ、それを機に勝平五郎の河合屋への肩入れが始まったのは確かなようです。勝平五郎の肩入れがもっとも露骨になったのが三年前、すなわち、酒造高の三百石の割合が亀田屋の分が減らされ、河合屋に廻され始めたのがそのころなのです」

「白子屋の梅白鷺の安売りが、始まったのが七、八年前だ。けど、陣屋の元締がなぜそんなに河合屋ごときに肩入れするんだ。多少のつけ届けがあったとしても、亀田屋だってつけ届けぐらいはするだろう。河合屋に肩入れしてなんの得がある？　ましてや、密造酒の話までいくのはどうかと思うが。下手《へた》をすりゃあお役ご免どころじゃすまねえ大罪だぜ……」

言いながら渋井の横顔は、しきりに何かを思いめぐらしているみたいだった。

三人は堤道を海の方へ、ぶらりぶらりと歩み始めた。

五

「渋井さん、町方役人としての本題がまだですね。それを話してください」

市兵衛が先に言った。

三人は砂村新田の海側に築いた土手をこえ、蘆荻に覆われた寄洲の中をゆく道をたどっていた。

洲崎《すさき》が見え、その先は江戸の海である。海原《うなばら》を白くかすんだような雲が覆い、海の彼方に浮かぶ船の白い帆が、ぽつんぽつんと眺められた。

「おお、そうだった。証拠はねえけど、市兵衛の勤めとこいつはかかわりがあるかもしれねえ、そういう勘だ。何から話せばいいのやら……」

と言いつつ、渋井はまたひとつ間をおいた。

「まず、なんで梅白鷺の話をしにきたかというとだな、波除け新田は町人請負新田だが、市兵衛は知っていたかい」

「知りません」

「波除け新田は、寛政のころに開かれた近在では一番新しい新田だ。請《う》け負った町人は深川の酒問屋・白子屋と、白子屋から宝暦のころに暖簾《のれん》分けした深川の米問屋の千倉屋だ。今の白子屋と千倉屋の主人の先代にあたる」

市兵衛と渋井は、のどかな歩みを変えなかった。

すぐ近くに海原が迫っているかのように見えながら、道は蘆荻の中をいつまでもだらだらと続いていた。

「別に驚くほどじゃねえ。要するに、白子屋に今評判の梅白鷺を卸している酒造元の河合屋は、おめえの今の話じゃあ、白子屋と千倉屋という暖簾分けしたお店が投資した町人の請負新田の米を仕入れて、梅白鷺を造っているってえことになるな」

だが、のどかに歩みを続ける市兵衛の胸の奥では、急速に熱い想念がうず巻き始めていた。

「白子屋が鑑札で許された酒造高以上の梅白鷺を仕入れているとすりゃあ、仕入れ元の酒造元を調べにゃあならねえ。仕入れ元は小松川村の河合屋だ」

渋井は道の端の蘆《あし》をぞんざいに払った。

「市兵衛の言う通り、許された以上の米を酒造に廻すのは簡単じゃねえ。普通に考えりゃあ誰にだってわかる。だが、白子屋が波除け新田の請負町人なら、もしかして新田の米を河合屋へ廻すなんらかの巧《うま》い手があるんじゃねえか、と疑った。もう一度言うが、怪しいというただそれだけの勘だぜ。勘が働くなら、白子屋と河合屋のつながりを、ちょいと掘り下げてみようじゃねえかと、おれは思ったね」

空高く、鳥影が舞っている。

「昨日だ。白子屋と米問屋の千倉屋が連れだって、小松川村の河合屋の店を訪ねた。寄り合いがあったらしい。白子屋が仕入れ元の河合屋を訪ねるのはおかしくねえが、米問屋の千倉屋も同席は妙だなと思った。もしかしたら寄り合いってえのは、梅白鷺の仕入れの寄り合いじゃなく、波除け新田から河合屋が仕入れる米の寄り合いか、という疑念が浮かばねえわけじゃなかった」

「蓮蔵と手下の二平が、白子屋と千倉屋の動きを見張ってやした。蓮蔵らは梅白鷺を買いにきた江戸の客を装《よそお》って、それとなくどういう寄り合いか探りを入れたんでやす」

後ろの助弥が言い添えた。

「そういうことだ。案の定、その寄り合いには河合屋、白子屋、千倉屋の三人のほかに、波除け新田の名主の三左衛門、それから小名木川から南の在所の貸元《かしもと》で、陣屋より十手を持つことを許されている蒟蒻橋の鉄蔵という男が同席していた。蒟蒻橋はな、波除け新田の北のはずれの砂村川に架かる橋だ。蒟蒻橋の近くに、鉄蔵の酒亭があるらしい。けっこうな数の手下をそろえていやがる、という話だ」

「鉄蔵は知っています。砂村新田へきたとき、鉄蔵の手下ともめ事がありました」

「あは……市兵衛らしい。早速もめ事かい。まあ、いい。となると、その寄り合いはどうも梅白鷺の仕入れについての件ではなさそうだ。しかも、同席していたのはそいつらだけじゃなかった」

渋井は市兵衛へ渋面を寄こした。

「小菅の陣屋の役人がひとり、その寄り合いに同席していたんだ。名前は、たけち……武智斗馬という役人だ。なんでも、河合屋ではその寄り合いがひと月おきぐらいに行われていて、武智が必ず同席するそうだ」

市兵衛は、武智のきれ長な一重《ひとえ》の目に、冷めきった笑みを思い浮かべていた。かすかな、だがすべてを嘲笑《あざわら》うかのような目つきだ。

「武智斗馬は陣屋の加判という役目の役人で、元締の勝平五郎の側近と思われます」

「なるほど。勝平五郎の側近かい。河合屋に肩入れしている勝の側近が代わりに同席しているわけか。そいつらが一体なんの寄り合いか、と市兵衛は知りたいとは思わねえか」

「思います。なんの寄り合いなんですか」

「わからねえ。ひっそりとやっていやがるからな」

と、はぐらかされた。

「けど、噂ならわかるぜ。蓮蔵が小松川村で近ごろ流れているある噂を拾ってきた。どういう噂かというとだ、船堀村の亀田屋の酒造株を河合屋が買いとって、南葛飾の酒造元を河合屋一本に統合する目論見《もくろみ》が推《お》し進められているらしい。評判の梅白鷺をこれまで以上に売り広め、在郷の景気をよくするというのが表向きの狙《ねら》いだ。そのための寄り合いじゃねえかって噂さ」

「その寄り合いに蒟蒻橋の鉄蔵や波除け新田の名主の三左衛門は、なんのかかわりがあるのでしょうか。米問屋の千倉屋の同席している意味合いもわかりませんね」

「そこら辺が、所詮《しょせん》噂だ。ただ、その目論見の旗ふり役は小菅の陣屋で、陣屋が河合屋と亀田屋の間に入って、酒造元を河合屋へ統合する案を主導しているそうだ。亀田屋は当然、頑《かたく》なに拒《こば》んでいるらしいがな」

「そんな話を亀田屋が承服するはずがありません。梅白鷺は、元々、在郷で造られてきた地酒で、亀田屋がつけた銘柄です。亀田屋の福次郎が言っておりました。こみいった用が重なって忙しいとです。わたしたちがいる間に、小松村の作五郎という者が亀田屋を訪ねてきたのです。会ってはいませんが、手下が五人と聞きました。渋井さん、小松村の作五郎の名に聞き覚えはありませんか」

「小松村の作五郎？　知らねえな」

「旦那、小松村の作五郎と言ったら、たぶん小松村の近在を縄張りにしている貸元ですぜ。あっしは、名前を聞いた覚えがありやす」

助弥が後ろから、また言い添えた。

「ほお、在所の親分かい。亀田屋のこみいった用となんぞかかわりがあるのかね」

「それと、福次郎の父親の権六は二之江村の浜蔵を訪ねていると聞きました」

「浜蔵は一之江村と二之江村あたりを縄張りにしている貸元でやす。もうひとり、小金治という船堀村と一之江村の貸元と縄張りを分け合っていたんでやすが、小金治はこの正月、小松川村の軍次郎と出入りがあって斬られたって聞いておりやす。で、軍次郎は船堀村から一之江村へ縄張りを広げ、今に浜蔵との間で縄張り争いが始まるんじゃねえかって、博徒《ばくと》らの間じゃあ評判らしいですぜ」

「へえ。やくざもなにかと忙《せわ》しねえな」

「河合屋の寄り合いに貸元の蒟蒻橋の鉄蔵が同席していたのなら、どちらの酒造元も堅気《かたぎ》のはずなのに、貸元とつながりがあるようですね」

「酒造元だけじゃねえ。村名主も江戸の商人も陣屋の役人もつながっていやがる。要するに、ご禁制破りの賭場の貸元と、役人も商人も一味ってことか」

渋井は皮肉な笑い声をもらした。

三人は蘆荻の間の道がゆき止まった洲崎の突端に、ようやく出た。

潮の匂《にお》いが海風に乗ってかすかに漂《ただよ》い、三人の男をやわらかく包んだ。

海の景色は曇り空の下に霞《かす》んでいたが、南に羽田《はねだ》、鈴ヶ森《すずがもり》、西北には江戸城、東に房総《ぼうそう》の遠い山々が薄鼠《うすねずみ》色に眺められた。

「でな、そんなこんなで、ふと、市兵衛のことが気になった」

渋井が海辺の景色を眺めつつ言った。

「砂村新田のできのいい百姓が、陣屋の手代に雇われ勤めてきた。その手代がなぜか行方知れずになり、市兵衛がそいつの行方を捜す仕事を引き受けた。これは偶然だが、行方知れずになった手代の生まれた砂村新田の隣が、波除け新田というのも偶然だ。でだ、波除け新田が白子屋と千倉屋の町人請負新田だという偶然と同じってわけだ」

渋井の塗り笠の下で、ほつれ毛が海風になびいている。

「酒問屋の白子屋は、密造の疑いがかかっている梅白鷺を、小松川村の河合屋から仕入れている。河合屋は河合屋で、白子屋と千倉屋の町人請負新田である波除け新田から酒造用の米を仕入れているかもしれねえ。その波除け新田は川欠引でこの六年、免租になっていたわけだな。川欠引を決めるのは陣屋だ。で、ある日、砂村新田のできのいい百姓の手代が、忽然と行方知れずになった。偶然な」

渋井は海の彼方へ投げた渋面を、顎をさすりながらいっそう渋くした。

「行方知れずの手代は、川欠引になっていた波除け新田から米を仕入れているらしい河合屋を、なぜか探っていたんだな。だが、河合屋には陣屋の勝平五郎なる元締が肩入れし、河合屋は今、亀田屋の酒造株を手に入れ南葛飾の酒造元を独り占めにしようと目論んでいるって、これまた偶然が重なる」

渋井は市兵衛から助弥へ見廻した。

「市兵衛、助弥、妙だと思わねえか。そんな目論見が、河合屋の後ろ盾には陣屋の元締がついて推し進められているなら、もしかしたらこれは、陣屋の元締の、勝平五郎の目論見ってことなのかもしれねえな。誰にもなんにもかかわりがねえ。どれも別々のことだ。けど、妙な偶然が細い糸みてえにからんでいやがるじゃねえか。そんなに偶然が重なることなんて、あり得ねえと思わねえか。何か変だぜ。普通じゃねえぜ」

市兵衛は湿った海風に、菅笠の下の火照《ほて》りを覚える頬《ほお》をなでられていた。

眼前に広がる海へ奥二重《おくぶたえ》の眼差しを漫然と流していながら、その眼差しが捉《とら》えているものは市兵衛自身の胸の中にあった。

「んなわけで、市兵衛にちょいと教えといてやろうと思ってきたわけさ」

「渋井さん、今、江戸の酒の値段は幾らぐらいですか」

「酒の値段？　助弥、幾らぐらいだ」

「そうでやすねえ。ええと……一升が四百文という下り酒の極上が、ありやしたね。あっしは呑んだことがありやせんが」

「安酒になると、一升が二百七十文から二百八十文ぐらいじゃねえか。《喜楽亭》の酒はどうせそんなもんだ」

渋井が笑い声をたてた。

「おそらく、梅白鷺もそれぐらいの値で売られているのでしょう」

「ああ、そうだ。昨日、喜楽亭のおやじが言っていやがった。評判の梅白鷺がやっと手に入ったとな。上級の下り酒に匹敵する銘酒だが、そいつが並酒の値段で呑めるというのが梅白鷺の売りなんだとよ。で、それがどうした」

「今、米一石の値段は二両二分《ぶ》ほどです。すると、一両およそ七千文の当代の銭相場《ぜに》に換算して、米一升では百七十五文になります」

「それぐらいかい。よくは知らねえが」

「そうなのです。わたしは毎日、米櫃《こめびつ》の米をのぞきながら暮らしていますから」

「あっしも、同じでやす」

助弥が言って、くす、と笑った。

「それだけを単純に比べても、米を酒に変えて売る方が儲かることになりますね」

「あ、そういうもんかい」

「しかし、それだけではありません。わたしは若いころ、上方の灘の酒造元で杜氏の弟子に入れてもらい、ひと冬の寒造りを手伝ったことがあります」

「ああ、前に聞いたぜ」

「酒は、十石の酒造用米からおよそ十六石六斗《と》以上できるのです」

「ほお、十石の酒造用米から十六石六斗以上の酒がかい。ずいぶんできるねえ」

「酒は、綺麗なくみ水をふんだんに使いますから。つまり酒は、米より儲かる売り物なのです」

「そりゃあそうだが、酒造用に精米するときに目減りする分もあるだろうし、米の仕入れや職人の杜氏の手間賃やら、元手がかかる。そう単純じゃねえだろう」

「ですが、一番肝心《かんじん》な米の仕入れが、ただ、だとしたら？」

ただ――と繰りかえし、渋井と助弥が市兵衛を見つめた。

「波除け新田の川欠引が六年続けられました。波除け新田の村高が三百数十石で、五公五民の年貢率です。お純によれば、波除け新田は村高のほとんどが川欠引の免租になっていると夫の清吉から聞いておりました。仮に三百石の村高分が川欠引になっていたら、年貢分は玄米で百五十石。蔵入《くらい》りされる百五十石が、起返し分として蔵入されず、表向きは米問屋の千倉屋へ卸され、ほかの米とまぎれてしまう」

「千倉屋へ？」

「ですが、千倉屋とのとり引きは帳簿の上だけです。むろん代金も帳面に記されたのみで実際の支払いはありません。米は小松川村の河合屋へ、ひそかに運びこまれるのですから。河合屋に運びこまれた百五十石の余分の玄米が、酒造用に精米しておよそ七掛けで百五石、それが酒造に廻されおよそ百七十五石に近い酒ができます。梅白鷺は一割五分ほど水で薄められているので総量はおよそ二百石となり、今度は白子屋へ卸されるのです。小売りの値が下級の酒一升の二百七十六文として、末端では七百九十両近い商いになります」

渋井と助弥は、金額の大きさに声もなく聞いている。

「川欠引の免租分百五十石が、起返しの名目でただで河合屋へ廻り、果ては密造酒の巨額の商いに化けるのです。この商いの陰には、どれほどの人数がかかわり、白子屋は酒問屋仲間の顧客を奪うのにどれほど卸値《おろしね》を下げたのかは、明確にはわかりませんが、首謀者らひとり数十両の儲けでこんな危《あや》うい商いに手を出さないでしょう」

家禄《かろく》百石ほどの武家の年収が、三十両を幾らかこえるほどの額である。数十両の儲けですまないのなら、それをはるかに上廻る額がまさに濡れ手に粟《あわ》で手に入ることになる。

「おそらく、白子屋と千倉屋への小作分も酒造に廻されているのかもな」

と、渋井がぼそりと言った。

「そうかもしれませんし、用心してそれは表の商いでとり引きされているかもしれません。いずれにせよ、鍵《かぎ》は波除け新田の川欠引です。それを決められるのは陣屋しかありません。このからくりの要《かなめ》は、河合屋でも白子屋でも千倉屋でもなく、波除け新田の名主・三左衛門でも蒟蒻橋の貸元・鉄蔵でもなく、陣屋です。すなわち、陣屋の元締・勝平五郎です」

「市兵衛、手代の清吉はからくりに気づいていたんだな。それをひとりで調べていたが、ある日、忽然と行方知れずになったってえ、おめえは言いてえんだな」

「渋井さんの仰った別々の偶然は、そのように推量すると、ひと筋につながります」

「それって、もしかして、清吉ってえ手代はもう……」

そう言った助弥の声は上ずっていた。

「つながるぜ、市兵衛。助弥、大急ぎで戻るぞ。白子屋と、それから千倉屋をもう一度、隅々《すみずみ》まで調べ直しだ」

「がってん」

「渋井さん。白子屋の新酒の仕入れはもう終わっています。酒問屋仲間の会所に訊きこみをすればわかるはずです。白子屋の梅白鷺の新酒がどれほど市中の小売店へ卸されたか。卸されていない分は白子屋の蔵に残っています。その数を調べれば、白子屋がどれだけ梅白鷺を仕入れたかがわかります。今年の河合屋の鑑札が出た酒造高は玄米で二百石、酒造用米にして百四十石です。酒の量は二千三百二十四斗あまり」

「ふむ。仲間の行事役に訊けばわかるな……」

「ただし、一割五分ほど水で薄められる分を勘案すると、総量はおよそ二千六百七十三斗になります。小売りでの商い額は千五十両を下りません。これに先ほどの密造分を合わせると全体量四千六百七十七斗、総額は千八百四十両を超えます」

「ひえ、すげえ額だな」

助弥が目を丸くしてうなった。

「もし、白子屋の在庫と合わせてその量に足りなければ、どこかに白子屋かあるいは酒造元の河合屋に隠し蔵があるはずです」

「わかった。調べのめどはついた。任せろ。おめえはどうする」

市兵衛は束の間考え、静かに言った。

「わたしは行方知れずの清吉さんを捜さねばなりません。清吉さんが行方知れずになって、誰が得をしたか。それを明らかにすれば、消息はおのずと明らかになると思うのです」

「そっちの調べの進展具合を、知らせろよ」

「承知しました。わたしは明日、江戸へいって、小菅村の陣屋を調べられる人物の協力を頼むつもりです」

「よかろう。しかし、陣屋を調べられる？　じゃあまた例の、おっかねえ顔をした返《かえり》弥陀《みだ》ノ介《のすけ》とかいう御小人目付《おこびとめつけ》かい」

渋井が他人のことは言えぬ渋面をいっそう渋くしたとき、新田の堤にのぼったお鈴が両手をかざして、洲崎の突端の市兵衛を呼んだ。

「市兵衛さあん、お昼ごはんの支度ができたよ。お友だちも一緒にって、母ちゃんが言ってるよお……」

お鈴が立った堤の、松やさかきの木々が曇り空の下で海風にゆられていた。

第四章　蒟蒻橋《こんにゃくばし》

一

昼すぎに降り始めた春の雨が夕暮れになってなお降り止《や》まぬ中、西船堀村の亀田屋をとり囲んだ男らが、一斉《いっせい》に突入を開始した。

男らはみな赤襷《だすき》赤鉢巻に支度《したく》し、得物《えもの》の竹槍《たけやり》を手にした蒟蒻橋の鉄蔵と西小松川村の貸元《かしもと》・軍次郎の、手下や今夜のために募った助っ人らだった。

鉄蔵の手下らが十手《じって》をかざした鉄蔵の指図で表の長屋門を押し破り、軍次郎率《ひき》いる一団は裏口からばらばらと侵入した。手下らに囲まれて亀田屋の長屋門をくぐった鉄蔵は、

「亀田屋の権六、倅《せがれ》・福次郎、密造酒の疑いで陣屋の御用だ」

と、ひと声叫び、「逆らうやつは容赦《ようしゃ》するな。いけえっ」と、手下らに命じた。

表と裏から突入した数十人の男らが、主屋《おもや》と二棟の酒蔵の戸を打ち破り、飛びこんでいった。

だが、亀田屋の者たちの抵抗らしい抵抗はほとんどなかった。

主屋から少しばかりの騒ぎと物音がしたが、使用人の下男《げなん》や下女《げじょ》らがざわざわと逃げ出してくるほかは、雨に煙《けぶ》る夕暮れどきの茅葺《かやぶき》屋根の百姓家の風景だった。

今日明日にも迫った鉄蔵らの襲撃の用心に、助っ人を頼んだ二之江村の浜蔵や小松村の作五郎らは、陣屋の御用と密《ひそ》かに知らされていて、その日の朝のうちに手下共々、さっさと逃げ去っていた。

それだけが瓦《かわら》屋根の二棟の土蔵から勢いよく飛びこんだ男らが、拍子《ひょうし》抜けしてぞろぞろと出てきたころ、主屋の方から最後の抵抗を試みる権六と倅の福次郎が、竹槍の男らに囲まれ、右や左へどすをふり廻《まわ》しつつ鉄蔵の前へ現われた。

権六・福次郎親子のほかに、抵抗している者はいなかった。

「権六、お上《かみ》の御用だ。覚悟しな」

鉄蔵が役者顔を歪《ゆが》ませ、空《むな》しくどすをふり廻す権六に言った。

「何を、流れ者の博奕《ばくち》打ちが、ほざけ」

権六が鉄蔵を睨《にら》みつけ、喚《わめ》いた。

「おめえはもう終わりだ。亀田屋と一緒に消えてなくなれ」

「くそが。おめえの思うようにはさせねえ」

権六は叫び、遮二無二《しゃにむに》左右の男らへ打ちかかり、鉄蔵目がけて突っこんでくる。

だが、鉄蔵は顔をゆるめたまま平然と立ち、男らに言った。

「さっさと片づけろ。福次郎は生かしておけ。こいつにはまだ用がある」

鉄蔵の命令で、男らが権六と後ろの福次郎に襲いかかった。

福次郎はたちまちとり押さえられたが、権六は歳《とし》はとってもしたたかだった。

周りから竹槍で突かれ、どすで手疵《てきず》を負わされ血まみれになっても、激しい抵抗は止めなかった。ただ、暴れ廻るうちに足がもつれ息が乱れて、亡霊のようによろめくばかりになっていった。

「父ちゃん、父ちゃん……」

とり押さえられた福次郎が、父親へ悲鳴のように叫び続けていた。

鉄蔵の傍《かたわ》らに、菅笠《すげがさ》に黒の廻し合羽《がっぱ》の四人の侍がいた。

その中のひとりが黙々と歩み出し、権六へ迫っていった。

権六が侍に気づいて、震える刀をかざした。

雨の中に権六の白い息が荒々しく吐き出された。

権六をとり囲む男たちは手出しを止め、侍がどうするのかと見守った。

わあっ、と権六が侍へ斬りかかっていった。

が、黒の廻し合羽が翻《ひるがえ》り、身をかがめた黒い影が権六のわきをくぐり抜けていった。

侍の手には、夕暮れの中にもわかる白刃《はくじん》が差し上げられていた。

権六はかすかなうめき声と共によろめき、数歩歩んで膝《ひざ》からくずれ落ちていった。

倒れ伏した権六の老いた背中を、しょぼ降る雨が煙のように包んだ。

「父ちゃん、父ちゃん……」

福次郎が後ろで泣き叫んでいた。

「すんだら、亀田屋は焼き払え。権六らが自《みずか》ら主屋と蔵に火を放ったと、村役人らには知らせるんだ」

武智が鉄蔵に言った。

「お任せを」

鉄蔵が答えると、武智は黒の廻し合羽を、ざわっ、と雨の中に翻した。

西船堀村の亀田屋の酒蔵に火の手が上がったころ、砂村新田のお純とお鈴は、内庭の土間の流し場に二人並んで、夕飯の後片づけにかかっていた。

主屋は下手《しもて》の広間と上手《かみて》の二部屋の三間どりである。上手の前部屋側に面した内庭の広い土間に表口があって、表口から内庭は上手の後ろ部屋まで続いている。

後ろ部屋に面した内庭に、竈《かまど》と流し場の台所がある。

お鈴と母ちゃんは、台所の流し場に並んで後片づけをしている。

後ろ部屋は板敷で、囲炉裏《いろり》が拵《こしら》えてある。

囲炉裏のそばに行灯《あんどん》が灯《とも》って、竈には小さな火がちろちろと燃えていた。

表戸の方の内庭は暗がりに包まれ、降り止まぬ雨の音が寂《さび》しく聞こえていた。

外の用水路の方から、もう蛙《かえる》の鳴き声が聞こえてきた。

あれは赤蛙だ、とお鈴は母ちゃんの洗った碗《わん》を布巾《ふきん》でぬぐいながら思った。

早や蛙の鳴く季節がきて、わけのわからない物悲しさが胸にこみ上げた。

隣《となり》の母ちゃんを見上げて、お鈴は母ちゃんをとても愛《いと》おしく感じた。

だが、母ちゃんの横顔は少し寂しげに見えた。

暗い夜のはるか彼方《かなた》で、半鐘《はんしよう》が打ち鳴らされている音が聞こえていた。

ほんのわずかな物音にもかき消される、夜の吐息みたいなかすかな音だった。

だがその半鐘の音が、不安をかきたてた。

父ちゃんはどこにいるのだろう、とお鈴は考えた。市兵衛さんは今朝、江戸へ戻っていった。昨日、田んぼの仕事を終えて伝左衛門さんの役邸へ引き上げるとき、母ちゃんに言っていた。

「人に会う用ができたので、一旦《いったん》、江戸へ戻ります。明後日にこちらへうかがい、そちらの用の次第をご報告します」

市兵衛さんはとても優しくて、物知りで、働き者で、父ちゃんと同じくらいにお鈴の大好きなお侍さまだった。

だけど、父ちゃんより痩《や》せていて、腰の刀が重そうに見えた。

江戸に用というのは、昨日の昼間きた江戸のお役人さまの用なのだろう。

江戸のお役人さまは父ちゃんのこととどういうかかわりがあって、市兵衛さんを訪ねてきたのだろう。

「わたしの住む裏店《うらだな》は、神田の雉子町という町の八郎店にあります。万が一、何か急な用ができましたなら……」

市兵衛さんが言ったとき、神田雉子町はとても遠いのに違いない、とお鈴は思った。

お鈴は拭《ふ》き終わった碗を棚《たな》に載《の》せた。それから、内庭の暗がりの方へ目を投げた。暗がりの向こうは何も見えないけれど、半鐘のかすかな音は暗がりの向こうでまだ続いていた。お鈴は暗がりへ目を投げたまま、

「まだ鳴っているよ」

と、流し場の母ちゃんに言った。

「そうだね。こんな雨の日に火事だなんて、何があったんだろうね」

母ちゃんは流し場を、藁束《わらたば》でこすっていた。

「でも、中川の向こうのうんと遠くだから、こっちまで広がることはなさそうだね」

藁束を動かしながら、母ちゃんは言った。

蛙のか細い鳴き声も、途絶えてはまた聞こえてくる。

「今日は、夜なべする？」

お鈴は竈の前にいき、燃え残った火の具合を見ながら訊《き》いた。

「今日は雨で昼間、田んぼ仕事ができなかった分、明日、やらないといけないし、父ちゃんのことで用ができるかもしれないからね。寝るまでに少しやっておこう」

「わたしもやるよ」

お鈴は母ちゃんに言った。

と、外の庭の方から小屋の海児の鳴き声が聞こえた。海児の荒い鼻息が続いた。

お鈴は内庭の暗がりに目を投げ、耳を澄ました。

雨音と、遠くの半鐘の音だけが聞こえる。

竈に目を戻したときだった。

暗がりの向こうの表戸が、がた、と鳴った。

「母ちゃん」

お鈴は母ちゃんのそばへ駆け寄った。

母ちゃんは藁束の手を止め、内庭の暗がりへ目を凝《こ》らした。

するとまた、がた、と戸が鳴り、小屋の海児が不穏な気配を感じとったかのようにいないた。蹄《ひづめ》を踏み鳴らした。

内庭の暗がりに、かすかな息遣《いきづか》いがひそんでいた。息遣いは獣のようなうなり声を上げた。ずる、と内庭の土間を何かがすった。

「母ちゃん、何かいるよ」

お鈴は母ちゃんの膝にすがって、ささやいた。

「お鈴、ここにいるんだよ」

母ちゃんは竈の前へいき、燃え残りの薪《まき》を抜き出した。
薪の先に小さな火が燃えている。
それを前方へかざし、内庭の暗がりの中へ進んでいった。
お鈴は母ちゃんの後ろを、恐る恐るついていった。
暗がりが左右に逃げ、内庭の土間の先に表戸が薄《うっす》らと浮かび上がった。
腰高障子《こしだかしょうじ》が開いたままで、外庭は暗闇《くらやみ》に閉ざされている。
「あっ」
思わず声がもれた。
内庭に黒い影がうずくまり、力のない呼吸を繰りかえしていた。
影の形が呼吸に合わせて、小刻《こきざ》みに波打っていた。
母ちゃんは薪を突き出し、ゆっくり影に近づいていった。
お鈴には大きな獣みたいに見えた。けれども、
「誰っ」
と、母ちゃんは言った。影が人だとわかっているみたいだった。
薪の火が影を照らし、それがぼうっと浮かんでくると、大人の男の人だとお鈴にも
わかってきた。

内庭にうずくまった男の人は、帷子《かたびら》ひとつで、裸足《はだし》の汚れた足が見えた。ざんばら髪から水の雫《しずく》が垂《た》れていた。綺麗に剃《そ》った月代《さかやき》には、赤い血の固まった疵《きず》が走っていた。全身、濡《ぬ》れ鼠《ねずみ》だった。

「どうしたの、何があったの」

母ちゃんがまた言った。

うな垂れていた男の人が、荒い息を繰りかえしつつ顔をゆっくり持ち上げた。母ちゃんが薪を近づけた。

「まあ、あなた」

「あっ」

母ちゃんとお鈴はそろって声を上げた。

「あなた、亀田屋の福次郎さんね」

福次郎があえぎながら、泥まみれの顔を母ちゃんとお鈴へ向けた。何か問いたげにうめいた。

「ほお、あ、あんたら、このまえきた……」

福次郎は息を飲みこみ、それから荒々しく呼吸を繰りかえした。

「すまねえ。ちょっと、水を、くれねえか」

「しっかりしなさい。どこか怪我《けが》をしたの」

「いや。だいぶやられたが、疵は浅《あせ》え。船堀川に飛びこんで、宇喜田川から中川に出たんだ。中川をこえるのに、苦労した。海に流されて、もう終わりかと思った」

福次郎は、喋《しゃべ》るのもやっというくらい疲れきって見えた。

「どうにか陸に上がって、ここまできて、明かりが見えたから……あうう、もう動けねえ。しばらく休ませてくれ。休んだら、出ていく」

福次郎の泥まみれの顔は、暴行を受けて腫《は》れ上がり、肩と足に刀疵らしき跡が赤く走っていた。

「お鈴、これを持って。この人を竈のそばへ運ぶから、水をくんできてやって」

母ちゃんがお鈴に薪を渡して言った。

それから母ちゃんは、濡れ鼠の福次郎の両わきをかかえ、竈のそばへずるずると引きずっていった。

お鈴は急いで火の燃える薪を竈に投げ入れ、藁筵《わらむしろ》を竈の前に敷いた。

それから碗に水瓶《みずがめ》の水をくんで持っていった。

母ちゃんはお鈴に「ありがとう」と笑いかけ、痩せてはいても重たそうな福次郎の身体《からだ》を藁筵にようやく寝かせた。

そうして上体を抱き起こし、碗を福次郎の力ない唇につけてやった。

福次郎は水に気がつき、抱きかかえられたまま雫をこぼしつつ、喉《のど》を懸命に鳴らした。水を飲み乾《ほ》すと、

「すまねえ……」

と、言い捨て、ぐったりと横たわった。

福次郎は肩を波打たせ、じっと目を閉じていた。

「お鈴、戸締《とじ》まりをしておくれ」

母ちゃんが竈に薪をくべながら、お鈴に言った。

それから福次郎の帷子を脱がせ、下帯と晒《さらし》だけの裸にして、身体をぬぐい、疵の手あてを始めた。

疵のほかにも福次郎の身体には殴打や、みみず腫れの跡があちこちに走っていた。

ひどい暴行を受け、かろうじて逃げ出したのに違いなく、福次郎は母ちゃんにされるがままに、大人しく身を任せていた。

お鈴は表口から雨の向こうの小屋でまだ起きている海児に「もう、お休み」とひと言かけ、戸締まりをした。

それから福次郎の帷子を竈の火にあて、乾《かわ》かした。

疵の手あてをしている母ちゃんに、横たわった福次郎が痛みに顔を歪め、「す、すまねえ」とまた言った。

「しばらく休んだら、出ていくからよ」

「この疵でどこへいくの。幾《いく》らもいけはしないよ。このまま大人しく寝ていなさい」

「ありがてえが、そうして、いられねえんだ。で、でねえと、今に、蒟蒻橋の鉄蔵が追ってくる。河合屋の錫助も陣屋の役人も、一緒だ。おれは、殺される」

鉄蔵？　河合屋の錫助？　ご陣屋のお役人？……

と聞いて、お鈴の胸が鳴った。

「あなた、何をしたの」

母ちゃんが訊いた。

「なんにも、してねえよ。親父《おやじ》が、おめえは亀田屋の主人だから、でんとかまえてろって、言ったからよ。けど、やつらが押しかけてきて、親父とおれは戦った。けど、おっかねえ助っ人の浪人までそろえていやがって、すげえ人数だった。かなわねえよ。親父は浪人に斬られたんだ。くそおっ、亀田屋は、もう終わりだ。やつらがうちに油をまいて、火をつけやがったんだ。何もかも、灰になっちまった」

福次郎は突然、童子のようにべそをかき出した。

はるか遠くで聞こえている半鐘の音は、この前訪ねたあの亀田屋さんの主屋や蔵に火事が起こった知らせだったんだ、とお鈴は内心に驚きを覚えていた。

ただ、斬られたとか、火をつけたというのがわからない。

ご陣屋のお役人さまがきて、嫌いだけれど十手持ちの蒟蒻橋の鉄蔵親分がきて、そんな非道なふる舞いをするのだろうか。

河合屋の錫助が、ご陣屋のお役人や蒟蒻橋の鉄蔵と手を結び、亀田屋を潰《つぶ》そうと喧《けん》嘩《か》を仕かけてきた。酒造元を亀田屋から奪って、河合屋が独《ひと》り占めにするのが狙《ねら》いだという、そんな話だった。

お鈴には詳《くわ》しいことはわからなかった。だが、

「そんな無法を、許しておくわけにゃあいかねえ」

と、福次郎は吐き捨て、涙をこぼして悔しがるのがちょっと可哀想《かわいそう》だった。

「親父と一之江村の小金治親分が組んで、仕かけられた喧嘩を買ってやったのさ。それが男の意地だからよ。けど、小金治親分が軍次郎との出入りで斬られたのが誤算だった。この正月のことだ。一番頼りにしてたのによ。親父は二之江村の浜蔵親分や小松村の作五郎親分らに助勢を頼んだが、陣屋の役人が十手持ちの鉄蔵と軍次郎の手下

らを従えて押しかけてくるとわかったら、二人共、あっという間に逃げ出しちまった」

福次郎は頭を抱えて嗚咽《おえつ》した。

「ひでえもんだ。やつら、鬼畜生《おにちくしょう》だ。親父も祖父《じい》さんのときから親戚みたいにつき合ってきた小金治親分も、みんなお陀仏《だぶつ》になっちまったしよ」

お鈴は母ちゃんと顔を見合わせ、呆《あき》れて言葉もなかった。

「やつら、おれを縛《しば》り上げてさんざん痛めつけやがった。亀田屋の酒造株の証文を渡せと言いやがるのさ。そうしたら命は助けてやるってな。おらあ言ってやった。誰がてめえらにってな。やつら、ここじゃまずいから、蒟蒻橋の鉄蔵んとこへおれを連れていく相談をしてやがった。そこでおれに拷問《ごうもん》をかけ、酒造株の証文を奪い、それから始末する腹だったんだ」

福次郎は、顔をくしゃくしゃにして嗚咽する合間合間に、止めどなく話し続けた。

母ちゃんは黙って、福次郎の疵の手あてを続けていた。

「ざまあみやがれ。おれはすばしっこいんだ。村の半鐘が鳴って、村人が大勢集まってきたからよ。おれはそのどさくさの隙《すき》に逃げ出して、船堀川へ飛びこんだのさ。鉄蔵が十手をかざして喚いていやがった。亀田屋は酒造鑑札《かんさつ》のお許しを破って密造酒に手を染めていた、そのとり締まりだと。おれが家に火を放って逃げたってな」

福次郎があまりにも情けなく顔を歪めて泣くものだから、お鈴は見ていられず、

「使いなよ」と、手拭《てぬぐい》を渡してやった。

「お、おお、すまねえ。おめえ、お鈴だったな。おらあ、悔しいぜ。祖父さんの代から続いた亀田屋に、なんで火をつけるんだ。そんな罰《ばち》あたりなこと、誰がするもんか」

福次郎は手拭に顔を埋《うず》めて、声をくぐもらせて泣いた。

「鉄蔵の言ったことで、おらあ、もう間違《まちげ》えねえと読んだ。河合屋は密造酒に手を染めていやがる。陣屋の役人も仲間だ。やつら、てめえらの欲のために、もっともっとうまい汁を吸うため、殺しだろうが無法だろうが、悪辣《あくらつ》の限りをつくしやがる。くそ役人らはいつだって、これがお上の法だと言いやがる」

母ちゃんが福次郎の肩に包帯を巻きながら言った。

「福次郎さん、ご陣屋のお役人というのは、誰だったの」

「陣屋の役人はな、武智斗馬とかいう元締の勝平五郎の腰巾着《こしぎんちゃく》さ。そ、そうだ。あんたの亭主の清吉さんも、やつらの悪だくみに気づいていたのさ。河合屋の密造酒と、亀田屋を潰して酒造元を独り占めにする悪だくみにさ。だからやつらに、うちの

親父みてえに、し、始末されたんじゃねえのかい」

お鈴はどきりとした。

「母ちゃん、父ちゃんは生きているよね。死んじゃいないよね」

お鈴は母ちゃんの背中にすがり、堪《たま》らずに言った。

「大丈夫さ、お鈴。父ちゃんは生きているよ。ちゃんと帰ってくるよ」

福次郎の言葉が、お鈴の心を一気に悲しみで包んだ。

「す、すまねえ。おらあ、そんなつもりじゃなかったが、妙なことを言っちまって……」

福次郎がお鈴の様子に気づき、申しわけなさそうに顔を上げて言った。

そのとき、表の板戸が激しく叩かれた。

「きき、きやがった。て、鉄蔵だ。くそ、どうしよう」

福次郎が震えだした。

続けて板戸が叩かれ、「おおい、開けてくれ。ちょいと訊《たず》ねてえことがある」と、どすの利《き》いた男の声が聞こえた。

咄嗟《とっさ》に母ちゃんが、板敷の上がり端《はな》の板をはずした。

床下に味噌《みそ》と醤油《しょうゆ》、豆などを入れた壺《つぼ》と袋がしまってある。母ちゃんは福次郎を抱

き起こし、

「ここに隠れなさい」

と、無理やり押しこんだ。

福次郎は苦痛に顔を歪めつつ、それでも自分からもぐりこんだ。

物音をたてないで――と、母ちゃんは板を戻し、お鈴に、

「お鈴、筵を片づけてから、ここに腰かけていなさい」

と小声で言った。

表戸がまた激しく叩かれた。「おおい」と声が聞こえる。

「は、はい。ただ今。少々、お待ちを」

母ちゃんは手燭《てしよく》に火を灯し、それから内庭伝いに表戸を開けにいった。

戸が開くと、外の暗がりに立っている数人の男を、手燭の明かりが照らした。

赤い鉢巻と赤い襷に脇差《わきざし》、黒の脚絆《きやはん》の物々しい拵えが見えた。

「……誰か、ここへ……」

「いえ、どなたも……」

「ご陣屋が手配中の科人《とがにん》だ。隠しやがるとためにならねえぜ」

と、ひとりが外で怒鳴るのが聞こえた。

「家の中を見せてもらうぜ」

母ちゃんを押しのけて二人の男が土間へ入ってきた。板敷の上がり端にかけ、足をぶらぶらさせているお鈴を見つけて、

「なんだ。餓鬼《がき》か」

とひとりが言った。

そのとき納屋《なや》の海児が、激しくいないた。

お鈴はふと思いたち、上がり端を下りた。そして、内庭を走り、赤い襷の男らの隙間をぬって外へ飛び出した。

「お、餓鬼を逃がすな。捕まえろ」

後ろの声にお鈴は雨の庭に立ち止まり、

「逃げるんじゃない」

と、しょぼ降る雨に濡れるのもかまわず、言いかえした。

それから庭を横ぎって納屋へ飛びこみ、海児の首筋をなでて言った。

「海児、目が覚めたのかい。騒がしいよね。ごめんね」

海児が鼻を元気よく鳴らし、顔をお鈴へすりつけた。

「おい、誰か、納屋を調べろ」

命じられて入ってきた男は、竹槍を手にしていた。

男はお鈴と海児を押しのけながら、竹槍で土間の藁や屋根裏の梁《はり》を突いたり叩いたりした。

「海児が目を覚ましちゃったじゃないか。誰もきやしないよ」

お鈴が海児の首筋をなでつつ、語気を強めて言った。

海児が怒ったようにいないないた。

「ふん。だめだ。ここは藁しかありやせんぜ」

男が外の男らへ声をかえした。庭に固まった男らが、

「よく降りやがるなあ」

「まったくだ。野郎、今ごろは土左衛門《どざえもん》になっていやがるんじゃねえのか」

夜が更《ふ》けて冷えこみ、男らの吐く息が白くなっていた。

「いいだろう。どうせあの身体で、ここまでこれるわけがねえんだ。あとは兄《あに》さんの手下らに任せよう。冷えてきやがった。おれたちは引きあげるぜ」

そう言ったのは小松川村の貸元・軍次郎だった。

男らは軍次郎に従い、ぞろぞろと庭から出ていった。

二

お鈴は、母ちゃんが床下から福次郎を引き上げるのを手伝った。

福次郎は気を失っていて、母ちゃんと二人ではとても重たかった。

ようやく囲炉裏端に寝かせ、頬《ほお》を指先で突いたが、福次郎は目を開けなかった。

「寝てるよ。どうする」

お鈴が言うと、母ちゃんは呆れたふうに溜息《ためいき》をついた。

外の遠くの方で、男らの話し声が聞こえた。何を話しているかわからないが、乱暴な言葉つきだった。どさどさと走り廻る足音も聞こえる。

「仕方がないわ。放り出すわけにはいかないものね」

母ちゃんはちょっとの間考えてから、お鈴に言った。

「お鈴、伝左衛門さんのお屋敷の裏木戸は知っているかい」

「知っているよ……」

「伝左衛門さんに、福次郎さんのことをこっそり伝えてきておくれ。伝左衛門さんなら、どうしたらいいか何か方法があると思う。伝左衛門さんに伝えたら、そのまま居させておもらい。戻ってこなくていいからね」

「わかった。いってくるよ」

お鈴の心に勇気が湧《わ》いた。

母ちゃんはお鈴に菅笠をかぶせ、大人の蓑《みの》を着せてから「気をつけて、お願いね」

と、心配そうに言った。

それから父ちゃんが使っていた龕灯《がんどう》に蠟燭《ろうそく》を入れ、お鈴に持たせた。

「さっきの男たちに見つかったら、親戚に急病人が出たから手伝いにいく、母ちゃんは後からくるって言うんだよ。お鈴なら、できるね」

「うん。近いから大丈夫」

大人の蓑を着けると、お鈴の身体は小熊のような格好になった。

それから足袋《たび》に草鞋《わらじ》を履《は》いた。

お鈴は背戸口《せどぐち》から顔を出し、周りの様子をうかがった。

雨垂《あまだ》れが軒下《のきした》に音をたてていた。

「母ちゃん、すぐだから、待っててね」

後ろの母ちゃんへふりかえり、互いに頷《うなず》き合って、お鈴は外へ飛び出した。

雨の田野《でんや》の道を走り始めた。

道は目をつむってもいけるくらいわかっているし、新田をとり巻く堀川や用水の架《か》かる橋の場所も全部頭の中に入っている。伝左衛門さんのお屋敷への一番近道は、砂村川から分かれる用水に架かる橋を渡らなければならなかった。

けれど、その橋の袂《たもと》に男らが屯《たむろ》している姿が見えた。

お鈴は用心して、怖いけれど火葬場のそばを通り、堀川の橋を渡る道へ遠回りした。

夜は誰も近づかない道だった。

真っ暗な中に火葬場の樹林の影が、化物《ばけもの》みたいに折り重なっていた。

お鈴は母ちゃんのことを考えて、勇気を出した。

焼場の土塀《どべい》が続く道を、まじないを呟《つぶや》きながら走り抜けた。

幸い、幽霊と化物に出会わず堀川の橋を渡った。

雨音が暗い堀川の川面《かわも》に鳴っていた。

また田野の道を走り、伝左衛門さんの大きなお屋敷の近くまできたとき、伝左衛門さんのお屋敷へいくどの道にも、数人ずつ男たちの影が固まっているのが見えた。

表の長屋門へいく道も裏木戸へ廻る道も同じだった。

わけはわからないまでも、母ちゃんの身に恐ろしいことが起こりそうな不安で、胸が音をたてて鳴った。

今度は鉄蔵が手下を大勢連れてやってくるかもしれない。どうしよう……

お鈴は途方に暮れた。

こんなとき、市兵衛さんがいたら、と思った。

けれども、泣きたいのを堪《こら》えた。泣いている場合ではなかった。

十歳のお鈴には、ほかに手は考えられなかった。

砂村新田から江戸日本橋まで一里十町《ちよう》（約五キロメートル）と言われているが、日本橋がどこにあるのかお鈴は知らない。けれど、江戸の方角は暗くてもわかる。

日本橋までいけば、神田という町の雉子町は近いに決まっている。

自分に言い聞かせたとき、お鈴はすでに江戸を目指して田野を駆け始めていた。

お鈴は、明日ご陣屋に戻る正月休みの最後の夜、父ちゃんが囲炉裏の灰の上に粗朶《そだ》で描いた江戸の絵図を思い出していた。

あのとき父ちゃんは、新堀に架かる日本橋と大川に架かる両国橋、馬喰町の御用屋敷、そしてここら辺が神田、と丸く囲って言っていた。

迷いもためらいも、怖さもなかった。

父ちゃんがきっと江戸へ連れていってくれる、とお鈴は心底思った。

堀川へ戻り、川縁《かわべり》沿いに西へ堤道を小走りに駆けながら船を探した。

思った通り、途中の川縁につないだ広助《ひろすけ》さんの小伝馬船《こてんません》を見つけた。

広助さんは小伝馬船を百姓渡しや荷運びに使っているけど、生業《なりわい》は百姓だから百姓仕事が忙しい今はあまり使っていない。

「ごめんね広助さん、必ずかえすからね」

お鈴は誰もいない暗闇に言って、川縁へ下りた。

船に乗りこむと、船底に少し水が溜《た》まっていた。

けど、大したことはない。上手い具合に荒縄を丸めた束が船の舳《へさき》にあり、その束に龕灯を載せ、川縁の石で挟み動かないように前方を照らした。

伝馬船は水押《みよし》が小さくて都合がよかった。

杭《くい》につながれた綱をとき、櫓床《ろどこ》のまりくちに重たい櫓を苦労してとりつけた。

その間にも、船は勝手に江戸の方へゆっくりすべり出していた。

舳の龕灯の薄明かりの中に、細かい雨の波紋が川面の小紋模様のように見えた。

お鈴は流れに任せて櫓を懸命に操《あやつ》り、父ちゃんの描いた絵図を暗闇の中でひとつひとつ思い浮かべながら川を下った。

父ちゃんは砂村新田の場所を、囲炉裏の絵図からはみ出した板敷を枝で突いて、ここら辺だ、と言っていた。

十間川の川向こうの六万坪と十万坪は知っている。六万坪と十万坪の間をいくと亥《い》の堀《ほり》とぶつかり、亥の堀の先が木場だ、と広助さんから前に聞いたことがある。

お鈴の考えでは、この川が突きあたって、六万坪と十万坪の間の川筋へ曲がっていけば、亥の堀をこえ、広助さんが言っていた木場が見えてくるはずだった。

ここがどこともわからない暗い川筋を、お鈴は自分の考えを信じて、ひたすら漕《こ》ぎ進めた。雨が周囲の暗がりに、さわさわと降り続いていた。

やがて亥の堀らしき川をこえたとき、お鈴は自分の考えが間違っていなかったと思えてきた。

しばらくして土蔵らしき影が川の北側に並んでいるところへきて、これが木場なのだろうかと、不安を覚えながら暗い周囲を見廻した。

そこをすぎ、なおも堀を漕ぎ進んだとき、堤道の柳の下に手拭を吹き流しにかぶり、筵莫蓙《むしろござ》を丸めてわきに抱え佇《たたず》んでいる女の人が見えた。

お鈴は櫓を漕ぐことに必死で、怖がっている余裕がなかった。

「おねえさん、仙台堀はどうやっていくの」

お鈴は柳の下の、幽霊みたいな女の人に声をかけた。

いきなり声をかけられ幽霊みたいな女の人は、ぎょっとして菅笠と蓑の小熊みたいなお鈴を見つめた。しかしすぐに、なんだい、という素ぶりになり、「ここが仙台堀だよ」と、夜の静寂によく響く声をかえしてきた。

「日本橋へはいけるの？」

女の人は、こうこういけばいいんだよ、と親切に教えてくれた。

仙台堀から大川へやっと出たとき、蓑に包まれたお鈴の身体は汗まみれだった。

疲れて心細く、それに腕がだるかったけれど、お鈴は我慢して櫓を動かした。

大川は、本当に大きな暗い川だったが、真っ暗な大川を横ぎり、それが新大橋《しんおお》だよ、と仙台堀のおねえさんが言っていた橋影を見ながら大川端を漕ぎのぼった。

そうして、大川端の堤と三ツ俣《みまた》の流れに沿って船はまた堀川へ入った。

両岸に暗いお武家屋敷が続く堀川から日本橋のある新堀へ折れるとき、今度は河岸場のそばに船を泊めた船頭《せんどう》さんに訊いた。

「おじさん、ここを曲がれば日本橋へいける？」

「いける……」

船頭のおじさんは川へ差した棹《さお》に凭《もた》れ、気《け》だるそうに答えた。

すると、船底から莫蓙をかぶった真っ白な顔の女の人が、のそっと起き上がり、お鈴を睨《にら》みつけたから、お鈴はとうとう化物が出たと思った。

「おまえ、子供じゃないか。こんな夜更けにどこへいくつもりだい」

化物がしゃがれた声で言った。

「日本橋から神田だよ。どうしてもいかなきゃならないのさ」

お鈴は気を確かに持って、言いかえした。

棹につかまっている船頭が、ふん、と鼻先で笑った。

「おまえみたいな子供が、どこへいかなきゃならないのさ」

化物がまた言ったが、お鈴は力の限り櫓を漕ぎ新堀へ折れた。後ろの方で化物が、

「日本橋は二つ目だよ。途中で変な川へ折れるんじゃないよ。人さらいがいっぱいいるんだからね」

と、闇の川筋にしゃがれ声を響かせた。

江戸橋をくぐり、日本橋の袂の河岸場にようやく上がった。

そうして、船を杭につなぎ、河岸場の川縁に這《は》いつくばって川の水を飲んだ。

河岸場から日本橋の袂に上がると、雨が大通りに音もなく降っていた。

雨と汗で菅笠の下の髪が濡れ、頰にまとわりついた。

神田の方角は、大よその見当はついた。

ここがお城、日本橋はここ、ここが神田、ここが両国で、御用屋敷は馬喰町という町にあって、と父ちゃんが囲炉裏に描いた絵図と自分が今いる日本橋の袂を頭の中で組み合わせた。

お鈴は大通りを急いだ。

途中、表店の庇《ひさし》の下で屋台の明かりを灯している風鈴蕎麦《ふうりんそば》のおじさんと、夜廻りのおじさんに神田雉子町の八郎店を訊ね、薬種問屋の何々さんの角を曲がって、小間物問屋の誰それさんの看板を曲がって、と親切に教えられた。

だが道は真っ暗で、曲がり角がどこなのか、教えられた目印が見えなかった。

夜はどんどん更け焦ったけれど、お鈴は坐りこみたいぐらいに本当に疲れた。

結局、お鈴は自分がどこにいるのかわからなくなり、咎《とが》められたらどうしよう、怪しいやつとつかまえられたらどうしようと怯えつつ、ほかに手がなく、父ちゃん守って、と祈りながら自身番の戸を叩いた。

表障子に記した町名は読めなかったが、《佐柄木《さえき》町》という字が書いてあった。

自身番の町役人はお鈴を見て吃驚《びっくり》したが、お鈴の事情を聞くと、まずは雉子町の八郎店へ連れていくしかないだろう、と相談がまとまり、自身番の提灯《ちょうちん》を提げ番傘《ばんがさ》を差した店番《たなばん》にともなわれて八郎店へ向かった。

店番のあとをゆきながら、お鈴は時の鐘《かね》が四ッ（午後十時頃）を報《しら》せるのを聞いた。

八郎店の家主・八郎さんの住まいを訪ね、店番が事情を話した。

「砂村新田？　この子がこの夜更けに砂村新田から市兵衛さんを訪ねてきたってえのかい。あの深川の、うんと先の砂村新田からだよ？」

年配の八郎さんが、たまげたという顔つきで繰りかえした。

それはともかく市兵衛さんの店に、ということで番傘を差した家主と店番に従い、お鈴は八郎店の狭い路地のどぶ板を踏んだ。

「ここだよ」

ようやくたどり着いた市兵衛さんの店は、板戸が閉じられ、寝静まっているみたいに真っ暗だった。

家主が板戸を叩き、「市兵衛さん、お客さんだよ」と呼びかけていると、両隣と向かいの住人がぞろぞろと出てきた。

「市兵衛さんは、三、四日前でしたかね、仕事で留守にすると言って出かけてから、まだ戻ってきちゃあいませんよ」

と、隣のおかみさんが言った。

「市兵衛さんは留守ですよ」

別のおかみさんが言い添えた。

「なんだい？　三、四日前から市兵衛さんは戻ってないのか。それは困ったな。じつはこの子は砂村新田の……」

家主がお鈴に向いて、集まった住人に事情を語った。

ええ、砂村新田から、そりゃあ大変だったね、砂村新田ってどこだい、ほら深川のずっと先の、市兵衛さんは戻ってきてないね、などと大人たちの言い交わす声に囲まれ、お鈴は身を縮《ちぢ》めた。

雨垂れがどぶ板を叩き、とり囲んだ大人たちの番傘がざわざわと鳴っていた。

ああ、どうしよう、どうしたらいいのだろう……

と、お鈴はうな垂れ、急にあふれ出す涙を堪えることができなくなった。

力が抜け、坐りこんでしまった。坐りこんで、蓑に包まれた肩をふるわせ、声をもらして泣いた。

だが、母ちゃんの身が案じられ、心配で胸が締めつけられた。

お鈴は泣きながら、ここで市兵衛さんが帰ってくるのを待つしかない、と決心した。

「可哀想だが仕方がない。今夜はうちへ泊まり、明日、砂村へお帰り」

家主が坐りこんだお鈴の頭の上で言った。しかしお鈴は、

「いいえ。わたしはここで、市兵衛さんが帰ってくるのを、待ちます」

と、しゃくり上げながら答えた。

うな垂れたお鈴には、大人たちの下駄や草履《ぞうり》の間に落ちる雨しか見えなかった。

待ったってねえ、この雨だし——と、とり囲んだ大人たちが言い合った。

しかしお鈴は、もう死んだってかまわない、と思っていた。

「お鈴、遠い道をえらかったな。よくきた」

別の人がまた言った。

お鈴は答えなかった。疲れと落胆で、答えるのも顔を上げるのもつらかった。

その人がお鈴の前にかがみ、お鈴の菅笠を少し持ち上げた。

「母ちゃんの用できたのだろう。話してくれるか」

その人が優しい声で言った。

なぜか、また涙があふれた。お鈴はおどおどして、ようやく顔を上げた。あふれる涙でその人の顔はよく見えなかった。

ただその人は、父ちゃんみたいに優しく微笑《ほほえ》んでいるのがわかった。

お鈴は、父ちゃんが守ってくれたと思った。

三

その日の朝早く、市兵衛は伝左衛門の役邸を出た。

名主の伝左衛門は、前々日、小菅村の陣屋へ呼び出しを受けて出かけたまま、砂村新田の役邸にはまだ戻っていなかった。

先日と同じく、砂村川が中川へそそぐ河口の河岸場より船で中川をさかのぼり、中川から堀川に入って綾瀬川へとった。

小菅村の陣屋へ着いたのは昼前だった。

市兵衛は陣屋の門番に、元締の勝平五郎へとり次ぎを頼んだ。浪人者をとり次いでいいものかどうか迷っていた門番に、

「三日前、砂村新田名主・伝左衛門さんのご紹介で勝さまにお会いした者です。怪しい者ではありません。何とぞおとり次ぎを」

と、食い下がった。

「ああ、三日前の……」

市兵衛を思い出した門番は、「待っておれ」と門前で待たせ、門内へ引っこんだ。

門前の制札《せいさつ》わきでずいぶん待たされた。

陣屋の盤木が昼の刻限を打ち鳴らしてほどなく、門前に武智斗馬が現われた。

武智は黒の着物に脚絆に絞った黒袴で、巡見《じゅんけん》にでも出かけるふうな扮装《ふんそう》だった。

市兵衛は武智へ腰を折った。

「勝さまは御用でお出かけだ。用はなんだ。拙者《せっしゃ》が承《うけたまわ》る」

門前に立った武智が冷めた語調で言い放った。

「砂村新田の名主の伝左衛門さんが、一昨日、ご陣屋の差紙《さしがみ》を受けられ、呼び出されております。いまだお戻りではなく、万一の間違いがあってはと懸念いたし、おうかがいいたしました」

市兵衛は武智へ数歩進め、頭《こうべ》を垂れたまま言った。

「万一の間違い？　どういう意味だ」

「はい。伝左衛門さんは心の臓に少々持病をお持ちとうかがっており、身体の具合などに万一のことがあっては、と懸念いたしております」

「伝左衛門は陣屋にはおらん。御用はすんでおる。家に戻っておらぬなら、どこぞへついでに立ち寄っておるのだろう。伝左衛門の知り合いを、あたればよかろう」

そう言って、武智はなぜか薄笑いを浮かべた。

「伝左衛門さんは、手代の清吉さんの行方を捜しておられます。わたしがその役目を受け、調べた経過および結果をご報告する手はずになっております。伝左衛門さんはご陣屋の御用がすみ次第、戻られるはずです。御用はいつすんだのですか」

「戻られるはずだと？　おぬしが勝手にそう思っているだけだろう。手代と申しても所詮《しょせん》小百姓だ。名主ともなれば、小百姓の行方などおぬしが思うほど、気にかけておらぬのではないか。それに勝さまの御用だ。いつすんだか、わたしは知らん」

それから武智は、話をそらした。

「おぬし、清吉の行方の手がかりを何かつかんだか」

一瞬ためらったのち、市兵衛は言う方を選んだ。

「どうやら、清吉さんは波除け新田の川欠引《かわかけびき》の件を調べていたと思われます。波除け新田は七年前の高潮により用水の堤に害を受け、去年までの六年間にわたり、川欠引になっておりました。ご陣屋の裁定です」

武智は市兵衛をじっと見つめた。

「六年の川欠引を裁定なされたのはどなたでございますか。清吉さんはそのお役人と話し合われているでしょう。その方にお訊ねすれば、清吉さんの行方の手がかりがつかめるかもしれません。武智さん、お教えねがえませんか」

「それはだめだ」

「なぜですか」

「なぜですかだと？　愚鈍《ぐどん》なことを言う。陣屋の役目を浪人者のおぬしに話すわけがなかろう。わきまえて物を言え」

武智の市兵衛を見つめる目に嘲《あざけ》りが浮かんでいる。

「いたし方ありません。そうだ。武智さんご自身は、清吉さんが波除け新田の川欠引の一件を調べている事情を、いつお知りになったのですか」

「いや。清吉がそれを調べていたとは、知らなかった」

「調べて、いた？　清吉さんは今も調べて、いるのかもしれませんよ」

武智の目にかすかな憎悪が差した。かまわず言った。

「武智さんご自身はどう思われますか。波除け新田の六年の川欠引は長すぎると、お考えになりませんか。清吉さんの巡見していた村の検見《けみ》の不都合というのは、波除け新田のことではなかったのですか」

武智は目をそらさぬまま、沈黙した。

「勝さまが内々でお調べのことだ。わたしは知らん。そう言っただろう」

武智が言ったとき、ぽつぽつと雨が降り始めた。

「そうでしたね」

市兵衛はかえし、雨雲に覆《おお》われた空を見上げた。

「雨ですね。これから巡見ですか。ご苦労さまです」

「帰れ」

武智は踵《きびす》をかえし門内へ消え、市兵衛は降り始めた雨の中にひとり残された。

武智斗馬は陣屋の役所へは戻らず、陣屋裏門外の元締屋敷へ向かった。

「武智です」

低い声で言い、応対の若党が現われる間も待たず式台から玄関の間へ上がり、勝平五郎の居室へ通った。慌《あわ》てて応対に出てきた若党に、

「かまわん。勝さまは居室だな」

と、廊下を踏み鳴らしつつ言った。

「は、はい。ただ今お昼を召し上がられております」

武智は勝の居室の襖《ふすま》の前に跪《ひざまず》き、「武智です」と言った。

「入れ」

勝の声が襖の向こうで答えた。

昼の食事を終えた勝は眉間《みけん》に皺《しわ》を寄せ、茶を喫していた。

庭では先刻降り始めた雨が、細い音をたてていた。

襖を閉じた武智に、勝は茶碗を持ち上げて訊いた。

「帰ったか」

はい——と武智は着座し、太刀《たち》を右わきへおいた。

勝はずるっと音をたてて茶をひとすすりし、「なんの用だった」と言った。

武智は唐木市兵衛なる妙な渡り者が、再び陣屋を訪ねてきたわけを語った。

「ふうむ、あの男、波除け新田の川欠引に気づいたか」

「誰もが知っていることです。それぐらい気づくのはあたり前です。あれしきの者、気づいた、ただそれだけのことです。肝心《かんじん》なことは何ひとつ、確かな証拠をつかんでおりません。証拠がなければ、法の上では何も差し支《つか》えはありません」

武智は答えた。

勝は鼻先で笑い、また茶を喫した。若党が武智の茶碗を用意し、勝の昼の膳を片づけた。若党が下がってから、

「これから、小松川村へ出かけます」

　と、武智はきり出した。

「小金治のときと同じだぞ。ときがかかっては困る。亀田屋の始末は、今日一日でつけるようにな。今日一日のことなら、多少手荒な手を使ってもつくろうことはできる。鉄蔵にはくれぐれも申しておけ」

「心得ております。不測の事態に備え、岩槻の桜田さんにこのたびも助っ人を頼んでおります」

「岩槻の桜田？　おぬしの剣術の師か。よかろう。ならば腕は確かだろう」

「わたしは決着を確かめ、あとを桜田さんに任せて戻ってまいります。で、伝左衛門の処遇はいかがいたしますか」

「あの男はやっかいだ。清吉より処遇がむずかしい。しかし、ここは一旦帰そう。奉行所より酒造高を二百石増やす許しが出てからもう一度呼び出し、そのうえで、どう始末をつけるか決めよう」

「こういうことは、ぐずぐずしていてはよくありません。一気に決して、あとは口裏を合わせられる者だけでとりつくろえばいいのです。口裏を合わせられない者が死人なら、死人に口なしですから、どうにでもなります」

「おぬしらしい。荒っぽいな」

勝が薄く笑った。

「拙速であっても果断に断固進むべきなのです。ぐずぐずしているから、唐木市兵衛のような妙な男が現われるのです」

勝の薄笑いが、苦笑いになった。

「では、わたしは出かけます」

武智が刀をとると、勝が言った。

「唐木市兵衛という男、生まれは旗本らしいな。どういう事情か知らんが、旗本の家を捨て浪人になったそうだ。伝左衛門が言うておった」

「そうでしたか。ふん、血筋など、それをありがたがる者だけの飾りです。結局は、真の力ある者にはかないません。旗本の血筋など、埒《らち》もない」

「しかし、剣も強いらしい。鉄蔵の子分らを五人相手にして、歯がたたなかったそうだ。聞いているか。そうだ。《風の剣》とかいう、上方の寺の剣法を身につけておるとか言うておった」

「風の剣？　そんな戯《ざ》れ言《ごと》を言い触らしておるのですか。馬鹿な男だ」

嘲笑《あざわら》った武智を見つめ、勝が声を低めた。

「だがあの男、わけもわからず首を突っこみおって。渡り者など埒もないが、気になる。これ以上深入りしてくるようなら、おぬし、やるか」

「お任せを」

武智は立ち上がった。

四

市兵衛は小菅村の河岸場へ向かう途中の百姓家で、蓑を購《あがな》った。

小雨《こさめ》だったが、薄墨色の雨雲が果てしなく空を覆い、雨の止《や》む気配はなかった。

綾瀬川の河岸場から、この雨の中を隅田川までやってくれるという船頭の船を雇うことができた。

綾瀬川は川幅十二間（約二十二メートル）ほどの元荒《もとあら》川よりつながる河川である。

雨はしきりに降って川面に波紋を描くが、風はなく、船路は静かだった。

鐘ヶ淵《かねがふち》の綾瀬橋をくぐり、隅田川に出た。

隅田川を花川戸《はなかわど》へ下って、花川戸の河岸場で折よく市ヶ谷《いちがや》まで炭を運ぶ荷足船《にたりぶね》に乗る便宜《べんぎ》を得た。

市ヶ谷御門で船を下り、徒歩で四谷の先、紀伊家の中屋敷をかまえる諏訪坂へとって片岡《かたおか》家の屋敷に着いたときは、早や午後をだいぶ廻った刻限になっていた。

市兵衛は玄関ではなく、中《なか》の口《くち》から訪問を告げた。

出迎えた若党は市兵衛を「市兵衛さま」と呼ぶ。

むろん、市兵衛が主《あるじ》の御公儀十人目付《じゅうにんめつけ》筆頭・片岡信正《のぶまさ》の実弟である事情は、片岡家の者はすでにみな承知している。

片岡家の主・信正は御公儀高官であり、幾つか下の弟と妹はすでに他家へ養子縁組をし、嫁いでいる。市兵衛はその主・信正より十五歳離れた、片岡家ではちょっと変わった末弟と見られていた。

家の者は「市兵衛さま」が名門・片岡家の血筋を引きながら、今は浪人の身となり、渡り奉公を生業として町家の裏店《うらだな》に居住することになった事情は、知らなかった。

ただ「市兵衛さま」は、異様に剣が強くまた頭脳明晰《めいせき》で、じつは御目付・信正さまの目となり耳となって江戸市中の世情を監察するひそかな役目を負われている、と思われている節がなくはなかった。

しかしながら一方で、それにしては信正と市兵衛の間柄は兄弟主従というより、すね者の倅と不肖《ふしょう》の倅を見守る父親のようなのどかさがあって、結局のところ「市兵衛さまはよくわからないお方だ」というのが片岡家の者の一致した見方であった。

「殿さまは間もなく下城なされます。どうぞお上がりください」

若党はいつも通り、市兵衛を書院の一室に案内する。

部屋は化粧柱の床の間と床わきに違い棚《だな》があって、違い棚の一輪挿《いちりんざ》しに白い梅の花が活けてあった。

市兵衛は縁側の障子《しょうじ》を両開きに開け放った。

磨《みが》き抜かれた縁側の軒庇《のきびさし》には釣《つ》り灯籠《どうろう》が下がり、小雨に濡れる手入れのいき届いた庭に、今年も梅の木が紅と白の花を咲かせている。

市兵衛に茶を運んできたのは、佐波《さなみ》であった。

「市兵衛さん、おいでなされまし」

「姉上、畏《おそ》れ入ります」

市兵衛が床の間のある上座へ向いて着座した。

佐波が茶碗をおいた。

佐波はまだ奥方ではない。だが、信正との挙式の日どりは春の終わりに決まっており、信正と佐波の長い間柄と佐波の身体を考慮し、養家として間にたった旗本・橘《たちばな》家より、佐波が挙式前に片岡家で暮らす許諾《きょだく》を得たのだった。

むろん、まだ奥方ではなくとも、片岡家の奥方としてすでに暮らしている。

ゆえに市兵衛も「姉上」と呼んでいる。

佐波の身体つきが、目に見えてふっくらとしてきた。

奥方は表向きの接客はしないのが、武家のしきたりである。

けれども佐波は、十六のときから鎌倉《かまくら》河岸の京風小料理家《薄墨《うすずみ》》の女将《おかみ》として料理人の父親・静観《せいかん》を助け店を営《いとな》んできた町家の気風を残し、武家の奥方らしい奥での暮らしに不慣れであった。

夫となる信正は、武家に嫁いだ事情をわきまえておればそれでいい、という考え方だったし、それに、

「市兵衛さんは殿さまの弟ですから、お客さまではありませんので」

と、佐波が人には任せず自ら市兵衛の茶碗を運んできたのであった。

市兵衛とて兄嫁と弟という以上に、薄墨の美人女将の佐波、と親しみを覚え、「お身体の具合はいかがですか」と、つい気楽に話しかけてしまう。

「お陰さまで、順調のようでございます」

佐波は幾分ふっくらとしてきた顔を、やわらかくほころばせた。

「市兵衛さん、今、お仕事はどのような」

「今は砂村新田の名主さんに仕事を頼まれております。今日で四日目です」

「あら、砂村新田？　と言いますと、江戸のずっと東の田舎《いなか》の？」

佐波は長い江戸の町家暮らしに慣れて、江戸の外はみんな田舎だと思っている。

「日本橋から一里十町ほどです。砂村葱《ねぎ》という薬味の葱が評判です」

市兵衛は笑ってかえした。

「あ、砂村葱は存じています。香りがよくて、京の葱と似ているので、父が好んで使っております」

佐波の父親の静観は、江戸へ下る前は京の八坂《やさか》で修業を積んだ料理人である。

十六歳の佐波を連れて江戸へ下り、鎌倉河岸で京風小料理屋・薄墨を始めた。

佐波は十六の歳から、女将として気むずかしい料理人の父親・静観を支えて、店をきり盛りしてきた。そうしてほどなく、若き目付だった片岡信正と懇《ねんご》ろになった。

佐波と信正とはそれ以来の、互いにひと筋の秘められた間柄なのである。

二十年以上がたち、信正は正妻を娶《めと》らず、ゆえに家を継《つ》ぐ子もなかった。

ところが去年の秋、その佐波の身体にひとつの命が宿った……

「市兵衛さんは、お百姓さんのお仕事もなさるのですか」

佐波がにこやかに言った。

「仕事にもよりますが、仕事先は選びません。昨日は馬に犂《すき》を牽《ひ》かせる犂起こしを、十何年ぶりかでやりました。河内の百姓家に寄寓《きぐう》して一年をすごした、若きころを思い出しました」

「犂起こし？」

「はい。田植えをする前、百姓は田んぼを何度も起こしては練《ね》り上げ、肥《こや》しをやり、粘り気のある土を作り上げるのです。その土の中に稲になる命の素《もと》があるのです」

佐波は感心したように頷いている。

と、そこへ「お戻りです」と、表の方から中間《ちゅうげん》の声が響き渡った。

信正が使う馬の蹄《ひづめ》が、玄関前の敷石に鳴っている。

佐波がさがると、市兵衛は庭の景色へ再び目を遊ばせた。

主の帰宅で表が少々騒がしいが、雨に煙《けぶ》る梅の花は美しく、静けさがいっそう染《し》み入るようだった。

ほどなく、縁側に小さな獣の忍び寄る気配を感じた。

いたずら者め、と市兵衛は微笑んだ。

ふ、と虫が飛んできて、市兵衛は軽く手をかざして虫を掌《てのひら》に包んだ。

掌には、虫ではなく小豆《あずき》がある。それを茶碗のわきの茶碗敷に転がした。

「弥陀ノ介、部屋を汚すな」

市兵衛は雨の中の梅に話しかけるように言った。

障子に人影が差し、岩塊のような五尺（約百五十センチ）少々の体軀を黒羽織に包んだ返弥陀ノ介が縁側へ、のそりのそりと姿を見せた。手に提げた大刀が長い。

総髪に絞った大きな頭に、小さな一文字髷《いちもんじまげ》がちょこんと乗っている。

太い眉《まゆ》の下の窪《くぼ》んだ眼窩《がんか》に光る目が、市兵衛を睨んで不敵に笑っていた。

ひしゃげた獅子鼻《ししばな》と太い顎《あご》の骨の間を横一杯に裂いたような唇から、瓦《かわら》をも嚙《か》み砕きそうな白い歯がのぞいている。

「ふん。隙だらけと見せて敵を誘うか。油断がならぬのう」

弥陀ノ介が太い声を寄こした。

「敵にはいつも邪心があるから、用心をするのだ。この敵の邪心には意外なところが乏《とぼ》しい。わかりやすい。そういう敵も愛嬌《あいきょう》だがな」

市兵衛の傍《かたわ》らに弥陀ノ介は端座し、長い大刀を畳《たたみ》に鳴らした。そして、

「市兵衛、おれの仕かけはなぜ意外なところが乏しいと思う」

と、おかしそうに言った。

「なぜ？　さあ、なぜかな」

「わからぬだろう。わからぬと思った。こっちに意外なところが乏しいのは、おぬしが意外すぎるからだ。おぬしの意外さに普通の者はついてはいけぬ。おぬしは自分を意外な者とは気づいておらぬのだろう」

「弥陀ノ介、おぬしは自分を普通の者だと思っておるのか」

市兵衛は言いかえし、弥陀ノ介を見つめた。

それから二人は、雨の庭へからからとした笑い声を響かせた。

「どこへいっておった。先だって、八郎店へいったら、隣のおかみさんに朝早く仕事に出かけたと聞いた。相変わらず動きのわからぬ男だと思った。今、どこで働いておる」

「砂村新田の伝左衛門という名主に雇われている。仕事は人捜しだ」

「ほお。算盤《そろばん》の仕事ではなく、今度は人捜しか。忙しいのう」

「たまたまな。葛飾郡の小菅陣屋の手代がひとり、行方知れずになった。行方知れずになったわけがわからないらしい。その手代を捜すというよりも、手代が行方知れずになったわけを探ってほしいと頼まれた」

「陣屋の手代が行方知れずになったわけを探る、か。妙な仕事だな」

「手代が姿を消しておよそ半月。まったく消息がつかめない。手代は元々砂村新田の百姓だ。普段は陣屋の長屋暮らしだが、家には妻と十歳になる子供を残している。妻と子は手代の身を痛ましいほど案じている。もしや、と思っている」

「もしや、とは不穏な雲ゆきではないか。陣屋なら勘定奉行支配になる。陣屋や御勘定所にからんだ行方知れずなのか」

「わからない。だが怪しいのだ。今日は、兄上の力を借りにきた」

「珍しい。市兵衛の方からお頭《かしら》に力を借りにくるとは。もしも陣屋にかかわりがあるとすると、やはり、年貢《ねんぐ》か」

「弥陀ノ介、おぬし川欠引を知っているか」

　と言ったとき、廊下に足音がした。

「開けるぞ」

　信正の声がして襖が開き、裃《かみしも》を脱いで寛《くつろ》いだ鼠《ねずみ》の上布《じょうふ》を着流した信正が、無腰で立っていた。佐波が信正の傍らの廊下に膝をついている。

　信正は実の兄だが、市兵衛は畳に手をついた。

「市兵衛、いいところへきた。今夜は飯を食っていけ。久しぶりに三人でわが家で呑《の》もう。おぬしに挙式の折りに頼みたいこともある」

信正と続く佐波の白足袋《しろたび》が速《すみ》やかに畳を踏んでゆく。

「なんなりと、手伝わせていただきます」

市兵衛は手を上げて答えた。

市兵衛の話を聞いた信正は盃《さかずき》をおいたまま、かなりむずかしい顔をした。

「まず、波除け新田の川欠引が不正に決められたとしても、明らかな証拠がない限り不正と断ずることはむずかしい」

信正は言い始めた。

「村役人が川欠引を願い出て、陣屋が許す判断が間違いならば、咎《とが》は両方にあるし、もしも両者が手を結んでそれを故意に行ったのなら、切腹申しつけや打ち首を出すほどのゆゆしき大罪だが、よほど動かぬ証拠がいるだろうな。免租になった米がどういう流れで酒造に廻され、酒造鑑札を上廻る密造酒がどこへどのように流れたか、去年までの六年の経緯をすべて明らかにせねばならん」

弥陀ノ介が、ふうむ、とうなりながら盃をあおった。

「これを調べ直すとなると、だいぶときがかかるだろう。だいたい、勘定奉行はそのような陣屋や村役人の不正があったならば、それをわれら目付に訴えられることを好まぬ。身内の恥と思うておる」

「町方役人が、深川の酒問屋・白子屋がどれほどの梅白鷺という地酒を小売りへ流したかを調べております。町方の方も、勘定奉行さまご支配とのかね合いに気を配りつつ探索を進めております。町方の調べで密造酒が明らかとなれば、米の仕入れ先も当然明らかになり、いずれ勘定奉行さまは乗り出さざるを得なくなります」

「渋井鬼三次という廻り方だな」

と、弥陀ノ介が言った。

市兵衛は弥陀ノ介に頷いた。そして、信正へ言った。

「年貢の徴収は御公儀の政《まつりごと》の根幹です。たとえ村高わずか三百数十石《こく》の一件であっても、川欠引の判断に不正が行われたなら、それは御公儀の政の根幹にかかわることではありませんか。勘定奉行さまが自《みずか》ら乗り出し調べれば、これしきのことは、一気に明るみに出ると思えるのですが」

そこで信正は提子《ひさげ》の蔓《つる》をとり、盃にかたむけた。

酒をつぎながら、考えている。

「勘定奉行さまは高々、三百数十石の村高ごとき、とは思うだろうな。本来ならば、そんなことは陣屋で速やかに処断せよというところだが……」

信正は盃を口元へ運んだ。

「その陣屋に重大な疑義があるのです。兄上の仰《おっしゃ》る通り、陣屋の疑義を裏づける証拠はありません。しかしながら、ひとりの手代が、その疑わしさの中で、わけもなく突然、行方知れずになっていることは実事です。行方知れずになって半月、残された妻と子は、夫が、父が帰ってくることを祈るように信じて堪《た》えております」

部屋には二基の行灯が灯り、縁側の明障子《あかり》をわずかに開けた庭から、降り続く雨の音がしっとりと聞こえていた。

市兵衛は口に出すのがつらかったが、それでも「たとえ手代の身がどのような事態になっていたとしても……」と続けた。

「二人を見ていると、慰《なぐさ》めや同情ではなく、ただ一刻でも早く、事の次第を明らかにし、妻と子の重荷をおろしてやらなければならない、という思いが募るのです。とき が惜しいのです。筋違いとは思うのですが、兄上のお力添えをお願いしたいのです」

「筋違いなものか。わが権限を使ってできるだけのことはする。代官にも手を廻してみよう。弥陀ノ介、葛飾方面の今の代官を知っているか」

「ふうむ、代官は確か……中村八太夫《なかむらはちだゆう》というお旗本ですな」

代官は家禄《かろく》がせいぜい五百俵《ぴょう》ほどの平旗本が務める下級官吏《かんり》である。

役料はつくが、正式の役高は百五十俵にすぎない。町方与力ですら二百石、すなわち四公六民としても二百俵どりである。

「おぬし、小菅陣屋の清吉という手代が行方知れずになっておる一件と、元締の勝平五郎の言う去年の検見に不都合があった村の一件を、代官がどこまで承知しているか探り出せ。もし代官が承知しておらず、元締ひとりの裁量になっているなら、わたしの名前を出して、早急に真偽を調べるように伝えるのだ」

「承知いたしました」

弥陀ノ介は佐波が肴《さかな》に拵えた縞海老《しまえび》のてんぷらを、はぷ、と大きな口の中に放りこんだ。それを美味《うま》そうに咀嚼《そしやく》した。

「わたしは、勘定奉行さまに会ってみる。勘定奉行さまよりのご沙汰《さた》があれば、村高は小さくとも波除け新田へこの六年の川欠引の調べが入るだろう」

信正はそう言って、思案を廻《めぐ》らすかのように腕組みをした。

「さようですな」

弥陀ノ介が答え盃を勢いよくあおったが、「しかし」と喉をふるわせた。

「市兵衛の話を聞く限り、この一件は川欠引の免租を訴えた村役人ら、免租の年貢米が酒造に廻ったとすれば酒造元、密造酒の卸《おろ》し先の酒問屋、町人請負新田の町人であるその酒問屋と米問屋、そうしてその仕組みのいっさいを差配監督する陣屋の役人、みなが手を結ばなければできぬことですな。そこのつながりも、わが手の者で明らかにできますが、そちらは……」

「いや。北町の渋井という男が動いているのだろう。そちらは町方に任せよう。弥陀ノ介の手の者には、町方の支援に廻って連携《れんけい》させるのだ。その方が明快になる」

それから――と、信正は提子を膳の盃へかたむけ、盃を上げた。

「元締ならば、勝平五郎はおそらく御家人だな。どういう者か、調べよう。御家人と旗本の監察はわれら目付の役目だ。弥陀ノ介、そちらの方も手配せよ」

「お任せを。それと、加判役の武智斗馬とかいう侍も調べてみます。市兵衛、その男も御家人なのだろう」

「わからない。武智という男は浪人の身で陣屋の侍に雇われ、きれ者と勝に認められ加判に抜擢《ばってき》されたのかもしれない。わたしが浪人だから、そんな気がするだけだが」

「腕はたつのか」

「三十にいかぬ若さだが、間違いなく強いと思う。ひりつくような自尊心が、身体中に漲《みなぎ》っていた」

信正が小さく頷き、持った盃を口元へ運んだ。

五

「お鈴、遠い道をえらかったな。よくきた」

市兵衛は言った。

お鈴は答えず、ただ肩を落とし顔も上げなかった。

市兵衛はお鈴の前にかがみ、お鈴の菅笠を少し持ち上げた。

「母ちゃんの用できたのだろう。話してくれるか」

ようやく上げた目に浮かべたいっぱいのお鈴の涙で、市兵衛には母親のお純の切羽《せっぱ》つまった事情が瞬時にのみこめた。

母ちゃんが困っているの。母ちゃんを助けて。降り続く雨の中で、お鈴の涙がそう訴えていた。

「すぐに帰ろう。お鈴、母ちゃんの待っている家へ帰ろう」

市兵衛はお鈴の手をとり、立たせた。

「みなさん、この娘はわたしの存じ寄りの者です。これから家に連れて帰ります。お世話になりました」

市兵衛はお鈴をとり囲んだ裏店の住人に礼を言った。

「これから？　連れて帰るって、砂村新田だろう。遠いし、この雨だよ。市兵衛さん、夜が明けてからにした方がいいんじゃないのかい」

ひとりのおかみさんが言い、みなが頷いた。

「いえ。少々急ぐ用があるのです。そうだな、お鈴」

お鈴は強く首肯《しゅこう》した。

「じゃあ、市兵衛さん、家へ寄って龕灯用の新しい蠟燭を持っておいき」

と、家主の八郎が言った。

市兵衛とお鈴は、日本橋から小伝馬船に乗った。

お鈴が舳で川筋へ龕灯の明かりを照らし、市兵衛が櫓を操った。

新堀から三ッ俣へ抜け、夜の闇にぼうっと浮かんだ新大橋の影を見ながら大川をこえ仙台堀へと入った。

亀田屋の福次郎のことと、鉄蔵の仲間らが押しかけてきた経緯は船中で聞いた。

仙台堀から木場、十万坪をすぎ、堀川の川縁で船を下りたのは半刻（約一時間）後だった。

お鈴が先にたって田野《でんや》の道を急いだ。昼からの雨にぬかるんだ野道が、お鈴と市兵衛の草鞋の足下《あしもと》で、ぴちゃぴちゃと歩調に合わせて鳴った。

「市兵衛さん、男の人が沢山《たくさん》見張っているので火葬場のそばの道を通るよ。幽霊が出ないようにおまじないをするから、大丈夫だからね」

途中でお鈴が堀川の橋を渡って言い、市兵衛は、「ああ、頼む」と、大人の蓑を着て小熊のようになったお鈴の背中に答えた。

龕灯の明かりが照らす野道へ、雨がまとわりつくみたいに降り続いた。

だが、ようやく帰りついた家にお純と福次郎の姿はなかった。

背戸口より家に飛びこんだお鈴が、繰りかえし母親を呼んだが、竈と囲炉裏の火が消え、家は森閑《しんかん》としていた。

ただ、囲炉裏のそばの行灯は灯ったままで、家の中が荒された様子はなかった。

お鈴が家中を駆け廻り、それから海児のいる納屋を見に外へ飛び出した。

母ちゃん、母ちゃん……

お鈴の呼び声が雨の庭に空《むな》しく響いた。

お鈴はそわそわと駆け戻り、不安に堪えきれぬ様子で市兵衛に言った。

「どうしよう。母ちゃんがいない。何があったんだろう」

「お鈴、母ちゃんは福次郎さんを連れてどこかに身を隠したのではないか。鉄蔵らがまたくる前にと、用心してな。知り合いの家とか、思いあたるところはないか」

「でも……」

お鈴は顔を曇らせ、途方にくれた。

そこへ背戸口の戸が開き、身丈《みたけ》の短い筒袖《つつそで》の野良着の男が顔をのぞかせた。

「あ、隣のおじちゃんだ」

「お鈴……」

駆け寄ったお鈴に男が言った。

「あのな、四半刻（約三十分）ほど前だった、蒟蒻橋の鉄蔵んとこの元吉と子分らがきてな。母ちゃんを連れていったぞ。元吉が親分の指図できた、ご陣屋の御用だから騒ぐんじゃねえ、と言っていた。母ちゃんのほかに、もうひとり男が連れていかれていた。どうやらその男がご陣屋の追っている罪人で、母ちゃんは罪人を匿《かくま》った罪でと
り調べると言っていた。おめえ、あの男が誰だかわかるか」

「おじちゃん、あの男の人は福次郎と言って、船堀村の亀田屋のご主人だよ」

「ええ？　亀田屋と言ったら、酒造元の亀田屋かね」

「そうだよ。今日、亀田屋にご陣屋のお役人さまと蒟蒻橋の鉄蔵親分が火をつけたんだよ。福次郎さんの父ちゃんの権六さんが斬られたんだって」

「じゃあ、宵《よい》の口のあの半鐘がそうか」

うん――と、お鈴が大きく頷いた。

「福次郎さんはつかまってひどい目に遭《あ》わされたけど、隙を見て逃げ出して、中川を泳いでうちまで逃げてきたんだよ。怪我をしていて追い出すのは可哀想だから、母ちゃんが怪我の介抱をしてやっただけさ。けど、福次郎さんは、鉄蔵親分に見つかると殺されるって、怯えてた」

「殺される？　鉄蔵にか。そういえば、宵の口から外が騒がしかったが、ご陣屋のお役人もいるんだろう」

「よくわからないけど、ご陣屋のお役人さまも鉄蔵親分の一味なんだって」

「そりゃあ、どういうことだ。ところで、お鈴はどこにいたんだ」

「名主の伝左衛門さんならいい考えがあるかもしれないから、伝左衛門さんに、福次郎さんが家にいることを知らせにいっておくれって、母ちゃんが言ったんだ」

「伝左衛門さんのお屋敷に、いっていたのか？」

「うん。だけどね、伝左衛門さんのお屋敷の周りは鉄蔵親分の手下や赤い襷の怖そうな男の人があちこちにいて、表からも裏からも入れなかった。仕方がないから、わたしね、江戸の市兵衛さんの家までいってきたんだ。市兵衛さんに助けてもらおうと思って……」

お鈴が傍らの市兵衛を見上げた。

「ええ？　おめえこんな真夜中に、江戸までいって戻ってきたのか？」

男はお鈴のわきに並んだ市兵衛へ顔を向け、目を丸くした。

「唐木市兵衛です」

市兵衛は菅笠をとりながら男に言った。

「もしかしたら昨日、犂起こしを手伝っておられたお侍さんでごぜいやすか」

男が訊きかえした。

「そうです。お名前を、お聞かせ願いたい」

「隣に住んでおりやす、与平《よへい》と申しやす」

「与平さん、お純さんと福次郎さんは鉄蔵の、蒟蒻橋の袂にある酒亭へ、連れていかれたのですね」

「へえ。間違いなく、鉄蔵の代貸《だいがし》を務める元吉と手下らでやした。お純さんと福次郎とかいうその男が、お縄につながれておりやした。ここら辺の者がみな騒ぎに気づいて、外へ出て見守る中をでごぜいやす」

市兵衛は蓑も脱ぎ去り、腰の刀の下げ緒をとって襷に素早くかけた。

与平は市兵衛の物々しい支度を、いっそう訝《いぶか》しんだふうだった。

「与平さん。わたしはこれから蒟蒻橋の鉄蔵の酒亭へ、お純さんと福次郎さんを連れ戻しにでかけます」

市兵衛は菅笠をかぶりなおし、顎紐《あごひも》を結び直しながら言った。

「しばらくの間、お鈴を預かっていただきたいのです」

「そりゃあもう、お安いことで。お鈴、母ちゃんが戻ってくるまで、うちで待ってろ」

「市兵衛さん、わたしも母ちゃんを連れ戻しに一緒にいく」

市兵衛はお鈴の前に片膝をつき、蓑を着たお鈴の小さな身体に両手をかけた。

「お鈴は母ちゃんのために、今日はもう十分働いた。あとはわたしの仕事だ。任せてくれ。必ず、無事に母ちゃんを連れ戻してくる」

「でも、鉄蔵親分には怖そうな子分が大勢ついているよ」

「お鈴の言う通りでやす。お侍さん、ひとりで大丈夫でございやすか。鉄蔵には、柄の悪い子分らが大勢おりやす。お純さんを無事に連れ戻す手伝いが、わしらにできることがあれば、言ってくだせえ」

「名主の伝左衛門さんは、小菅村から帰ってきていますか。一昨日、陣屋の呼び出しで出かけ、昨夜も戻ってこられなかった」

「さあ……そう言えば、まだお屋敷にはお戻りではねえかもしれねえ」

市兵衛は与平を見上げ、立ち上がった。

「何人かが寄り合って、伝左衛門さんが戻っていれば伝左衛門さんに、戻っていなければ、村役人の方々に、お純さんと亀田屋の福次郎が鉄蔵の子分らに連れていかれた事態を伝え、今日、船堀村の亀田屋に何があったのか、事の次第を急ぎ調べていただきたいのです。もしかしたらこれは、清吉さんが行方知れずになっている一件とかかわりのあることかもしれない」

「ええ？　清吉さんと。そりゃあ、見すごせねえ。わかりやした。村役人には間違いなく伝えやす。それから、わしらもなるべく村の者を集め、蒟蒻橋へ向かいやす。いくらご陣屋の御用だからと言っても、村の者が大勢集まれば、手荒なふる舞いはできねえはずだ」

市兵衛はお鈴の青ざめた顔へ、ひとつ微笑みかけた。

「お鈴、心配にはおよばない」

そう言い残し、背戸口を出た。

砂村川に架かる蒟蒻橋へ急ぐ夜道に、夜半をすぎたが、春の冷たい雨はなおも降り続けていた。

六

お純は、鉄蔵の酒亭の裏手に建つ土蔵に押しこめられていた。荒縄《あらなわ》で胸元から腕に三重四重のぐるぐる巻きにされ、後ろ手に縛《しば》られていた。

この土蔵に放りこまれだいぶときがたち、腕が痺《しび》れてきた。

福次郎は一緒ではなく、別のところへ鉄蔵の手下に引ったてられていった。

土蔵は真っ暗だった。だが、壁の上の方に開けた小さな明かりとりより主屋の薄い明かりが差して、ぼんやりと周りが見えた。

土蔵の床は板敷になっていて、真ん中あたりに白い盆茣蓙《ぼんござ》が薄《うつす》らと見分けられた。

鉄蔵の酒亭は近在の賭場《とば》にもなっていた。毎日賭場が開かれ、村の中にも出入りしている者がいるとは聞いている。

この土蔵で賭場が開かれているのは、お純にもわかった。

天井はなく、太い梁《はり》の通る天井裏に重たげな暗がりが、とぐろを巻いているみたいだった。

土蔵の茅葺屋根に降る雨が、静かな音をたてていた。ときおり、獣の鳴き声のような、叫び声のような声が、明かりとりの向こうより聞こえてきた。

しかし、耳をすませば聞き分けられた。獣の鳴き声ではなく、福次郎の悲鳴であることがわかっていた。福次郎が痛めつけられていた。悲鳴は、しばらく途ぎれてぼそぼそと話し声が交《か》わされ、それがまた罵声《ばせい》と怒声と共に始まるのだった。

ここへ連れてこられて、ずいぶん長いこと話し声や悲鳴が続いていた。

お純の胸はふさがれた。

鉄蔵と陣屋のお役人が河合屋と手を結び、亀田屋の酒造株を奪い河合屋が近在の酒造元を独り占めにしようとしている。そんな企《くわだ》てらしい。

高が酒造株のために斬り合い、命のやりとりを交わし、なだめたりすかしたり威《おど》したりと、金儲《かねもう》けにとり憑《つ》かれた者たちのふる舞いには、埒も際限もない。

お純には、何がどのように起こっているのか定かには見えないけれど、夫の清吉が行方知れずになったことが、その企てになんらかのかかわりがあったに違いないと、今はもう気づいていた。

愚《おろ》かしい、と思うある者たちの埒のない際限のないふる舞いに、夫の清吉は巻きこまれ、行方知れずになったのだと、お純は定かな事情は知らなくとも、しくしくと心を刺されるような痛みの中で感づいてはいた。

そのとき、幾人かの足音と低い話し声が土蔵に近づいてきた。

土蔵の戸の鍵《かぎ》がはずされ、入り口の戸がごろごろと音をたてた。

手燭の明かりが戸前に固まった男たちを照らしたその真ん中に、大柄な身体をそびやかした鉄蔵をお純は認めた。

男たちの背後の漆黒《しっこく》に、雨が蜘蛛《くも》の糸のような模様を描いていた。

鉄蔵が手燭をかざし、土蔵の板敷の床へ上がってきた。七、八人の男らが鉄蔵に続き、その男らの間より福次郎が背中を激しく突かれて転がりこんだ。

「立て、この野郎」

ひとりが怒鳴り、福次郎の背中を足蹴《あしげ》にした。

福次郎はお純と同じく後ろ手に縛《いまし》められ、身をよじってうめくものの、自分で起き上がる力はなかった。

二人の男が福次郎の両わきをかかえて乱暴に持ち上げ、畚《もっこ》を引きずるみたいに土蔵の隅《すみ》のお純の傍らへ転がした。

「福次郎さん……」

福次郎はお純の声に答えられず、ただ横たわって身を縮めうめいた。

痩せた白い身体は胴に巻いた晒と下帯だけの裸も同然で、晒に血が飛び散り、身体中に暴行を受けた跡が赤黒い筋になっていた。

ざんばら髪にも乾いた血がこびりつき、目の周りが痛々しく腫れ上がっていた。きれた鼻梁《びりょう》に血が固まり、唇からは血を垂らしていた。

手燭を持った男らが、盆茣蓙のそばの蠟燭立ての蠟燭に火をつけた。

土蔵に数本の蠟燭の明かりが灯ると、お純はとり囲んだ男らの顔をひとつひとつ見廻した。鉄蔵の代貸の元吉や、見覚えのある手下らがずらりと並んでいる。

鉄蔵は細縞を着流し、独鈷《とっこ》の帯に長どすを一本落とし差していた。

手にした手燭の火を消さず、それをお純の方へかざして薄笑いを浮かべた。

鉄蔵の隣に羽織と寛いだ着流しの旦那風体《だんなふうてい》の男がいて、これは顔に見覚えがなかったが、無腰でお純を睨み下ろしていた。

この男が河合屋の錫助だろうか、とお純は訝った。

そのほかの男らは、赤襷に赤鉢巻、手甲脚絆、長どすを腰に帯びて、福次郎の言った亀田屋に押しかけてきたときのままの拵えで、雨に濡れそぼっている風体だった。

血のついた割れ竹を手にしている者がいて、福次郎の身体の赤黒い筋はこの割れ竹に責め苛《さいな》まれた跡だとわかった。

お純は、間近へ手燭をかざした鉄蔵の薄ら笑いから顔をそむけた。

「怪我はねえか、お純さん」

鉄蔵は一重《ひとえ》の目を見開き、酷薄さと媚《こび》のない交ぜになった表情を作った。

この男は自分を男前だと思っている。そう思って見せる気どった仕種《しぐさ》が、お純には鬱陶《うっとう》しいほど不快だった。

「お純さんには手荒なことはしたくねえが、これも十手を持つ身のお役目なんだ。ご陣屋のご禁制を破った大罪人を匿ったお純さんにも、少々物を訊かなきゃならねえ。大人しく話してくれるな」

鉄蔵は、自分の男らしさを殊《こと》さらに見せつけるように重々しく言った。

「この人は船堀村の亀田屋のご主人ですよ。鉄蔵親分、この人があなたに何をしたと言うんですか」

鉄蔵はお純の前に片膝立ちでかがみ、周りの男らはじっとお純を見つめている。

「それはお純さんにはかかわりがねえ。知らなくていいんだ。ただな、この野郎がお純さんの家へ逃げこんだとき、この男から何か渡されなかったかい。これを預かってくれ、おれ以外の者には誰にも渡しちゃならねえ、とかなんとか言われてな」

「わたしは何も預かっていません。一体、何が狙いでこんな非道なことをするの」

「狙い？　狙いはご陣屋のご禁制を破った亀田屋を、とり締まるのが狙いさ。大罪人の亀田屋に酒造を任せておくわけにはいかねえんだ。これはご陣屋のご意向で、おれはそのお指図に従って、やりたくもねえ手荒なことをしているのさ。わかってくれるよな、お純さん。これもご陣屋のお役目なんだ」

「……ち、違う。お役目じゃねえ。こいつら、ただ……」

傍らで身を縮め喘《あえ》いでいた福次郎が、かすれ声で言いかけた。

「てめえ、適当なことを言うんじゃねえ」

元吉が福次郎の腹を、どすん、と蹴り上げ、福次郎は身体を曲げてのた打った。

「やめて。乱暴しないで。そんなことをしたら死んでしまうでしょう」

「それがどうした。おめえもな、女だからって手加減すると思ったら大間違いだぜ」

元吉がお純へ向いて凄《すご》んだ。

「よさねえか」

鉄蔵が元吉を制し、かざした手燭の炎が感じられるほど、さらに近づけた。

「お純さん、あんた、いつ見てもいい器量だね。後家《ごけ》さんになって、独り寝はさぞかし寂しかろう。おらあな、お純さんとお鈴の面倒を見てやってもいいと思っているんだ。亭主が行方知れずになって、母親と娘が心細く暮らしているのは可哀想だ。見ちゃあいられねえ。おれに面倒を見させてくれたら、うんと可愛《かわい》がって、これまでの肥《こえ》溜《だ》め臭い百姓暮らしより、何倍もいい思いをさせてやるぜ」

鉄蔵の酒臭い息が、お純の顔をそむけさせた。

「でな、その前にすまさなきゃならねえお役目がある。あんた、こいつから酒造株の証文を預かっちゃいねえかい。亀田屋の酒造株を河合屋へ譲り渡すについちゃあ、御勘定所のお許しのある証文がいるんだ。そりゃあそういうもんだ。幾ら相手が罪人だろうと、こっちが好き勝手に酒を造るわけにはいかねえだろう」

鉄蔵の指先が、お純のそむけた横顔を前へ戻した。

「酒造元を河合屋に統合すれば、ここら辺の在郷の景気がよくなって、みんなの暮らしもよくなる。ご禁制にそむく罪人の亀田屋にこれ以上酒造元は任せちゃおけねえ。それがご陣屋のご意向だ。ご陣屋はみんなの暮らしを考えてくださっている。考えちゃいねえのは、こいつらだけだ」

お純は目を伏せたまま、答えなかった。そうして、夫の清吉のことを考えた。

夫は、鉄蔵や、河合屋や、ご陣屋の役人らの企てを知っていたのだろう。きっと、夫は口惜《くや》しい思いをしたのだろう。お純には、そう思えてならなかった。夫の清吉のなんの力にもなれなかった自分が、とても不甲斐《ふがい》なく、悲しくてつらくて、そして申しわけない気がした。

「こいつ、顔に似合わずふてぶてしい女だね。親分が仰っているだろう。ちゃんとお答えしないか。証文を持っているんだろう」

傍らから羽織の旦那風体が、黙っていられず、という様子でお純の夫への思いを断ちきるように頰を打った。

打たれてそむけたお純の横顔が、たちまち紅潮した。

「やめろ、錫助。女に手を出すな」

「だって親分、こいつ強情じゃないか。あの愚鈍な手代の女房に相応《ふさわ》しい女だね。おい、おまえ、福次郎みたいになりたいか。二目と見られぬ顔にしてやろうか」

「冗談じゃねえ。お純さん、心配すんねえ。そんなことはさせやしねえよ。こんな別嬪《べっぴん》を疵《きず》つけちゃあ、もったいねえ。おめえらもそう思うだろう」

鉄蔵は周りの手下らに言った。

手下らがくぐもった笑い声を周囲に垂れ流した。

「だからよ。たとえ預かっていなくてもだ、こいつの持ち物に、証文らしき物を見なかったかい。こいつはな、捨てたと言っていやがるがな。捨てるわけはねえんだ。酒造株がなきゃあ、もう酒造元じゃねえんだ。そんな馬鹿なことはしねえよな、福次郎。そんな大それた馬鹿な野郎は、おらあ、生かしちゃおけなくなるしよ」

どうだい、お純さん——と、鉄蔵はまた猫なで声をお純へ投げた。

「おれに手えかして、ゆくゆくはおれと新しく所帯を始めるってえのは、どうだい。当然、可愛いお鈴も一緒だぜ」

「しょ、証文なんぞ、捨ててやった。河合屋、鉄蔵、おめえらに、とられるくらいなら、捨てた方が、まま、ましだからよ。くく……」

傍らで身悶《みもだ》えていた福次郎が、喘ぎ声と一緒に吐き捨てた。

「なんだと、この野郎」

突然、いきりたった鉄蔵が立ち上がり、怒声を土蔵中に響き渡らせた。続いて、

「この野郎、ぶっ殺してやる」

と、気どった顔を煮えたぎるように紅潮させ、怒りで歪めた。

周りの男らが鉄蔵の怒りにたじろぎ、一歩、二歩と退いた。錫助がそんな鉄蔵に調子を合わせて喚いた。

「くそが。おめえなんぞ用はねえ。八つ裂きだ」

ふと、お純が「鉄蔵親分……」と、か細い声で呼びかけた。

お純は鉄蔵の足下へしな垂れかかり、鉄蔵を見上げていた。

ふむ？　と鉄蔵は足下のお純を見下ろした。

「わかりました、鉄蔵親分。預かっていた物をお渡しします」

「あ、あんた、何を、言ってんだい……」

福次郎がかすれ声で、お純に言った。

「福次郎さん、諦《あきら》めましょう。これ以上はもう無理です。鉄蔵親分にそれをお渡しして、娘ともども、親分のお世話になります」

「おお、そうかいそうかい。お純さん、よく決心した。そうこなくちゃあなあ。あとのことはおれに任せろ。なんにも心配はいらねえぞ。証文はどこにある。お純さんが今、持っているのか。証文が渡ればお役目は終わりだ。おめえら、明日はおれとお純さんの祝言《しゅうげん》だぞ」

鉄蔵の様子の急変に、手下らが戸惑《とまど》って苦笑いを浮かべ、顔を見合わせた。

「うちに隠しています。わかりづらいところなのでご案内します。でも、その前に親分、お願いが二つあります」

「うん？　二つ？　な、なんだい。言ってみな」

「ひとつは、それをお渡しすれば、福次郎さんをこれ以上痛めつけず、無事とき放つと約束してください。それさえ渡れば、福次郎さんにはもう用はないはずです」

「ああ、わかった。別に福次郎に恨《うら》みがあるわけじゃねえんだ。こんな痩せっぽちだが、なかなか腹が据《す》わっていやがる。どれほど痛めつけても、いっさい吐かなかったからよ。こいつが望むなら、子分にしてやってもいいぜ」

「それと、夫の安否を聞かせてください。親分はさっき、わたしが後家になったと仰いましたね。親分は知っているんですね。夫がもう生きてはいないことを。それを、夫に何があったのかを、聞かせてください。親分のお世話になるために、夫が生きていないことを確かめておきたいのです」

鉄蔵は一瞬意外そうな顔つきになり、すぐに相好《そうごう》をくずした。

「ふむ。あんたも内心は気づいているんだろう、亭主がどうなったか。確かによ、はっきりしねえのは居心地《いごこち》がよくねえわな。あんたの亭主は、掛《かかり》でもねえのによけいな一件に首を突っこんだ。ここの波除け新田の川欠引に疑いを持って、ほっときゃあいいものを、勝手に調べ始めた。それで元締の勝さまのご不興を買ってしまった。何しろ、波除け新田の川欠引は勝さまが直々《じきじき》にお決めになったことだからよ」

鉄蔵は再び、お純の前に片膝立ちにかがんだ。

「川欠引で免租になった年貢分が、河合屋の酒造に廻されたのですね。その人が、河合屋のご主人なんですね」

お純が錫助へ眼差《まなざ》しを移した。

「察しがいいじゃねえか。といって、おれがあんたの亭主を、始末したわけじゃねえぜ。手にかけたのは武智斗馬というご陣屋のおっかねえお役人だ。ただ、葬ったのはおれだ。半月ほど前、武智とあんたの亭主が二人してうちへきやがった。なんやかんや言い合った末に、武智が亭主を一刀の下にぶった斬った。で、亡骸《なきがら》の始末は任せると言って、武智はさっさと戻りやがった。あと始末をしねえ役人は気楽なもんだぜ」

不意に、あふれ出した涙がお純の頰を伝った。

「親分、そんなことを言わなくたって……」

錫助が心配した。だが、鉄蔵は、

「かまわねえんだよ。お純さんの気持ちはおれにはわかる。それが男に肌を許した女心ってもんだ。そうだよな、お純」

と、馴《な》れ馴れしくなってなおも続けた。

「まだかすかに息があってな。苦しまねえようにとどめはおれが刺してやった。それが慈悲ってもんだ。で、こいつらに早桶《はやおけ》を用意させ、堀川の先の火葬場に運んで始末させた。死んだら仏さまだ、丁重にあつかえって、言ってな。骨は粉々にくだいて灰と一緒に海に捨てたんだったな」

元吉と周りの手下らの幾人かが、黙って頷いた。

涙は止まらなかったが、お純は顔を上げて笑顔を作った。

「わかりました。それで十分です。心が決まりました。家に案内しますから、縄をといてください。どうか、福次郎さんの縄もといてくださいね」

「いいとも。元吉、福次郎の縄をといてやれ」

鉄蔵は手燭を床におき、お純を抱きかかえて後ろ手に縛めた荒縄をとき始めた。

「親分、いいんですか」

「いいんだよ。お純、証文を手にするまでは、念のため福次郎は、うちで丁重に預かるからな」

お純は、こくり、と頷いてみせた。周りの男らは気を許し、囲みをといた。気楽な話し声を交わし、荒々しかった場がわずかになごんだ。

「鉄蔵親分、立たせてください」

「よし。さあ立て。どこか、痛いところはねえか。腹はへってねえか。おめえに似合う、綺麗な着物を買ってやるでよ」

お純は首を横にふり、鉄蔵の腕の中で立ち上がった。

途端、伏せていた顔を上げ、怒りに燃えた目を鉄蔵へ投げた。

たった今、涙を流したのとはまったく別の顔だった。

うん？　どうした？

鉄蔵がにたにた笑いと訝しみのない交ぜになった顔をかしげた。

白刃《はくじん》が、ちら、と蠟燭の明かりに映《は》え、お純は鉄蔵を睨んだまま、ひと声も発せず、長どすを鉄蔵の脾腹《ひばら》へ突きこんだ。

くわあっ。

鉄蔵が喉をふるわせ、甲高《かんだか》い声を発した。

気を許していた男らが、一瞬、凍りついた。

七

縄をとかれ抱き起こされたとき、お純が鉄蔵の長どすを抜きとったことに、鉄蔵すら気づかなかった。

お純は鉄蔵の脾腹へ突き入れた長どすを抜きとり、かえす刀で福次郎の縄をといた格好のまま固まっている元吉の脳天へ一撃を見舞った。

頭上からこめかみを割られた元吉は、しゅう、と音をたてて血を噴《ふ》き、横転しながら断末魔《だんまつま》の悲鳴を上げた。

お純に剣術の心得はなかった。だが、百姓仕事で鍛《きた》えた強靭《きょうじん》な身体があった。たおやかな身体つきはしていても、力は並の男に負けなかった。

鉄蔵は腹を押さえ、お純から逃げるように一歩二歩、戸口の方へ踏み出したが、そこで膝からくずれた。押さえた腕の間から血がしたたった。

瞬間、お純はその中の河合屋の錫助へ、上段から打ち落とした。

男たちの固まりがとけ、「わあっ」と四周へ散ったのはそのときだった。

蠟燭たての一本が倒れ、火の消えた蠟燭が床をころころと転がっていく。

逃げかけた錫助は、肩先へ一撃を浴び、喚きながらくるくると舞って、男たちの足下へ蠟燭みたいに転がり逃れた。

「た、助けてえ」

錫助はひとりの男の足下にすがったが、男たちはお純に気をとられ、錫助をかまう余裕はなかった。

何しろ、肝心の鉄蔵親分が倒れ、代貸の元吉はもう虫の息だった。

親分、おやぶん……

男らが口々に喚いた。

「人を呼んでこい」

口々に叫び、戸口に近い二、三人が戸前の黒い闇へ飛び出した。

土蔵の外に蜘蛛の糸のような雨が見えた。

お純は、腹の疵を押さえ床にうつ伏せた鉄蔵の背後から腕を廻し、抱き起こした。

喉首に刃《やいば》を押しつけ、耳元で敢然《かんぜん》と言った。

「立て、鉄蔵。言う通りにしなければ喉をかききる」

「わ、わかった。痛《いて》え、いてて……」

お純は、再び周りをとり囲み始めた男らを睨み廻した。

男らのかざすどすに、蠟燭の明かりが不気味に跳ねかえる。

「福次郎さん、しっかり。あとについてきなさい」

うう、とうなった福次郎は、四つん這いになってお純へ近づき、元吉の落とした長どすをつかんで杖《つえ》にした。

「どけ。道を空けろ。歯向かうと鉄蔵の命はないぞ」

お純は言い放った。

起き上がった鉄蔵を背後から支え、たるんだ喉首に白刃を喰いこませていた。そのため、喉からひと筋の血が流れた。

「お、お純さん、あぶねえ。それじゃあ、喉がきれる。もう少し、はは、離してくれ。おめえら、手出し、するんじゃねえ。よけいなことを、するな。ああ……」

鉄蔵を抱えてお純、そして長どすを杖に足を引きずる福次郎が続き、三人はよろけつつも土蔵の戸口へ向かった。

三人のよろける歩みに従って、男らが左右へ分かれていく。

土蔵の戸前の雨の中に、主屋の酒亭で酒盛りをしていた子分らがすでに飛び出し、待ちかまえていた。

「親分……」

「さがれ。道を空けろ。逆らうと、鉄蔵を殺す」

お純の激しい言葉が、雨の中の子分らをたじろがせた。

「言う通りにしろ。て、手を出すな。くそうっ、痛《いて》え」

子分らがざわざわと退いていった。

「福次郎さん、ついてきなさい」

「でえ、でえじょうぶだ。お純さん、う、後ろは任せろ」

福次郎はお純の背中に、ぴったりとくっついてきた。

土蔵と主屋の間の狭い中庭をすぎ、子分らが酒盛りをしていた酒亭を通り抜ける。

酒亭の外は砂村川に沿った堤道である。

ほんの目と鼻の間だが、とり囲む子分らと睨み合いながら酒亭の外へ出るのに、まどろっこしいほどときがかかった。

砂村川は暗く沈み、昼間なら見渡せる遠くの集落が今は漆黒の闇に包まれていた。

酒亭の表戸よりこぼれる薄明かりが、砂村川に架かる蒟蒻橋と堤に沿う赤松並木の黒い影を、ぼうっと浮かび上がらせていた。

お純たち三人を囲みつつ次々と堤道に走り出た子分らが、北の小名木川の一方と南の砂村新田の方角へ散り、堤道をふさぐ態勢をとり始めた。

なんとしてもこれ以上はいかせまいとする備えに見えた。

砂村川に架かる蒟蒻橋の向こうは、漆黒の魑魅魍魎《ちみもうりょう》の闇に覆われていた。

襲いかかってはこないものの、子分らはどすを薄明かりにきらめかせ、野犬の群れのように低くうなり、じり、じり、と包囲を狭《せば》めてきた。

「退がれ。どけ」

お純は叫んだが、子分らはどかなかった。

「親分を放せえっ」

包囲の中から怒声が飛んだ。

「お、お純さん、どうしよう。どうしたら、いいんだ」

後ろの福次郎が震え、お純の背中に寄り添っている。

「しっかり、わたしについておいで」

お純が叱咤《しった》し、福次郎がこくこくと頷いた。

闇に覆われた蒟蒻橋へお純が引き寄せられたのは、無理もなかった。ただひたすら決死の思いだけでお純は動いていた。

雨に濡れた橋板によろける三人の裸足《はだし》が、ぴちゃぴちゃ……と鳴った。

子分らが三人のあとから、橋詰に迫った。

橋の下には黒い砂村川が音もなく流れている。

十間（約十八メートル）ほどの橋の半ばまできたとき、鉄蔵が腹を押さえて動かなくなった。

「もうだめだ。動けねえ。うぐ……」

欄干《らんかん》に寄りかかり、身をよじった。

「お純さん、いかなきゃ。子分らがくる」

福次郎の背中がお純を押した。

「鉄蔵、いけ。いかないと喉を斬る」

「す、好きにしろ。おれは、もうだめだ」

鉄蔵が欄干へ凭れ、動かなくなったそのときだ。

橋の前方の暗闇を透《とお》し、ひたひたと近づいてくる闇よりも黒い影をお純は認めた。

闇の中に影が次第に定かな形をとるに従い、それは三体の侍らしき人影だとわかってきた。

後ろの子分らとはまるで違う、不気味な、ためらいのない歩みだった。

お純は生唾《なまつば》を飲みこんだ。

「ああ、せ、先生……」

鉄蔵が、喘ぎつつ言った。

やがて、三体の影は二間半（約四・五メートル）の間をおいて歩みを止めた。

影は、蒟蒻橋の欄干を背にしたお純と鉄蔵、福次郎を囲む三方に位置を占めた。

「な、なんでい、こいつら」

福次郎が影に怯えて言った。

「女。今日は十分働き、酒を呑んで気持ちよく眠っていたところを起こされた。よけいな仕事が増えた。不愉快だ。斬って捨てる。すぐ終わる。念仏を唱《とな》える間はないぞ」

影のひとつが、低く嗄《か》れた声で言った。

抜刀は、闇の中に溶けこんでいくみたいにゆるやかな動きだった。

二体の影が続いて抜き放った白刃が、酒亭のかすかな明かりに映え、雨の中に細かなきらめきをまいたかだった。

「お純、先生方は、おめえを容赦しねえ。おめえはもう、終わりだ」

鉄蔵が喉を引きつらせて言った、その一瞬の隙だった。

鉄蔵の太い指がお純の手首にからんだ。あっ、と思ったときは、どすを握った手首を鉄蔵につかまれていた。

欄干に凭れていた鉄蔵の大きな身体が、素早く背中へ廻りこんだ。一瞬の隙に背後をとった鉄蔵は、逆にお純の喉首へ太い腕を巻きつけた。

「あはは。くそが。油断のならねえ女だ。斬られるのはな、おめえばかりじゃねえ。おっかねえ先生方は、お鈴だって斬って捨てるぜ」

鉄蔵はお純の耳元で喚き、後ろから斬りかかる福次郎を「てめえは大人しくしていやがれ」と、ひと蹴りにした。

身体の弱った福次郎は、「あつうっ」とたわいもなくひっくりかえった。

ひとつの影が上段にとり、するするとためらいなくお純の方へ踏みこんでくるのが見えた。

鉄蔵の太い腕が首に巻きつき、どすを握った手首はつかまれて、お純は身動きがとれなかった。

踏みこんできた影の顔が見えた。

たんたんたん……と橋が鳴っていた。

歳は若く、お純を見つめる黒い目が空洞だった。

そうして、闇の空へ身をはずませ躍《おど》り上がったかに見えた。

あいやぁぁぁ……

魑魅魍魎の絶叫が唄《うた》うように響いた。

目をそむけると、たんたんたん……と橋の鳴る音がまだ聞こえていた。

お純の脳裡《のうり》に、お鈴の顔がよぎった。

お鈴、母ちゃんは父ちゃんのところへいくよ、ごめんよ、と思った。

刹那《せつな》、お純は心を奪われた。

それは、何が起こったのかよくわからない光景だった。

躍り上がった男に、黒い塊《かたまり》が衝突したのが目の隅に見えた。

肉が破れ、首が折れ曲がり、身体中の臓物が破裂し、骨がくだけたかのような、不気味な衝撃の音が聞こえた。

降りそそぐ雨が、震える風にゆれた。

お純がそむけた目を戻したとき、くるくると闇の空に残った刀だけが、かつん、と橋板に刺さった。

そして、雨の衣をまとい、なぜか物静かに八相《はっそう》に身がまえた侍が見えた。

一方の橋詰から迫っていた子分らは、蒟蒻橋を包んだ衝撃の波を受け、動けなくなっていた。

お純が、夜空に躍ったはずの若い男は吹き飛ばされ、声を発することなく、手足を棒きれみたいに投げ出し、暗い橋詰に叩きつけられたことを知ったのは、やっとそのときだった。

「市兵衛さん……」

お純が言った。

「お鈴が待っています。帰りますよ」

八相にかまえ二つの影と向き合った市兵衛が、聞き慣れた語調で言った。

では、たった今起こったあの光景はなんだったのか。お純にはまだ定かにはわからない。鉄蔵も声を失っている。

咄嗟、お純は首に巻きついた鉄蔵の腕に咬《か》みついた。

「あだだだ」

鉄蔵が喚き、咬みつきを引き離そうともがく。

すきを狙って身体をかえすお純の、どすを握った腕を抱えこんだ。

そうして、片手でお純の喉首を絞《し》めにかかる。

お純は必死につかみ合ったが、疵ついてはいても、身体の大きさと力では鉄蔵にとうていかなわなかった。

押しつぶされそうになった。

だが、その鉄蔵の背中へ懸命に起き上がった福次郎が「この野郎っ」と、ひと太刀を見舞ったのだ。

鉄蔵が叫び、一瞬、力が抜けた。

お純は大柄な鉄蔵の帯をつかんで寄りかかえし、その勢いでどすの刃を鉄蔵の肩へ押しつけた。

帯を引きつけ、ぐぐっ、と全身で寄ると、鉄蔵の背中が欄干にぶつかり、同時に肩へ押しつけた刃が深々と咬みついた。

「や、やめろうっ」

鉄蔵の喚き声が悲鳴に変わった。

顔を歪め、肩へ喰いこんだ刀身をつかんだ。

お純は長どすの柄《つか》を両掌《りょうて》でしっかりと握った。

渾身《こんしん》の力をこめ、引き斬った。

刀身をつかんだ鉄蔵の指が土くれのように飛び散り、血が噴き上げた。

お純と福次郎の顔が鉄蔵のかえり血を浴び、それをそぼ降る雨とあふれ出した涙が洗った。

鉄蔵は欄干へしがみつき、それから膝をゆっくりと落とした。

鉄蔵の口から血がたらたらと垂れた。

お純へ何本かの指が落ちた手を差し出し、助けを求めたのか、最後のあらがいなのか、手をふるわせる仕種をしながらずるずるとすべり落ちた。

橋詰の子分らが、「わあっ」と散っていった。

市兵衛はひたすら無心に、今は眼前の二人を倒し、お鈴の元へ母親のお純を帰す一念のみだった。

八相にかまえたまま橋の二人へ、ひたひたと踏みこんだ。

受ける二人にも、直前の衝撃が何が起こったのか定かには飲みこめなかった。

二人は戸惑い、疾風《はやて》のごとく現われた侍の物静かな八相と、それから踏み出したかまえと相対し、橋詰まで退いた。

展開は、市兵衛が侍らを橋詰へ追いつめたかだった。

そこで戸田《とだ》流の浪人・桜田淳五と宮園壮平はわれにかえった。五十近い桜田は、門弟の二十代半ばの宮園に、

「前へ出よ」

と、言いながら橋詰から砂村川の堤道へ展開した。橋を渡りきり南へとった堤道は、西側に砂村川、東側が八右衛門《はちえもん》新田の田んぼである。

川向こうに鉄蔵の酒亭の明かりが見える。

堤道を数歩退いて、前に宮園、後ろに桜田の縦列に備え、無心に踏みこんでくる市兵衛を迎え撃つ態勢にとった。

もうひとりの若い門弟・川勝十郎は、一瞬のうちに昏倒《こんとう》している。

桜田は、あの衝撃は一体なんだったのだ、こんな男がいるのか、と改めて思った。

「宮園、恐れるな。おぬしは捨て石だ。わたしが倒す。わかるな」

「承知」

師弟は闇の中で言い交わした。

市兵衛は八相のかまえを後ろへ剣を下げて変形させつつ、待ちかまえる二人へさらに踏みこんでいく。

二つの影から瞬時も目を離さず、前と後ろどちらを先に、と見極《みきわ》めている。

薄らと前の宮園の顔が見分けられた。

宮園は正眼《せいがん》にかまえ、桜田は宮園の陰に隠れていた。

後ろを先に倒す。そう決した。

一歩、二歩、三歩目を踏み出した瞬間、市兵衛の剣が躍った。

ぶうん、と暗がりの中にうなった。

「ちっ」

宮園は小さくもらした。

大きく攻めかかる市兵衛の小手を狙って、正眼から素早く打ちかえす。

倒すのは師の桜田に任せた。自分の役目は、この男の力を少しでも削《そ》いでおくことと心得、わが身を捨てている。

宮園の踏み出した一歩が、堤道の泥を撥《は》ねた。

市兵衛の八相から打ち落とした一撃は、宮園には届かず空《くう》にうなった。

だが、市兵衛はそれを承知である。半歩退いて膝を折り畳《たた》み、宮園の小手のきっ先をきわどく躱《かわ》した。

宮園はそのきわどさを逃さなかった。

ぐぐ、と踏み出し、二の太刀を市兵衛へ袈裟《けさ》に浴びせかけた。

小さく速い動きが、その瞬間、誘われたかのように大きくなった。

それが桜田に、踏み出した宮園との間を修正するときを束《つか》の間《ま》遅れさせた。

宮園が桜田の意想外に踏みこみすぎたのだ。

水たまりの泥が跳ね、ざあっ、と宮園の二の太刀がうなった途端、市兵衛の体軀は夜空へ跳んでいた。

宮園が市兵衛を見失ったのは瞬時の間だった。

宮園を飛びこえる市兵衛の身体の周りで、細かな雨が煙のようにうず巻いた。

桜田の眼差しは夜空の市兵衛を捉《とら》えていた。

だが、宮園の動きは遅れをとり戻せなかった。

その瞬時の遅れが、宮園と桜田のつながりに隙をつくったままだった。

宮園がふりかえったとき、市兵衛はすでに地を踏んで桜田へ打ち落としていた。

「やあっ」

桜田が喚き、市兵衛のしたたかな一撃を横薙《よこな》ぎに打ち払った。

二刀が同時に蜂《はち》の羽音のように鋭くうなったが、市兵衛の身体は低くかがんで、桜田のひと薙ぎの下をかいくぐっていた。

桜田の一刀は空を斬った。

桜田は空しく流れた一刀を束の間追い、それから顔をそむけた。

市兵衛の一撃に、左のこめかみから左の目の下まで斬り裂かれていた。

しゅうしゅう、とこめかみより血の噴く音が聞こえた。

けれども、宮園が剣をふりかぶっているのは残った右目に見えていた。

市兵衛はまだ、自分の眼前にいる。

打て。桜田は思った。われらの勝ちだ。そう思った。

宮園が上段からうなりを上げ、水飛沫《みずしぶき》を散らして浴びせた。

刹那、桜田は跪いた市兵衛の反転が見えなかった。

噴いた血が右目をふさいだからだ。

気がつけば、市兵衛の位置はすでに宮園の懐《ふところ》の内側にあり、一刀両断にしたはずの宮園の剣は市兵衛の背後の、雨に濡れた道を咬んでいた。

そうして、片手一本で突き上げた市兵衛の剣が喉を刺し貫《つらぬ》き、宮園は身体を小刻みに震わせているのだった。

桜田には、市兵衛がいつあのように反転したのかが見えなかった。

なぜそのような結末になったのかが、わからなかった。

川勝が吹き飛ばされ、宮園は喉を刺し貫かれ、自分は頭蓋《ずがい》を割られた。それも瞬時のうちに、一合《ごう》も合わせることなくだ。それだけが確かな事柄だった。

こんな男がいるのか、と五十年足らずの生涯だった桜田は、雨の堤道にくずれ落ちるわずかの間に、再び思った。

市兵衛は刀を垂らしたまま、蒟蒻橋に戻った。

昏倒から覚めた侍の、よろけながら堤道を小名木川の方へ去ってゆく後ろ姿を認めたが、市兵衛はもう追わなかった。

蒟蒻橋の西詰にいた鉄蔵の子分らは、蜘蛛の子を散らすように逃げ去っていた。

雨はなお音もなく降り、人気《ひとけ》のなくなった鉄蔵の酒亭のうらぶれた明かりが、開けたままの表戸から堤道をおぼろに照らしていた。

橋の半ばの欄干の下に、鉄蔵が横たわっていた。

その傍らで、血に染まった晒と下帯ひとつの福次郎がお純に上体を抱きかかえられ、ぐったりとして肩をゆらしている。激情のときが終わり、

「市兵衛さん……」

と、お純が言った。

お純は市兵衛を見上げて、あふれる涙を頬に伝わらせていた。

市兵衛は刀をひとふり鳴らし、血を払った。そして、

「さあ、帰りましょう」

と、刀を鞘《さや》に納めて答えた。

堤道の砂村新田の方より、幾つも灯した明かりが、蒟蒻橋の方へざわざわと駆けてくるのが見えていた。

終章　落花

一

しかし、この一件が落着する直接のきっかけになったのは、波除け新田の村役人たちが、江戸の勘定所に訴え出たことだった。

蒟蒻橋の鉄蔵の酒亭で斬り合いがあり、陣屋の十手《じって》持ちを許されていた近在の貸《かし》元《もと》・鉄蔵が思いもよらず斬られて落命した。

また、この正月に起こった小松川村の軍次郎と一之江村の小金治の出入り、また西船堀村の酒造元・亀田屋の密造酒とり締《し》まりの騒ぎの際に起こった火事で、大勢死人や怪我人《けがにん》を出した。

それらの背景には小松川村の酒造元・河合屋と西船堀村の酒造元・亀田屋との酒造

株を巡る争いがあったし、亀田屋の隠居・権六が斬られ、河合屋の錫助も疵《きず》を負った。

権六の倅《せがれ》の福次郎が火をつけたと言われているが、実情は亀田屋焼き打ちをやったのが軍次郎と蒟蒻橋の鉄蔵の仕業《しわざ》だと、すぐに知れ渡っていた。

事が大きくなって、これでは遠からず内情が露見すると恐れた波除け新田の村役人たちが、じつは名主の三左衛門さんに命じられ、と村で長年行われてきた不正を訴え出たのだった。

同じころ、砂村新田の名主・伝左衛門より、波除け新田の川欠引《かわかけびき》の不正とそれに気づいた小菅村の陣屋の手代・清吉殺害、および陣屋の元締が不正に加担している疑いについてのお調べ願が出され、勘定奉行は重い腰を上げた。

勘定奉行は、波除け新田名主・三左衛門始め村役人、小松川村酒造元の河合屋主人・錫助、西船堀村の亀田屋主人・福次郎、江戸は深川の酒問屋の白子屋主人・利右衛門、米問屋の千倉屋主人・与左太郎らを次々に召喚し、厳しく訊問《じんもん》した。

そしてそれらに続いて、代官・中村八太夫とともに小菅村陣屋元締・勝平五郎を呼び出し、訊問が行われたのだった。

勝平五郎は、波除け新田の川欠引を不正に裁定し、免租分百五十石《こく》を仲間らと共謀し密造酒に廻《まわ》して得た利益を着服した罪、また勝らの不正に気づいた陣屋手代・清吉殺害を指図した罪で牢《ろう》屋敷に収監された。

それから勘定奉行は町方の協力を得て、酒問屋・白子屋の利右衛門、米問屋・千倉屋の与左太郎を捕縛、代官所公事方《くじかた》が波除け新田名主の三左衛門、小松川村の河合屋の錫助を次々に捕縛し、みな江戸へ護送され、牢屋敷で裁きを待つ身となった。

波除け新田の村高三百四十石少々。そのうち年貢は五公五民の百七十石ほどで、川欠引による免租は百五十石とわずかだった。けれども、事は年貢にかかわる不正である。収監された者たちの罪は軽くはなかった。

のみならず、それにかかわって陣屋の手代殺害の一件が起こっていた。百姓の出とはいえ役人である手代殺害はお上《かみ》にそむく大罪であり、厳しく裁断されること間違いなし、と江戸市中の噂《うわさ》になった。

いずれにしても、それらの詮議《せんぎ》はまだ始まってはいない。

江戸の町に春は盛りの桜が咲き、短い花の季節がすぎ早くも散り始めたころ。

深川油堀の一膳飯屋《喜楽亭》の油障子《あぶらしようじ》を夕焼けが染める刻限、普段より早く、北町奉行所同心の渋井鬼三次、手先の助弥、柳町の蘭医・柳井宗秀の三人が、冷《ひや》の徳利《とつく》酒《りざけ》をぐい飲みで酌《く》み交《か》わしていた。

酒の肴《さかな》は、代わり映《ば》えもしない甘辛い煮つけに大根やきゅうりの漬物、ぱりっとした歯触りの浅草海苔《あさくさのり》である。

へんに変わっちゃあいけねえ、代わり映えしないのが安心できるんだ、というのが渋井の気《け》だるい信条である。

痩《や》せ犬の《居候》が、普段よりちょっと早めの渋井らへ、お早いおこしで、と尻尾《しっぽ》をふって愛嬌《あいきょう》をふりまいている。

亭主が新しい徳利を運んできて、「まあ、一杯つぐべえ」と、三人の客にむさ苦しい酌《しゃく》をして廻った。

それを勢いよくあおって、「でな……」と渋井は話を続けた。

「……河合屋の密造酒の始まりは、十年ほど前からだったらしい。波除け新田は白子屋と千倉屋の寛政のころの町人請負《うけおい》新田だ。先代から引き継《つ》いだ白子屋と千倉屋は、陣屋の元締と波除け新田の名主、河合屋の錫助と組んで、てめえらの小作料を密造酒分に廻していたのさ。それについちゃあ、帳簿上は米問屋の千倉屋に米を卸《おろ》したことにして河合屋へ流す。で、密造酒分は全部白子屋が仕入れる」

「そうすりゃあ、ご陣屋と波除け新田の村名主らが目をつぶっているんだから、誰にもわからねえってわけでやすね」

助弥が間《あい》の手《て》を入れて言った。

「そうだ。とにかく、酒は米より儲《もう》かる。近ごろの米一升《しょう》より酒一升の方がうんと値が張る。どれぐらい儲かるか、それはおれは知らねえがな。高く売れるうえにだ、米を酒に変えりゃあ六割以上も量が増えるって言うからよ。職人に金を払ったって、米で商《あきな》いするより酒でやった方が儲かるのはあたり前《めえ》よ」

「しかし、酒造りの杜氏《とうじ》には酒造量はわかるだろう。御勘定所から出る酒造鑑札《かんさつ》の量以上の酒造は、ご禁制破りというのが杜氏には一目瞭然《いちもくりようぜん》のはずだ。それはばれなかったのか」

と、宗秀が訊《き》いた。

「十年ほど前に密造酒に手を染めたころは、量も少なかったから多少の違法は、という気持ちもあったかもしれねえ。それに杜氏らは、在所の百姓らが閑期の副業でやっている。量が増えれば手間代も増える。酒が売れた分だけ金が在所に落ちる。それだけ金が在所に出廻って、在所の景気がよくなるってことだ。お上の米相場をゆるがすほどの量じゃねえ。みなのためにいいことをやっているんだ、と言いくるめた」

「ええ？　百姓らはそんなことを真に受けたんでやすか」

「真に受けたかどうかは知らねえ。だが、てめえ自身に言い聞かす言いわけにはなった。でだ、密造酒で儲かった分は、陣屋の元締、白子屋、千倉屋、波除け新田の名主と河合屋で順々にわけあった。まあそのころはまだわずかな裏金だったんだ」

「この前くたばったってえ十手持ちの蒟蒻橋の鉄蔵は、この一件ではどういう役割だったんでやすか」

「あの野郎は根が博奕打《ばくち》ちさ。小名木川から南の新田の貸元で、蒟蒻橋の酒亭で賭場《とば》を開いて、そのうちに勝から十手持ちを許された。というのも、十年少々前、河合屋の酒造株は、小松川村の高利貸しの錫助が借金の担保で手に入れたものだ。前の河合屋の借金が鉄蔵の賭場で拵《こしら》えたものだった。しかも、高利貸しの錫助が酒造株を手に入れるには元締の勝が口利《くちき》きをした。なぜなら勝は錫助からけっこうな借金があった」

「なんだか入り組んでやすね」

「そうなんだ。それに、鉄蔵と錫助は盃《さかずき》を交わした親分子分の間柄だっていうから、役人もやくざも金の臭いには鼻がよく利きやがる」

渋井は、けたけたと笑い、ぐい飲みの酒をこぼした。

「ああ、旦那《だんな》、こぼれてやすぜ」

助弥が手拭《てぬぐい》で渋井の白衣《びゃくえ》をぬぐったが、渋井は気にしていない。

「鉄蔵は、河合屋の密造酒の分け前よりてめえの縄張りを広げる狙《ねら》いで、酒造元、村名主、酒問屋と米問屋、陣屋の役人の一味に、荒っぽい仕事役として一枚加わったんだ。河合屋の錫助が仲介して、小松川村の貸元の軍次郎を配下に入れて縄張りを広げた。今度の一件では一之江村の小金治を倒して、船堀村、一之江村まで手をのばした矢先に、てめえからすっころびやがったのさ」

「清吉という陣屋の手代が殺されたんだろう。市兵衛さんは、そいつの調べで砂村新田の名主に雇われたんだったな。市兵衛さんはどうなったんだい」

と、徳利を持ってきた亭主が、醤油樽《しょうゆだる》の腰掛に坐りこんで三人に加わっていた。

居候が、そうそう、と亭主へ相槌《あいづち》を打つみたいに小さく吠《ほ》えた。

「市兵衛は手代殺し。おれは梅白鷺のちょっと首をひねりたくなる大安売り。別々の一件の調べが根っ子は同じだった。まったく、市兵衛の野郎はおれの仕事のいく先々でよく絡《から》んできやがる」

「偶然だよ」

宗秀が苦笑した。

「清吉は砂村新田生まれの百姓だった。で、いいか、おやじ。七年前、あのあたりの新田が高潮の災難に遭《あ》った」

「ああ、七年前の高潮は覚えている」

　亭主が答えた。

「どこの村も幾《いく》らかやられたが、まあ、それほど大きな災難ではなかった。その年、幾つかの新田で川欠引があったようだが、それも二十石足らずで、しかもその年だけだった。ところが、唯一堤の一部が破れたとかで、大きな災難をこうむった村があった。それが波除け新田さ。陣屋の元締が波除け新田の村役人の訴えを受け、直々《じきじき》に川欠引、つまり年貢の免除を裁定した」

「川欠引？　年貢の免除のことかい。どれぐらい免除になった」

「百五十石だ。その分が、本来なら田んぼの起返《おきかえ》しやら堤の修復やらに廻されるはずが、ひそかに河合屋の密造酒に廻されたってえことだ。それまで、小ぢんまりやっていた密造酒がけっこうな量にまで手を広げる、そいつが始まりだった」

「百五十石が酒に廻されて、どれぐらいの額になるのだ」

　と、宗秀がぐい飲みをあおりながら訊いた。

「だから、おれにはよくわからねえが、おやじ、梅白鷺は一升幾らが小売値だ」

「そうだな。梅白鷺は評判のいい地酒だが、値段は下級の値段で呑《の》めるってんで、人気になった。けど、じつは前からある酒だ。そういえば、梅白鷺と銘柄がついて売り出されたのは七、八年くれえ前だったかもな。それまでは銘柄なんぞ、聞いたような気もするが、よくわからねえ」

「で、一升幾らだい」

「二百七十文《もん》から二百八十文の間ぐれえかな。小売りの店にもよるが」

「おれが聞いたのもそんなところだ。百五十石の玄米を酒造に使うと、百七十五石近くの清酒ができるらしい。梅白鷺はそれを、じつは一割五分ほど水で薄めてある。そうするとな、小売りではおよそ八百両の商いになるんだそうだ」

「そんなにか。その全部が儲けになるわけではないにしても、年貢分の百五十石は仕入れ値がかかっていないのだしな」

「冥加金《みょうがきん》や運上金もかかりやせんね」

「そういうこと。儲けた小判を仲間で分け合って懐《ふところ》に入れるには、丁度《ちょうど》具合のいい重さになるってわけさ。当然、そんな甘い汁を吸うのに一年で止《や》める手はねえ。川欠引は初め三年だった。それがもう三年、みなで儲けましょうということになった」

「六年だな……その間に梅白鷺はどこの酒問屋よりも安く卸して、江戸の町で顧客を広げていったのだな」

「安くできるはずさ。米の仕入れ値は川欠引で、お陰さまでお上持ちだからよ」

「けどな、そんな大それたことが、なんでばれなかったんだ」

　亭主がぼそりと訊いた。

「おやじ、おめえだって知らなかっただろう。ご陣屋の役人が許し、酒問屋や米問屋の商人、酒造元、村役人、そういうお歴々やお金持ちが、そういうもんなんですよと言えば、なんか妙だな、と思っても、まあいいか、お金持ちやお役人が仰るのだから間違ったことはなさるまい、と下々《しもじも》はなるもんさ」

　渋井は浅草海苔を、音をたててかじった。

「おそらく、波除け新田の百姓らも、内心は変だぜと、思っていたろう。けど、つまらねえことを勘繰《かんぐ》ると、蒟蒻橋の鉄蔵あたりが、おめえ、お上のご意向に盾《たて》つくのかって十手を見せびらかすのさ。みんな畏《おそ》れ入っちまって、口を噤《つぐ》むわな」

　それからぐい飲みを気持ちよさそうにあおった。

「そこへ清吉という手代が現われ、川欠引の不正に気づいて、つまらねえことを勘繰り始めた」

　宗秀がぐい飲みを持った手を止め、渋井を見つめた。

「高が百姓の手代のくせに、とんでもねえ野郎だ。川欠引はそろそろ終わりになっても、亀田屋をやくざの喧嘩《けんか》に巻きこんでぶっ潰《つぶ》して酒造株を奪い、酒造元を河合屋一本にまとめてこれからさらに密造酒を増やす算段をしていたところが、融通《ゆうずう》の利かねえ手代が掛《かかり》でもねえのに、勝手に首を突っこんできやがった」

「清吉は、なんで気づいたんでやすかね」

助弥が言った。

「清吉は波除け新田の隣の砂村新田の生まれだ。可愛《かわい》い女房と子供が砂村新田のお里で待っている。ちょくちょく里帰りしているうちに、波除け新田の川欠引が怪しいと気づいた。そりゃあ見りゃあ気づくよ、誰だって。ただ、気づいてそれを糾《ただ》そうとするやつは、物好きしかいない。命が幾つあっても足りねえよってえことになる」

「それで、清吉は始末されたのか。それも元締が指図したんなら、上役じゃねえか。ひでえ話だ。本人もつらかったろうが、残された女房と子も堪《たま》らねえな」

と、亭主が立ち上がり、板場へ戻った。

渋井は亭主の丸い背中へ目を投げ、それから徳利を宗秀に差した。

「まったくだぜ。市兵衛の手代の件とおれの梅白鷺の密造酒の件は、根っ子がじつは同じじゃねえかと、おれは疑った。先だって、砂村新田の市兵衛に会《の》いにいってちょいと話し合った。そのとき市兵衛が、どこかに仕入れの帳簿には載っていない梅白鷺の隠し蔵があるんじゃねえかと言いやがった。そうに違いねえと、おれにもぴんときた。その隠し蔵を洗っている最中に一件が露見し、共謀は明るみに出た」

「やはり、隠し蔵は見つかったのか」

「一角がくずれれば、もろいもんよ。戦《いくさ》と同じさ。次々と悪事が明るみに出て、白子屋の隠し蔵は、なんてことはねえ、米問屋の千倉屋の蔵にあった。燈台下《もと》暗しさ。仲間だと思っていたからかえって見すごした。白子屋も千倉屋も、高をくっていやがった。蔵へ入ったら梅白鷺の樽があるわあるわ……なあ、助弥」

渋井は徳利を助弥の方へ廻した。助弥はそれを受けながら、

「そうでやしたねえ。ありゃあ、すげえ量だった」

と感心して言った。

「代官は中村八太夫という旗本だったな。代官の処分はどうなる。元締の不埒《ふらち》は代官の監督不ゆき届きだろう」

宗秀が徳利を渋井へかえした。

「そっちの方は、どうやら御目付さまのどなたかが先に、川欠引の不正と手代殺害の一件に陣屋がかかわっているらしい話を聞きつけ、代官には調べるように釘《くぎ》を刺した。代官は勘定奉行さまの訊問の前に実情を調べている途中だったから、厳重注意ぐらいですむだろうと言われているな。まあ、お代官さまたって、平旗本の貧乏役人だ

しな」

「御目付さまが、か……」

宗秀が呟《つぶや》いた。

「なんだい。御目付さまに知り合いでもいるのかい」

「いや。知り合いはいないが……」

渋井は宗秀がついだぐい飲みを、きゅっと喉《のど》を鳴らしてひと呑みした。

そこへ亭主が、新しい徳利を運んできた。そして、

「市兵衛さんはどうしたんだ。まだ砂村新田にいるのかね。そっちの仕事はもう終わったんじゃねえのかい」

と、ふっと思い出したかのように訊いた。

「市兵衛？　そうだな。もう仕事は終わっているはずだがな」

宗秀が言った。

「あの野郎、ひょっとしたらまだ、手代の別嬪《べっぴん》の後家《ごけ》さんの野良仕事を手伝っていやがるのかな」

「手代の清吉の後家さんか。そんなに別嬪か」

「そうよ。これが別嬪なんだ。市兵衛はもてねえが、別嬪にだけは縁がある」

あははは……

三人が笑い声をそろえ、亭主がにやにやしながら夕焼けの差す表戸の方へいった。

表の腰高障子を開けると、夕焼けが土間にひと筋差し、堤下の油堀を油壺《あぶらつぼ》を積んだ川船がゆるゆると通りすぎていった。

居候が土間に差した夕焼けの光の中で、わん、と小さく吠えた。

二

その夕焼けの光の中で、お純は田んぼのならし仕事に精を出した。

お鈴は畦道《あぜみち》の用水で海児を洗ってやり、田んぼに戻ってくると、お純もその日の仕事を終えて畦道へ上がってきたところだった。

そこへ、袖《そで》なし羽織とくくり袴《ばかま》の伝左衛門が畦道をやってくるのが見えた。

伝左衛門はお純とお鈴のそばへ、にこやかな笑みを浮かべて近づいてくる。

「まあ、名主さま……」

お純が腰を折り、海児の轡《くつわ》をとるお鈴が母親を真似《まね》た。

「精が出るな」

「はい。田んぼの世話に手を抜いてはならんと、夫が言っておりましたので」

「ふうむ。清吉は働き者だった」

海児が鼻を鳴らし、首をふった。

「なら、身体《からだ》の具合の方はすっかりいいようだな」

「はい。わたしはかすり疵《きず》ひとつ負ったわけではありませんから」

お純は土で汚れた顔を手拭《てぬぐい》でぬぐいつつ、伝左衛門へ微笑《ほほえ》んだ。

「亀田屋の福次郎も、どうにか回復しているそうだ」

「福次郎さんはだいぶ痛めつけられましたから、回復してよかった」

「まだ決まってはいないが、河合屋の酒造株はおとり上げだそうだ。錫助は死罪になる噂もある。可哀想《かわいそう》だが、仕方があるまい。で今後、近在では亀田屋に酒造元として河合屋の分も酒造鑑札が出されるらしい。亀田屋は、このあたりでは大きな酒造元になるだろう」

「そうなんですか。それは福次郎さんも喜んでいるでしょう」

お純は夕焼けの中で、きらきらした白い歯を見せた。

「ふむ。喜んでいるだろう。今は焼け落ちた酒蔵や主屋の再建に、とりかかっているそうだ」

「波除け新田は名主の三左衛門さんや村役人の方々が捕らえられ、今後は砂村新田に組み入れられるとうかがっています。名主さま、ますますお忙しくなりますね」

「三左衛門ほか、村役人たちにはどういうお裁きが下されるか……」

ところで──と、伝左衛門が言葉を改めた。

「これもまだ正式のものではないのだが、お純の意向を確かめてほしいと、船堀村の名主を通して話がきたのだ」

「船堀村の名主さまを通して、意向を？」

お純は訊きかえした。

「悪い話ではない。いい話かどうかは、お純次第だ。わしにはわからん。お鈴も聞いていい話だ。いいか」

はい──と、お純は怪訝《けげん》な顔つきになって頷《うなず》いた。

「あのな、福次郎が先だって、お純のことが忘れられん、毎晩夢に見る。どうしても嫁にきてほしい。むろんお鈴も娘として育てるのはあたり前だが、とにかくお純を女房に迎えたい。是非に亀田屋の女将《おかみ》になってほしい。どうか口を利いてくれと、船堀村の名主に言ってきたのだそうだ」

伝左衛門はお純、それからお鈴と海児へ笑みを廻した。

「わかった、今はまだごたごたしているからそのうちに、と言っていたのが、もう毎日やいのやいのとうるさくてかなわん、話だけは持っていってみると、福次郎をなだめて、それで今日うちへきたのだ」

お純とお鈴はぽかんとしていた。

海児は何か不満そうに鼻を鳴らしている。

「で、お純に少しでも考える余地があるなら、改めて人をたてて正式に申し入れる。むろん清吉のことがあって今がそんな時期でないのはわかっている。だから、三月《みつき》、半年、一年、あるいは二年か三年おいてお純の気持ちが落ちついたのち、お純の望む通りにするゆえ、どうか、思いを酌んでほしい、とこういう話だ」

お純は少し物思わしげに目を伏せた。短い間をおいてから、夕焼けの光の中、やおら伝左衛門へ微笑みを向けた。

「お話はわかりました。福次郎さんのお気持ちはとてもありがたいことです。でも今は、それを考える心のゆとりがありません。夫の遺《のこ》したこの田んぼを守り、お鈴と生きていくことが、今のわたしのすべてなのです」

それからお純は田んぼを見廻した。

「もうすぐ種まきが始まります。今年の収穫がすんだら、夫の供養をしてやりたいと思っています。それがすめば、もしかして少しは心に整理がつくかもしれません。そのころ、縁があれば、と今はそれしか申し上げられません」

「そうだな。清吉が亡くなってまだひと月もたたん。今はまだそれしか言えぬな。これから種まき、代掻《しろか》き、田植え、毎日が田んぼの世話だ。百姓は忙しい」

畦道に、夕刻の長い影が落ちている。

三人はそこで、なぜか言葉がなく、沈黙した。

それから突然、お純は生真面目《きまじめ》に答えたのがおかしくなったかのように、噴《ふ》き出した。肩を、くっくっく、と震わせ懸命に笑いを堪えながら、

「すみません、あんまり唐突なもので……」

と、伝左衛門に言った。

お鈴がそれを見ていて、一緒に笑い始め、お鈴に牽《ひ》かれる海児が首をふりふり、ふふん、といいないた。

うん？　と不思議そうに母と娘が急に笑い出した様子を見ていた伝左衛門が、やがて二人に笑い声をそろえた。

「そりゃあそうだな。悪い話ではないが、どうも亀田屋の福次郎の、あのちゃらちゃらした軽い男に急に言われてもな。甘やかされて育ったというか、何不自由のないお

坊っちゃん育ちというか、腹のすわったところが見えんし、気だてはのんきでいいのだが、あの男の軽さでは、どうもな……」

伝左衛門が、笑いながら言い足した。

「唐木市兵衛とかな。ああいう男なら、わしも是非とも婿《むこ》にせよ、と言うのだがな」

あはは、あはは……

と、伝左衛門は戯《たわむ》れるかのように、高笑いを夕焼けの野に響かせた。

三

岩槻城下、岩槻宿のはずれに一軒の茅屋《ぼうおく》がある。

草生《む》した茅葺《かやぶき》屋根の小門があって、土塀《どべい》はところどころが朽《く》ちて欠け、欠けた土塀の間から荒れ果てた庭と、これも草生した茅葺の主屋が見えた。

ただ、土塀の上へ一本の桜の木がのび、満開に咲き誇った薄紅色の花弁を儚《はかな》げに散らし始めていた。

屋敷は二代前から続く、岩槻・大岡《おおおか》家の家士《かし》なども門弟につらなっていた戸田流の剣道場だった。

だが、なぜか今は廃《すた》れて、主の桜田淳五という五十年配の浪人者がわずかな門弟を抱え、暮らしのよるべもままならぬ日々を送っていた。

強《し》いて言えば、桜田淳五の生業《なりわい》は、岩槻城下でまれにある罪人の首斬り役、あるいは大岡家上士《じょうし》の刀の試し斬り、である。

試し斬りとは、死罪で首を落としたあとの罪人の胴を実際に斬って、刀の切れ味を試すのである。

宿場や近在の桜田を知る者の間では、桜田は無類に剣は強いが、剣への執着が尋常ではなく、それが道場を廃れさせる原因になったと言われていたが、どちらにせよ、あまりいい評判の男ではなかった。

その日、菅笠をかぶった二人の侍が、草生した桜田道場の門前に立った。

破れた門扉《もんぴ》は開かれたままだった。

侍のひとりは紺地《こんじ》の着物に茶のたっつけ袴、長身痩軀《そうく》、今ひとりは五尺少々の岩塊のような体軀を黒の着物と黒のたっつけ袴に拵え、鐺《こじり》が地につきそうなほどの長刀をごつい腰に帯びていた。

「ここだ」

岩塊の侍が、涼やかに並んだ痩軀の侍に言った。

「桜が散っている」

瘦軀は土塀の先の桜の木を見やって、岩塊に答えた。

「こういうときにも桜に心を遊ばせるか。のどかだな」

岩塊が菅笠の縁を上げ、窪《くぼ》んだ眼窩《がんか》の底に光る目を桜の木へ投げた。

空はわずかに靄《もや》って、日差しはやわらかかった。

「いこう」

二人は門をくぐった。

むろん、表札や扁額《へんがく》などはあるはずもない。

門の先に形ばかりの式台と玄関があったが、掃除はゆき届いておらず、埃《ほこり》がたまっていた。玄関の間の両開き戸の片方がはずれ、式台へ落ちたままになっている。

「これではあばら家だな。人が住んでおるのか」

「人の気配がする。間違いなくいる」

お頼み申す――瘦軀が玄関奥へ声をかけ、「お頼み申す」と、もう一度言った。

庭のどこかから、ちちち、と小鳥のさえずりが心地《ここち》よさげに聞こえる。

人のゆるやかな足音が玄関に近づいてきた。

「いたな」

岩塊が言った。

玄関の間に現われた男は、月代《さかやき》を薄《うつす》らとのばしていた。無腰で、足をわずかに引きずっている。

二人のうちの痩軀の侍を見て、男の方は見覚えがあるらしく、あっ、という表情になった。痩軀は菅笠をとり、男に一礼した。

「先だっては失礼いたした。やむを得ぬ事情ゆえ、ああなった。唐木市兵衛と申す。これはわが友・返弥陀ノ介。本日の見分《けんぶん》にきてもらった」

「返弥陀ノ介でござる」

「武智斗馬どのにお会いする用があってうかがった。おとり次ぎ、願いたい」

男は市兵衛をまたたきもせず睨《にら》みつけた。

だがそれは長いときではなかった。

ちちち、と小鳥がさえずり、やがて男は気だるげな諦《あきら》めの中へ心を浸《ひた》したかのように、眼差《まなざ》しの力をゆるめた。

「通られよ」

と、ぞんざいに言った。

「弥陀ノ介、ここで待っていてくれ」

「いいのか」

「ふむ。長くはかからぬ」

弥陀ノ介が頷き、市兵衛は草鞋《わらじ》を脱いだ。

埃っぽい短い廊下のすぐ先に、引違いの板戸を開けた道場が見えた。

黒の稽古着《けいこぎ》を着た男が、木刀の素ぶりをしている。

市兵衛を案内した男は足を引きずり、古びた廃屋のような道場へ入った。

天井はなく、薄暗い屋根裏に黒く煤《すす》けた梁《はり》が通っていた。

片側は板壁、片側は荒れ果てた庭に面して戸が開け放たれ、朽ちかけた土塀ぎわの桜がしきりに花弁を散らしていた。

素ぶりをしている男の正面の板壁に、汚れた神棚が架《か》かり、神棚の上には蜘蛛《くも》が巣を張っていた。

古びた道場、汚れた神棚、蜘蛛の巣、草生した庭、朽ちかけた土塀、そして散りゆく桜、すべてが夢幻の中の作り物めいた景色に見えた。

黒い稽古着の男の後ろ姿も、どこか作り物めいた景色に似合っていた。

「武智さん……」

と、案内の男が武智の背中に声をかけた。

武智は素ぶりを止めず、案内の男はそれ以上声をかけなかったため、市兵衛はただ待たされた。

小鳥が、ちちち、と庭を飛び交《か》い、散る花弁が小鳥の飛翔《ひしょう》に引かれてなびいた。

武智の素ぶりがゆるやかに終わった。

乱れのない呼吸と共に武智がふりかえり、市兵衛の黙礼を悠々《ゆうゆう》と受けた。

「おぬしがくる、という気はしていた。本当にきたのだな」

「砂村川の蒟蒻橋で、三名の方々と戦った。三名とも、尋常ならざる使い手だった。知り合いの御小人目付の伝《つて》を通し、牢《ろう》屋敷の勝平五郎より、ひとりが武智さんの師である桜田淳五、二人が門弟の宮園壮平、川勝十郎という方々であると聞いた。岩槻で戸田流の道場を開いておられた方だと」

市兵衛は諦めの中で沈黙している川勝へ、一瞥《いちべつ》を投げた。

「武智さんも、桜田淳五の門弟のひとりだとも」

「勝に聞いたか。あの男、牢屋敷で泣いておるのだろうな。欲深く悪辣《あくらつ》な男だが、小者だ。利権をあさることしか知らぬ小役人だ」

武智は木刀で道場の隅を指し、川勝に言った。

「川勝、そこに坐って見物しておれ。あと始末の仕事がある」

川勝は、びくり、と身体をふるわせ、足を引きずって道場の隅へ退いた。端座できず、片足を投げ出して坐り、市兵衛と武智を力のない目で見守った。

武智が川勝を見つめて言った。

「蒟蒻橋でおぬしに叩きつけられ、ああなった。凄《すさ》まじい戦いだったそうだな。わが師がまるで歯がたたなかったと聞いた。川勝が事の顚末《てんまつ》を陣屋まで知らせにきた。あの男はおれの弟弟子だ。師に助力を頼んだ。貧乏をしておられるし金になるのでな。ところが、おぬしにしてやられた」

「みな捕縛された。死罪になる者もいるだろう」

「川勝は逐電《ちくでん》せよと言うが、師の敵《かたき》を討たねばならん。姿を消すのはそののちだと、川勝には言っていた。こちらから出向く手間が省けた」

「敵討ちは、あなたが巻きこんだ師や弟弟子への償《つぐな》いか」

武智は嘲笑《ちょうしょう》を浮かべた。

「陣屋の侍に雇われたのは、十年前の十九のときだ。腕を見こまれた。七年前の波除け新田の川欠引を名目にして、年貢米で酒造りをする仕組みはわたしが勝に教えた。ちまちまと裏金の小細工をしていたから、もっと大きく儲けましょうと言ってやった。勝は驚いてためらっていたが、欲には勝てなかった。それ以後、おれは陣屋の加判役に引きたてられ、勝の側近になった」

それから神棚の下の刀架の前にゆき、から、と木刀を投げ捨てた。

刀架の黒鞘の二本を腰に差し、ゆっくり道場中央へ戻った。

ずっしりとした同田貫《どうたぬき》だった。

市兵衛は菅笠を戸のそばにおき、道場中央へ進んだ。

武智と二間《けん》（約三・六メートル）をおいて対峙《たいじ》した。

「手代の清吉さんを斬ったな。だから今度は、わたしが武智さんを斬りにきた」

「だから今度はだと？　妙なことを言う。おぬし、正義は己《おのれ》にあると思っておるな。旗本の血筋だそうだな。天下の旗本が、お上に代わってお裁きのつもりか」

「武智さんを斬らねばならぬ。わが心の命ずるままに従う。それだけだ」

市兵衛が言うと、武智は甲高《かんだか》い笑い声を道場いっぱいに響かせた。

「心の命ずるままなどと阿呆《あほ》らしい。己を捨てる気もないのに、小知恵を働かすやつらが弱い者、貧乏人の味方のふりをしたがる。本心は、弱い者にも貧乏人にも関心はないのだ。そんな輩《やから》は、見ていて虫唾《むしず》が走る」

武智は大刀に手をかけ、鯉口《こいぐち》をきった。

左足を引き膝を折りながら柄《つか》に手をかけ、抜刀の体勢に入った。

「清吉さんは貧しい百姓だった。己を捨てて自分の職務に忠実であろうとした」

「清吉は邪魔をしたから斬った。邪魔なもの、要《い》らぬもの、役にたたぬもの、無駄なもの、それらをきり捨てれば風通しがよくなる。すべてが明らかになり、己が何をなすべきかがわかる」

言いながら、武智の身体がいっそう沈んだ。

「武智さんの言葉には偽《いつわ》りがある。あなたは自分の嫌いなものを、邪魔なもの、要らぬもの、役にたたぬもの、無駄なもの、と誤魔化しているのだ。あなたは傲慢《ごうまん》だ。その傲慢さに自ら躓《つまず》いた。それが今のあなただ」

市兵衛は両手を垂らしたなり、武智の動きを見守りつつ言った。

すると武智が、ふ、と笑った。そうして、かち、と鯉口をきった。

「それでいいのか」

「十分だ」

「《風の剣》を、見せてもらおう」

言葉に嘲《あざけ》りがこもっていた。

「見たいのなら見るがいい」

市兵衛は答えた。

ちちち、と庭の小鳥がさえずり、落花の中を飛翔した。

それは、心が無に溶けたかのような一瞬に始まった。

武智の鋭い踏みこみと共に、二人は瞬時に肉薄した。

沈んでいた武智の身体が空にうなって躍《おど》り上がった。

鯉口を手首で廻すように抜刀し、市兵衛の体軀を斬り上げた。

「せえい」

市兵衛は武智の斬撃《ざんげき》に添わせるように全身をかしがせつつ半歩逃れた。その袖を切っ先がしゅっという音をたてて裂いた。さらに身を躱《かわ》すと同時に、抜刀した市兵衛のほつれ毛を数本断ち、上段で即座にかえした。

途端、白刃《はくじん》はうなりを上げて袈裟《けさ》懸《が》けに再び襲いかかる。

それを市兵衛は身体を折り畳んで、肩口すれすれに空を打たせる。

しかし空を打った一刀は即座に弓のようにはじかれ、鋭角に斬り上げた。

市兵衛は武智の背後へ両者の体を入れ替えるように逃げ、それをも空を斬らせる。

「とおおおっ」

ふり向き様《ざま》、武智の鋭い四打目が、背中へ逃げた市兵衛へ横薙《よこな》ぎに浴びせられた。

市兵衛はそれを鋼《はがね》の音も高らかに初めて打ち払った。

戦端が開かれたと同時の武智の先手は、功を奏さなかった。

武智はそこで正眼《せいがん》にかまえた。

「身を守るだけか」

と、武智はひと息吐いた。

「太刀筋を読むためだ」

市兵衛が答えた刹那《せつな》、武智の正眼が躍動した。

上段へとると同時に、だん、と踏み出し、ためらいなく攻めかかる。

武智の動きに即応した市兵衛は、身を半歩ずらして膝を折る。そしてのび上がる瞬時に、踏みこんだ武智の顔面を俊敏な一刀で舐《な》め上げた。

冷たいすきま風が吹きつけたみたいな、手応《てごた》えが切っ先に走った。

武智は上段の体勢のまま、顔面をそむけ、初めて三歩退《ひ》いた。

ひと筋の疵から血が、音もなく武智の頬《ほお》を伝った。

市兵衛は退いた武智を追わず、道場中央で八相《はっそう》にとった。

武智は怒りに捉《とら》えられた。

再び上段にとり、つつ、と踏み出した。

「せえい」

再び叫び、市兵衛の八相の大きな懐へ襲いかかった。

打ち落とした一撃を市兵衛は八相から一歩を踏み出し、かあん、とはじきかえす。

すかさず斬りかえし、武智が泳いだところへ袈裟懸けの逆襲をかける。

武智はそれを受け止めたが、泳いだ身体は刃を咬《か》み合わせて押しこんでいく市兵衛の圧力に抗しきれなかった。

だらだらっ……

両者の踏む床板が震え、庭側へ一気に押しこまれた武智は、一転、自ら庭へ飛び下り、体勢をたて直した。

武智は正眼にとって道場の市兵衛と対峙し、しかし左の指先で頬に垂れる血をぬぐった。指先をひと舐めして口元を歪《ゆが》め、

「こい、唐木」

と、怒りのこもった低い声を投げた。

市兵衛は庭へ下りた。

そうして再び八相にとり、武智の正眼と、朽ちかけた土塀ぎわの桜の木を挟んで相対した。

ちちち、と両者にかまわず草生した茅葺屋根で小鳥が鳴き、両者にかまわず桜の花弁が音もなく舞っている。

武智の後方に弥陀ノ介の姿が見えた。弥陀ノ介は腕組みをし、二人から離れて桜を愛《め》でるかのように、悠々とした風情《ふぜい》である。

「くわあっ」

武智がひと声叫び、正眼を右下へ下げそれを大きくふり上げながら突き進むと、剣の軌道の周りで桜の花弁が儚げに舞った。

瞬間、市兵衛は右足を残った左足の膝が地に着くまで大きく踏み出し、右手一本の袈裟懸けを見舞った。

武智の放った上段からの激烈な斬撃と市兵衛のうなりを上げた一閃《いっせん》が、鋭い悲鳴を発して打ち合った。

刃が咬み合い、そこで両者の動きが止まった。

武智は、ずず、と土を踏み、市兵衛を圧倒しようと渾身《こんしん》の力をこめた。

しかし市兵衛は、咬み合う刃を挟んで微動だにせず武智を見つめていた。

武智は怒りと憎悪を剝《む》き出しにした。そして、

「おれの、勝ちだあ」

と、うめいた。

落花がせめぎ合う二人を包むように、しきりに降りかかっている。

ふと、武智の頬に伝うひと筋の血に、ひらひらと舞う一片の落花が触れた。

そのとき、怒りと憎悪にかられた武智の心の中で何かが、それは説明のつかぬ何事かが起こったのに違いなかった。

武智が、花弁を払おうとするかのように市兵衛から顔をそむけたのだ。

するとそれを機に、市兵衛の微動だにしなかった痩軀が、じり、じり、と武智を押しかえし始めた。

武智はなおも顔をふった。邪魔な花弁を払おうとしている。

そうして、武智は自ら一歩を退いた。

途端、市兵衛の圧力に堪えきれず、武智の身体がふわりと浮き上がった。

怒りと憎悪の中に戸惑《とまど》いがかすめた。

武智はさらに、二歩、三歩と退いた。

退かざるを得なかった。

束《つか》の間《ま》、武智の身体は中軸を失って漂《ただよ》ったかのように見えた。

市兵衛の浴びせた追い打ちは、ただ武智の心の中と身に起こったその何事かに応じた一撃にすぎなかった。

市兵衛の一刀が乾いた音をたてた。

「あっ」

武智は身体をよじらせ、堪えた。けれども市兵衛を睨みつけ、

「それが、風の剣……」

と、声を絞《しぼ》り出した。

市兵衛は答えず、下段に刀を落としたかまえをくずさなかった。

「埒もない」

かすかに呻吟《しんぎん》するように吐き捨てたとき、ぶっ、と胸元から血が噴《ふ》き出た。武智はそれでも必死に堪えた。けれどもやがて、片膝をつき、それから舞い散る花弁のように桜の木の下へ横転した。

噴き出す血が庭に広がり、桜の花弁が血に染まる庭に薄紅色の模様をひらひらと描いた。それが戦いの終末だった。

川勝が道場の庭のそばまできて、佇《たたず》んでいた。

「おわりましたか」

川勝が言い、市兵衛と眼差しを交わした。

市兵衛は刀をひとふりして、血を払った。鞘に納めると、

「どうぞお引きとりください。亡骸《なきがら》はそれがしが弔《とむら》います。師と宮園の弔いもせねばなりません。ついでです」

と、川勝はそんな言い方をした。

弥陀ノ介が市兵衛に並びかけ、すでに身動きしなくなった武智を見下ろした。

うつろに見開かれた武智の目は、もう何も見ていなかった。

「凄《すさ》まじい」

弥陀ノ介が言った。

「弥陀ノ介、世話になった」

「この男が優勢に見えた」

弥陀ノ介がまた言った。

「その通りだ」

市兵衛は川勝を見つめたまま、答えた。

桜の花弁が二人の周りで舞い、ちちち、と小鳥が屋根の上で鳴いていた。

川勝も弥陀ノ介も、そして市兵衛も動かなかった。

一〇〇字書評

春雷抄

切り取り線

購買動機（新聞、雑誌名を記入するか、あるいは○をつけてください）

□（　　　　　　　　　　　　）の広告を見て
□（　　　　　　　　　　　　）の書評を見て
□ 知人のすすめで　　□ タイトルに惹かれて
□ カバーが良かったから　　□ 内容が面白そうだから
□ 好きな作家だから　　□ 好きな分野の本だから

・最近、最も感銘を受けた作品名をお書き下さい

・あなたのお好きな作家名をお書き下さい

・その他、ご要望がありましたらお書き下さい

住所	〒				
氏名		職業		年齢	
Eメール	※携帯には配信できません		新刊情報等のメール配信を 希望する・しない		

この本の感想を、編集部までお寄せいただけたらありがたく存じます。今後の企画の参考にさせていただきます。Eメールでも結構です。

いただいた「一〇〇字書評」は、新聞・雑誌等に紹介させていただくことがあります。その場合はお礼として特製図書カードを差し上げます。

前ページの原稿用紙に書評をお書きの上、切り取り、左記までお送り下さい。宛先の住所は不要です。

なお、ご記入いただいたお名前、ご住所等は、書評紹介の事前了解、謝礼のお届けのためだけに利用し、そのほかの目的のために利用することはありません。

〒一〇一－八七〇一
祥伝社文庫編集長　坂口芳和
電話　〇三（三二六五）二〇八〇

祥伝社ホームページの「ブックレビュー」からも、書き込めます。

http://www.shodensha.co.jp/bookreview/

祥伝社文庫

春雷抄《しゆんらいしよう》　風《かぜ》の市兵衛《いちべえ》

平成25年10月20日　初版第1刷発行

著　者　辻堂《つじどう》魁《かい》

発行者　竹内和芳

発行所　祥伝社《しようでんしや》

東京都千代田区神田神保町3-3

〒101-8701

電話　03（3265）2081（販売部）

電話　03（3265）2080（編集部）

電話　03（3265）3622（業務部）

http://www.shodensha.co.jp/

印刷所　堀内印刷

製本所　積信堂

カバーフォーマットデザイン　中原達治

ISBN978-4-396-33884-8 C0193

祥伝社文庫の好評既刊

辻堂 魁
風の市兵衛

さすらいの渡り用人、唐木市兵衛。心中事件に隠されていた奸計とは？〝風の剣〟を振るう市兵衛に瞠目！

辻堂 魁
雷神 風の市兵衛②

豪商と名門大名の陰謀で、窮地に陥った内藤新宿の老舗。そこに現れたのは〝算盤侍〟の唐木市兵衛だった。

辻堂 魁
帰り船 風の市兵衛③

またたく間に第三弾！「深い読み心地をあたえてくれる絆のドラマ」と小椰治宣氏絶賛の〝算盤侍〟の活躍譚！

辻堂 魁
月夜行 風の市兵衛④

狙われた姫君を護れ！ 潜伏先の等々力・満願寺に殺到する刺客たち。市兵衛は、風の剣を振るい敵を蹴散らす！

辻堂 魁
天空の鷹《たか》 風の市兵衛⑤

まさに時代が求めたヒーローと、末國善己氏も絶賛！ 息子を奪われた老侍とともに市兵衛が戦いを挑むのは⁉

辻堂 魁
風立ちぬ（上） 風の市兵衛⑥

〝家庭教師〟になった市兵衛に迫る二つの影とは？〈風の剣〉を目指した過去も明かされる興奮の上下巻！

祥伝社文庫の好評既刊

辻堂　魁　**風立ちぬ（下）**　風の市兵衛⑦

まさに鳥肌の読み応え。これを読まずに何を読む!? 江戸を阿鼻叫喚の地獄に変えた一味を追い、市兵衛が奔る！

辻堂　魁　**五分の魂**　風の市兵衛⑧

人を討たず、罪を断つ。その剣の名は――〝風〟。金が人を狂わせる時代を、〈算盤侍〉市兵衛が奔る！

辻堂　魁　**風塵（上）**　風の市兵衛⑨

時を越え、えぞ地から迫りくる復讐の火群。〈算盤侍〉唐木市兵衛が大名家の用心棒に!?

辻堂　魁　**風塵（下）**　風の市兵衛⑩

わが一分を果たすのみ。市兵衛、火中に立つ！　えぞ地で絡み合った運命の糸は解けるか？

岡本さとる　**取次屋栄三《えいざ》**

武家と町人のいざこざを知恵と腕力で丸く収める秋月栄三郎。縄田一男氏激賞の「笑える、泣ける」傑作時代小説。

岡本さとる　**がんこ煙管《ぎせる》**　取次屋栄三②

栄三郎、頑固親爺と対決！「楽しい。面白い。気持ちいい。ありがとうと言いたくなる作品」と細谷正充氏絶賛！

祥伝社文庫の好評既刊

岡本さとる **若の恋** 取次屋栄三③

名取裕子さんもたちまち栄三の虜に！「胸がすーっとして、あたしゃ益々惚れちまったぉ！」大好評の第三弾！

岡本さとる **千の倉より** 取次屋栄三④

「こんなお江戸に暮らしてみたい」と、日本の心を歌いあげる歌手・千昌夫さんも感銘を受けたシリーズ第四弾！

岡本さとる **茶漬け一膳** 取次屋栄三⑤

この男が動くたび、絆の花がひとつ咲く！ 人と人とを取りもつ〝取次屋〟の活躍を描く、心はずませる人情物語。

岡本さとる **妻恋日記** 取次屋栄三⑥

亡き妻は幸せだったのか？ 日記に遺された若き日の妻の秘密。老侍が辿る追憶の道。想いを掬う取次の行方は。

岡本さとる **浮かぶ瀬** 取次屋栄三⑦

神様も頬ゆるめる人たらし。栄三の笑顔が縁をつなぐ！ 取次屋の心にくい〝仕掛け〟に不良少年が選んだ道とは？

岡本さとる **海より深し** 取次屋栄三⑧

「キミなら三回は泣くよと薦められ、それ以上、うるうるしてしまいました」女子アナ中野さん、栄三に惚れる！

祥伝社文庫の好評既刊

岡本さとる

大山まいり

取次屋栄三⑨

ほろっと来て、笑える！　極上の人生劇場。涙と笑いは紙一重。栄三が魅せる〝取次〟の極意！

岡本さとる

一番手柄

取次屋栄三⑩

どうせなら、楽しみ見つけて生きなはれ。じんと来て、泣ける！〈取次屋〉誕生秘話を描く初の長編作品！

岡本さとる

情けの糸

取次屋栄三⑪

断絶した母子の闇を、栄三の取次が明るく照らす！　どこから読んでも面白い。これぞ読み切りシリーズの醍醐味。

野口　卓

軍鶏《しやも》侍

闘鶏の美しさに魅入られた隠居剣士が、藩の政争に巻き込まれる。流麗な筆致で武士の哀切を描く。

野口　卓

獺祭《だっさい》

軍鶏侍②

細谷正充氏、驚嘆！　侍として峻烈に生き、剣の師として弟子たちの成長に悩み、温かく見守る姿を描いた傑作。

野口　卓

飛翔

軍鶏侍③

小梛治宣氏、感嘆！　冒頭から読み心地抜群。師と弟子が互いに成長していく成長譚としての味わい深さ。